우리들의
7일 전쟁

옮긴이 | 고향옥

동덕여대와 대학원에서 일본 문학을 공부하고, 일본 나고야 대학에서 일본어와 일본 문화를
공부했다. 지금은 한일 아동문학 연구회에서 어린이 문학을 공부하며 번역가로 활동하고
있다. 옮긴 책으로《그림책의 심리학》《우주의 고아》《처음 자전거를 훔친 날》《리듬》
《골드피시》《졸업》《하모니 브라더스》《추억을 파는 편의점》《반칙 선생님》《마이 스위트
대디》《우리집은 발도르프 유치원》《에이, 바보》《도무라 반점의 형제들》들이 있다.

우리들의 7일 전쟁

1판 1쇄 | 2014년 4월 11일   1판 4쇄 | 2020년 7월 24일

지은이 | 소다 오사무   옮긴이 | 고향옥
펴낸이 | 조재은   편집부 | 김명옥 육수정
영업관리부 | 조희정 정영주

펴낸곳 | (주)양철북출판사
등록 | 2001년 11월 21일 제25100-2002-380호
주소 | 서울시 마포구 양화로8길 17-9
전화 | 02-335-6407   팩스 | 0505-335-6408
전자우편 | tindrum@tindrum.co.kr
ISBN | 978-89-6372-102-6 43830 값 | 13,000원

편집 | 이단비   표지 디자인 | Studio Marzan 김성미

BOKURA NO NANOKAKAN SENSO by Osamu Souda
© Osamu Souda 1985
Edited by KADOKAWA SHOTEN
First published in Japan in 1985 by KADOKAWA CORPORATION, Tokyo.
Korean translation rights arranged with KADOKAWA CORPORATION, Tokyo.
through THE SAKAI AGENCY and TONY INTERNATIONAL.
이 책의 한국어판 저작권은 토니 인터내셔널을 통해 THE SAKAI AGENCY와 독점 계약한
(주)양철북출판사에 있습니다. 저작권법에 따라 한국 내에서 보호를 받는 저작물이므로
무단 전재와 복제를 금합니다.

우리들의 7일 전쟁

소다 오사무 지음
고향옥 옮김

양철북

등장 인물

• 1학년 2반 아이들

에이지

주인공

도루

해방구 리더

히로시

학교 일진.
의리 있는 캐릭터

아키라

별명은 하마. 뛰어난
요리 실력을 자랑한다.

나오키

종업식 날 유괴되는 비운의 남자.
암호의 천재다.

쓰카사

해방구에서 방송을
담당한다.

사토루

별명 '일렉킹'에 빛나는
기계 설치의 왕

구미코

여자 일진이자
학부모회 회장의 딸

준코

일곱 남매의 장녀.
라이라이켄 주인집 딸

히토미

주점 다마스나레집 딸

• 어른들

세가와

해방구에서 만난 부랑자 노인.
아이들의 든든한 조력자다.

야바

해방구를 취재하러 온 리포터

니시와키

학교에서 인기 최고인
양호 교사

사카이

체육 교사.
학생들의 공공의 적

가쓰야

자기 잇속만 차리는
대머리 교장

차례

첫째 날
선전 포고

1

벽시계의 긴바늘과 짧은바늘이 겹쳤다.

정오.

아까부터 시계를 쳐다보던 기쿠치 시노는 다시 땅이 꺼져라 한숨을 내쉬었다. 예정된 귀가 시간보다 한 시간이나 지났다. 초조함은 어느새 불안으로 바뀌었다. 무슨 일이 일어난 건가.

'교통사고?'

설마……. 학교에서 돌아오는 길에 교통사고라도 일어난 걸까? 아니야. 너무 지나친 상상일 거야. 성적이 나빠서 학교에 남아 있는 걸까?

외동아들인 에이지는 중학교 1학년이다. 오늘은 1학기 종업식이니 아무리 늦어도 11시에는 돌아왔어야 한다. 그러면 11시 반에 에이지를 '아우디 80'에 태우고 집을 출발. 12시 10분에 이케부쿠로에 있는 선샤인 빌딩 앞에서 남편 에이스케를 태우기로 되어 있었다.

남편의 회사는 선샤인 빌딩에 있다. 오늘 오후부터 일요일까지 사흘 동안 가루이자와(나가노 현에 있는 휴양지)에서 가족끼리 테니스도 치고 고원 드라이브도 할 계획이었다.

계획은 지난 5월에 시노가 세워 놓았다. 남편은 썩 내키지 않아 했지만 에이지가 무척 가고 싶어 하는 걸 보고 마지못해 승낙했다.

오늘 아침 시노는 학교에 가는 에이지에게 딴짓하지 말고 곧장 집으로 오라며 집요하다 싶을 정도로 일러두었다. 그런 잔소리를 하지 않아도 에이지는 상황 판단을 잘하는 아이였지만 어쩐지 불길한 예감이 들었는지도 모른다.

'아무리 그래도 이상해.'

시간은 가차 없이 흘러갔다. 시노는 창밖을 내다보았다. 장마가 끝난 뒤라 하늘은 파랬고 쨍쨍 쏟아지는 햇살에 도로는 새하얗게 빛났다. 에이지가 돌아온다면 맞은편 길모퉁이에서 모습을 드러낼 텐데 그쪽은 개미 새끼 하나 없이 그저 한산하기만 했다.

별안간 전화벨이 울려서 시노는 저도 모르게 의자에서 벌

떡 일어났다. 나쁜 소식일지도 모른다. 그렇다, 틀림없다. 숨을 쉬기가 괴로울 정도로 심장이 마구 날뛰었다. 전화벨은 계속 울렸다. 겨우 마음을 추스르고 수화기로 손을 뻗었다.

"언제까지 집에서 꾸물거릴 거야?"

느닷없는 남편의 고함 소리였다.

"에이지가……."

"에이지한테 무슨 일 있어?"

"아직 학교에서 안 왔어."

"어디서 놀고 있겠지. 일찍 오라고 단단히 일러둔 거야?"

"말했지. 입에서 단내 날 정도로."

"그렇다면 이상하잖아."

"이상하지."

시노는 남편의 말을 따라 했다.

"학교에는 가 봤어?"

"아니, 아직."

"왜 여태 안 가 봤어?"

남편의 목소리가 거칠어졌다. 듣고 보니 남편 말이 옳았다.

"지금 가 볼게. 15분 뒤에 다시 전화해 줄래?"

시노는 전화를 끊기가 무섭게 자전거를 타고 집을 나섰다. 햇살이 눈부실 정도로 강렬했다.

학교까지는 600미터 정도이다. 도중에 집으로 돌아오는 아이들을 만날 거라 생각했지만 아이들은 눈 씻고 봐도 없었다.

시간이 이렇게나 지났으니 아무도 못 만나는 게 당연했다.

서두른 덕분에 시노는 5분 만에 학교에 도착했다. 하지만 여기에도 아무도 없었다. 그때 운동장 구석에 있는 수영장에서 떠들썩한 소리가 들려왔다.

시노는 자전거를 교문 옆에 두고 수영장으로 갔다. 스무 명남짓 되는 아이들이 있었다. 이제 곧 구 대항 수영 대회가 있기 때문에 연습하는 중일 것이다.

아는 얼굴이 있는지 둘러보다가 마침 물속에서 올라오는 나카야마 히토미와 눈이 마주쳤다. 히토미는 생긋 웃으며 고개를 숙였다.

"히토미, 우리 에이지 집에 갔니?"

히토미는 에이지랑 같은 1학년 2반으로 '다마스다레'라는 요정집 딸이다.

"네, 갔는데요."

160센티미터가 넘는 훤칠한 키와 아가씨 같은 성숙한 몸매를 서슴없이 드러내며 히토미가 대답했다.

"언제쯤?"

"벌써 한 시간도 더 지난 것 같은데요. 에이지한테 무슨 일 있어요?"

"집에 아직 안 왔단다."

"어디서 놀고 있는 거 아닐까요?"

"에이지가 그렇게 말했니?"

"아니요, 그런 말은 안 했어요."

"성적이 나빠서 집에 오고 싶어도 못 오는 건가."

"성적이 나쁜 건 저도 마찬가지예요."

히토미가 혀를 날름 내밀고는 힘차게 물속으로 뛰어들자 하얀 물보라가 일었다.

히토미는 학교에서 가장 수영을 잘했다. 구에서도 우승 후보로 꼽을 정도였다. 그렇게 수영에 목매는 히토미에게 엄마는 공부하라고 잔소리를 하는 모양이었다. 그것은 에이지도 마찬가지였다. 시노는 죽어라 축구만 하는 에이지에게 저도 모르게 잔소리를 하고 만다. 에이지도 제 아빠처럼 일류 대학을 나와서 일류 기업에 취직하길 바라기 때문이다.

시노는 교문 밖에 있는 전화박스로 뛰어들어 갔다. 전화박스 안은 사우나처럼 푹푹 쪘고, 금세 온몸에서 땀이 나기 시작했다. 에이지 친구에게 전화를 하려고 했지만 생각나는 전화번호가 하나도 없었다.

전화박스에서 나온 시노는 다시 자전거를 타고 집으로 돌아왔다. 학급 비상 연락망을 펼쳐보니 1번이 아이하라 도루였다. 도루네 집은 부부가 함께 학원을 운영하고 있다.

도루 엄마 소노코가 전화를 받았다.

"저 에이지 엄마인데요, 도루 돌아왔나요?"

"글쎄요."

먼 곳을 향해 "도루." 하고 부르는 소리가 났다.

"아직 안 왔나 보네요."

"도루도요? 우리 에이지도 아직 안 왔거든요. 어디 간 걸까요?"

"내일부터 방학이니까 아마 어디 돌아다니고 있겠죠."

소노코는 전혀 신경 쓰지 않는 목소리였다. 시노는 도루가 들어오면 연락해 달라고 말하고 전화를 끊었다. 이어서 10번인 사타케 데쓰로 집에 전화를 걸었다. 수화기 너머에서 곧바로 어린아이의 목소리가 들렸다.

"데쓰로니?"

"아니요, 도시로인데요."

잘못 짚었다. 그러고 보니 데쓰로에게는 초등학교 5학년짜리 남동생이 있다.

"형, 학교에서 왔니?"

"아니요, 아직 안 왔어요."

"아빠랑 엄마는 안 계셔?"

데쓰로의 부모님은 맞벌이를 하기 때문에 낮에는 아무도 없을 거라고 생각하면서도 일단 물어봤다.

"네."

예상한 대답이었다.

"형 어디 갔는지 아니?"

"모르겠는데요."

시노는 고맙다는 말을 하고 전화를 끊었다. 이렇게 에이지를 포함해 세 명이 학교에서 돌아오지 않았다는 것을 알았다. 그렇다면 미리 의논해서 어디로 놀러 간 건가? 이 셋은 친하게 지내니 그럴 수도 있었다.

전화벨이 울렸다. 수화기를 들어 보니 남편이었다.

"어떻게 됐어?"

"학교에서는 벌써 나갔나 봐."

"그럼 어디에 간 거야?"

"모르겠어. 에이지 말고도 다른 애들도 아직 안 왔더라고. 도루하고 데쓰로 집에 전화해 봤는데 둘 다 아직 안 왔대. 그리고 아직 안 온 애들이 더 있을지도 모르고."

"그 애들이랑 어디 갔다는 거야?"

"그렇다고 볼 수밖에 없지."

"가루이자와에 가는 걸 알면서 말도 없이 약속을 어겼다는 거야?"

남편의 목소리가 달라졌다. 인내의 한계에 도달한 듯하다.

"유괴 당하지 않았다면 그런 셈이지."

"유괴……?"

"그렇지는 않겠지만."

"가루이자와 여행은 없던 걸로 하지. 지금 집으로 갈게. 그때까지 다른 집에도 전화해서 알아봐."

남편은 전화를 툭 끊어 버렸다. 여행을 가지 않겠다니, 참 성질도 급하다. 아니면 정말로 유괴 당했다고 믿는 걸까.

시노는 또 누구 집에 전화를 해 볼까 생각했지만 손가락은 무의식적으로 가키누마 산부인과 번호를 누르고 있었다. 그리고 가키누마 나오키 엄마를 바꿔 달라고 했다.

"나오키 학교에서 왔어요?"

"아니, 아직요. 에이지도요?"

"네. 지금 여기저기 전화해 보는 중인데 아무도 안 왔더라고요. 좀 이상하지 않아요?"

"그러게요……."

나오키 엄마는 건성으로 대답했다. 원장 부인이라지만 약국 일을 보느라 바빠서 아이에게 신경 쓸 겨를이 없는지도 모른다.

"알겠어요. 제가 다른 아이들한테 전화해 볼게요."

"미안해요. 어떻게 된 건지 나중에 연락 좀 해 줘요."

뻔뻔하다고 해야 하나 넉살이 좋다고 해야 하나. 그러나 시노는 그런 나오키 엄마가 결코 싫지 않았다.

1학년 2반 마흔두 명 모두에게 전화를 하는 데 30분이 넘게 걸렸다. 남학생 스물두 명 중 여덟 명 집이 전화를 받지 않았고, 전화를 받은 집 가운데서도 집에 있는 건 다니모토 사토루 딱 한 명뿐이었다.

사토루는 체육 교사인 사카이 아쓰시에게 벌을 받다가 허리를 다쳐서 일주일이 넘도록 학교에 나가지 못하고 있다. 그러니까 오늘 학교에 갔던 남학생은 모두 집에 돌아오지 않은

16

셈이다.

사토루 사건은 '필살 공중 매달리기 사건'이라 해서 학부모회에서도 문제가 되었지만, 교장이 사토루의 부모와 얼렁뚱땅 협상해서 없었던 일로 만들어 버렸다. 체육 교사 사카이는 농구 연습 중 상대 팀에게 공을 빼앗기면 철봉에 두 번 매달리는 '필살 공중 매달리기'라는 벌칙을 받도록 정해 놓았다. 이 벌을 받던 사토루가 몸에 힘이 빠져 철봉에서 떨어지는 바람에 허리를 다쳐 입원했던 것이다.

사토루는 남학생들이 왜 아직까지 안 돌아왔는지 그 이유를 모른다고 했다. 한편 여학생들은 모두 집에 돌아와 있었고, 남학생들이 어디에 갔는지 아는 아이는 한 명도 없었다.

오후 2시.

남학생 엄마들이 시노네 집에 모였다. 약 여섯 평쯤 되는 거실은 에어컨으로도 감당할 수 없을 만큼 사람들의 열기로 푹푹 쪘다.

"학교를 나올 때는 따로따로 나왔나 봐요. 그러니까 유괴당한 건 아니에요."

우노 히데아키의 엄마가 혼잣말하듯 말했다.

"아이들이 자청해서 간 걸까요, 아니면 누군가에게 끌려간 걸까요?"

살집이 좀 있는 사타케 데쓰로의 엄마는 자꾸 손수건으로 이마의 땀을 닦았다.

17

"끌려갔다면 유괴를 당했다는 거예요? 아무리 그래도 그 애들은 중학생이에요. 더구나 한두 명도 아니잖아요."

히비노 아키라 엄마가 도수 높은 안경 너머로 작은 눈을 번 뜩였다.

언제 들어왔는지 에이스케가 끼어들었다.

"분명 무슨 꿍꿍이속으로 자취를 감춘 겁니다. 어차피 그리 멀리 가지는 못했을 거예요. 다 같이 흩어져서 찾아봅시다."

"그래요."

에이스케의 목소리에 모두들 튕겨진 듯이 일어났다.

"아라 강이나 스미다 강에서 멱 감고 있는 거 아닐까요? 틀 림없어요, 그런 데 있을 거예요."

아이하라 도루 엄마가 밝은 목소리로 말했다.

"도루라면 모를까 우리 히데아키는 절대로 그런 짓 안 해 요."

히데아키 엄마가 발끈했다.

"옛날 애들도 아니고 다 같이 집에도 안 돌아오고 멱 감으 러 가다니, 그게 말이 돼요?"

아키라 엄마도 비웃듯이 말했다. 시노도 아키라 엄마의 말 이 옳다고 생각했다. 아이들끼리만 놀러 가는 광경은 지금은 눈을 씻고 봐도 없으니까.

2

저녁나절이 다 되도록 아이들을 찾아다녔지만 그 어디에도 아이들에 대한 단서는 없었다. 스물한 명이 증발한 것처럼 홀연히 사라져 버린 것이다.

"지금까지 못 찾은 걸 보면 전철을 타고 멀리 간 것 같아요."

누군가 말했다. 만약 그렇다면 중학생 스물한 명이 차표를 사서 개표구를 빠져나갔을 테니 아무리 바쁜 역무원이라도 기억할 것이다.

학교에서 가장 가까운 역은 K역이다. 여기는 조반선, 도부 이세사키선, 지하철 지요다선, 히비야선이 다니는 역이다. 거기에서 남쪽으로 조금 더 가면 게이세이 전철이 다니는 S역이 있다. 서쪽으로 스미다 강을 건너가면 조금 멀지만 게이힌 도호쿠선, 도호쿠 본선인 D역이 있다.

엄마들은 역이란 역은 죄다 찾아가 봤다. 그러나 어느 역에도 아이들이 지나간 흔적은 없었다.

"그럼 차로 간 건가?"

스물한 명이 동시에 이동했다면 버스 아니면 택시에 나눠 타지 않았을까. 버스 쪽은 영업소에 알아봤지만 학교 근처 버스 정류장에서 스물한 명이나 되는 중학생이 탄 일은 없다고 했다.

택시를 탔다면 알 도리가 없다. 아무튼 밤까지 돌아오지 않으면 사고가 난 걸로 봐도 될 것이다. 그때는 경찰에 신고하자는 데 의견을 모으고 엄마들은 각자 집으로 돌아갔다.

입시 학원인 아이하라 학원에 전화벨이 울린 것은 오후 6시 10분쯤이었다. 도루의 엄마 소노코가 덤벼들듯이 수화기를 들었다. 어떤 남자 목소리가 다짜고짜 말했다.

"오늘 저녁 7시부터 FM 방송을 한다. 주파수를 88메가헤르츠에 맞춰라. 알았나, 88메가헤르츠다."

적어 놓은 것을 읽는 듯한 무기질적인 목소리.

"여보세요, 당신 누구예요? 도루는 어딨어요?"

소노코가 수화기에 대고 울부짖었지만 아무 응답 없이 끊어지고 말았다.

잠시 전화기 앞에서 넋 나간 듯이 앉아 있는데 다시 전화벨이 울렸다. 반사적으로 수화기를 들어 귀에 가져갔다.

"에이지 엄마예요. 방금 댁에도 FM 방송 들으라고 전화 왔어요?"

시노의 목소리가 말하는 도중에 갈라졌다.

"왔어요."

"무슨 말일까요?"

"글쎄요. 무슨 소린지 도통 알 수가 없네요."

"몸값을 요구하는 게 아닐까요?"

"하지만 방송을 한다잖아요. 그럼 사람들이 다 들을 거 아니에요."

"그렇지도 않아요. FM 88메가헤르츠는 미니 방송국이라 이 근처 사람밖에 못 들어요. 아마 우리 말고는 듣는 사람이 없을걸요."

그러고 보니 최근 젊은이들 사이에서 음악이며 토크 프로그램을 내보내는 미니 방송국이 유행한다는 말을 들은 적이 있다.

"그래도 그것만으로는 유괴됐다고 단정할 수 없어요."

"도루 엄마는 너무 낙천적이에요."

"우리는 먹고살기에도 빠듯해요. 몸값 내놓으라고 해도 한 푼도 못 준다고요."

"그런 식으로 말하지 말아요."

화가 났는지 시노가 전화를 끊어 버렸다.

"왜 그래, 무슨 전화인데?"

남편인 마사시가 불안한 얼굴로 물었다. 소노코는 통화 내용을 남편에게 이야기해 주었다.

"어쩌면 스물한 명이 인질로 잡혔을지도 모르겠는걸."

"어린이 하이재킹?"

"그렇지. 몸값은 따로따로가 아니라 스물한 명분을 더해서 터무니없이 큰 액수를 요구해 올지도 모른다고."

"하지만 우리 애들은 억지로 끌려간 건 아닌 것 같아."

"애들 데려가는 거야 식은 죽 먹기지. 애들은 재미있는 말만 하면 바로 따라가 버리거든."

남편은 여느 때와 달리 엄한 표정이었다.

"얘들은 중학생이야."

"중학생이고 고등학생이고 그건 문제가 안 된다고. 요즘 잠
잠했으니 이제 슬슬 움직일 때야."

"무슨 말이 하고 싶은 건데?"

"어느 파가 한 짓이냐는 거야."

"그럴 리 없어."

남편은 아직도 전공투('전국학생공동투쟁회의'의 줄임말. 1960
년대에 대학생을 중심으로 등록금 인상 반대와 불평등한 군사 동맹의
개정을 요구하며 일어난 대중적인 학생운동) 시대의 망령에 사로
잡혀 있다.

"방송을 듣고 난 다음에 생각하자고."

20분쯤 뒤에 다시 시노한테서 전화가 걸려 왔다.

"모든 집에 전화가 온 모양이에요. 7시 방송을 듣고 도루 집
에서 모여 대책을 의논했으면 싶은데, 괜찮아요?"

"좋아요. 오늘은 수업이 없으니까 오세요."

소노코는 시계를 봤다. 7시까지 앞으로 8분. 대체 무슨 말
을 할까. 그 생각을 하자 가슴이 답답해졌다. 7시 3분 전에 라
디오 주파수를 FM 88메가헤르츠에 맞춰 두었다.

아직은 아무 소리도 나지 않는다. 소노코는 디지털시계의
숫자가 바뀌는 것을 계속 눈으로 좇았다.

19 : 00

갑자기 라디오에서 음악이 흘러나왔다. 무척 밝고 소란스러운 곡이다.

"이게 뭐야?"

"이건 안토니오 이노키(1970~80년대에 활약한 일본의 전설적인 프로레슬러)의 테마곡 〈불꽃의 파이터〉잖아."

"이노키라니, 레슬링 선수?"

"응."

남편은 고개를 끄덕였다. 남편도 도루도 안토니오 이노키의 팬이어서 이 선수가 나오는 중계방송을 할 때는 둘이 나란히 텔레비전에 매달려 있었다.

'왜 하필 레슬링이지?'

음악 소리가 작아졌다.

"여러분, 안녕하세요. 지금부터 해방구 방송을 보내 드리겠습니다."

다시 〈불꽃의 파이터〉.

거기에 덧씌우듯이 시 낭송하는 소리가 들려왔다.

살아 있다. 살아 있다. 살아 있다.

바로 어제까지는 악마의 지배를 받아

영양분을 빨렸지만

오늘 마신 '해방'의 앰풀로

지금은 완전히 되살아났다.

그리고 지금 바리케이드 안에

살아 있다.

살아 있다. 살아 있다. 살아 있다.

지금은 청춘 속에 살아 있다.

"니혼 대학 전공투잖아."

소노코는 자신도 모르게 소리쳤다. 남편도 표정이 굳어진 채 허공의 한 점을 노려보았다.

"니혼 대학 전공투."

그 말을 읊조리는 것만으로 소노코는 가슴이 뜨거워졌다. 그건 남편도 마찬가지일 것이다.

1968년 5월의 일이었다. 대학생 약 2천 명이 니혼 대학 학생으로는 처음으로 간다 미사키초의 경제학부 1호관 앞에 모여 '200미터 시위'를 감행했다. 이것이 니혼 대학 투쟁의 시작이었다.

다음 달 6월에는 전국학생총궐기집회가 니혼 대학 본부 앞에서 열렸고, 이때 학생 약 8천 명이 결집했다. 이곳을 체육부 학생들과 우익 단체가 습격했고, 집회에 참여한 많은 학생들이 다쳤다.

이 일이 계기가 되어 경제, 법학, 문리, 예술, 농과대, 수의

과, 이공계 학과 전 학부가 무기한 수업 거부에 돌입하고 바리케이드를 쌓아 학교 건물을 점거한 채 농성에 들어갔다.

여름방학이 끝나고 9월이 되자, 점거금지가처분 강제집행이 실시됨에 따라 800여 명의 경찰기동대에 의해 각 학부의 바리케이드 봉쇄는 해제됐다. 그러나 학생들은 이에 격렬하게 반격, 다시 경제학부와 법학부 건물을 점거하고 바리케이드 봉쇄에 들어갔다.

그리고 9월 30일 오후 3시, 료고쿠 강당에 3만 5천 명의 학생이 모였고 후루타 회장을 비롯한 모든 이사진이 단상에 모인 자리에서 대중단체교섭이 시작됐다. 단체교섭은 이튿날 새벽 3시까지 약 12시간 동안 계속됐고, 학생들의 압도적인 승리로 끝났다.

니혼 대학 전공투가 결성된 지 약 한 달 뒤인 7월 5일, 학생약 1천 명이 도쿄대 야스다 강당에 결집하여 전국학생총궐기집회를 개최했고, 그 자리에서 '도쿄 대학 투쟁 전공투'가 결성되었다.

도쿄대, 니혼대를 중심으로 서서히 운동의 물결이 높아져가던 전공투운동은 1969년 1월의 도쿄대 야스다 강당 공방전에 이르러 단번에 정점에 도달했다. 1월 18일, 대학의 요청을 받은 경찰기동대 8천5백 명이 도쿄대 안으로 돌입, 봉쇄된 건물의 바리케이드를 잇따라 제거해 나갔다.

마지막까지 남은 것은 야스다 강당뿐이었다. 본격적인 공격은 오후 3시 이후부터 시작되어 땅거미가 지기 시작한 오후 5시 무렵에 끝났다.

이튿날 19일 오전 7시에 공격 개시. 오전 8시에 기동대는 전기 드릴과 절단기를 이용해 바리케이드를 치웠다. 12시 30분에는 2층까지 침입, 농성 중인 학생을 모두 체포하고 옥상에 걸린 붉은 깃발을 내렸다. 이날 야스다 강당에서 체포된 학생은 374명이었다.

1월 18일에서 19일, 이틀 동안의 도쿄대 야스다 강당 공방전을 지원하고 호응하는 형태로 전개된 것이 간다 해방구 투쟁이었다. 이른바 간다 카르티에라탱이다. 그해 5월, 도쿄의 분쿄 구와 지요다 구 일대의 대학가를 프랑스 5월 혁명(1968년 5월, 학생과 노동자들이 드골 정부에 대항하고 평등, 인권, 성해방 같은 진보적인 가치를 내걸며 벌인 저항운동과 총파업 투쟁을 이른다. 68혁명이라고도 한다) 발생지인 파리의 카르티에라탱에 빗댄 말이다.

간다 해방구 투쟁은 거리에 바리케이드를 쌓고 시가지에까지 투쟁을 확산하려 했다. 18일 오전 11시경부터 도쿄대의 위급 상황을 전해 들은 학생들이 무장 시위로 속속 간다에 결집하고 파출소를 습격했다. 오후 2시경에는 전철 오차노미즈 역 앞 도로에 바리케이드를 쌓고, 도쿄 대학에서 진로를 바꿔온 경찰기동대에 돌을 던지며 격렬하게 대항했다. 교통은 완전히 마비되었고, 그날의 혼란은 7시 이후까지 이어졌다.

이튿날 19일, 어제의 열기는 그대로 이어져 집회, 시위, 기동대와의 충돌이 되풀이되었고, 간다 지구 일대에 바리케이드가 만들어지자 간다 해방구는 온종일 학생, 노동자, 시민들로 넘쳐났다.

이들은 밤 9시가 지나서야 겨우 해산했다.

소노코는 남편 마사시보다 2년 후배이고 니혼 대학 투쟁이 시작되던 해에 입학했다. 처음에는 그 격렬한 투쟁에 어떤 의미가 있는지 몰랐지만, 어느 날 마사시에게 이끌려 엉겁결에 학생운동에 참여하게 되었다. 바리케이드 안에 들어가 농성을 하고, 시위를 하고, 기동대에게 쫓기고, 거리 캠페인을 하면서 자신이 확실히 변해 가는 것을 자각하기 시작했다. 그때까지 그렇게 열정적이었던 적이 없었다. 마치 열에 들뜬 것 같은 나날이었다.

마사시가 체포되어 교도소에 갇혀 있을 때 소노코는 옥바라지를 하러 다녔다. 그리고 몇 달 뒤, 마침내 마사시가 석방되었을 때는 신안보조약은 자동 연장되었고, 격렬하게 타올랐던 전공투운동은 힘을 잃어 가고 있었다. 이윽고 학생운동도 해체되었다.

두 사람은 그해 결혼했다. 대학으로 돌아가고 싶지는 않았다. 그렇다고 취직할 곳도 없었다. 먹고살기 위해 둘이서 조그만 학원을 시작했다. 도루가 태어난 것은 그 이듬해였다.

지금 이 FM 방송은 분명히 해방구라고 말했고 니혼 대학 전공투의 시를 낭독했다. 마치 16년 전의 망령이 불쑥 되살아나 떠도는 것 같은 충격이었다.

"오늘 밤은 이것으로 끝. 내일도 오후 7시부터 방송할 테니 꼭 88메가헤르츠에 채널을 맞춰 주세요. 모두 잘 자요."

방송은 당돌하게 끝났다.

"이봐, 이거 도루 목소리잖아."

남편이 크게 소리쳤다.

"설마……."

"아니야, 틀림없어. 분명히 도루야."

소노코는 남편과 눈이 마주쳤다. 그 눈이 심하게 흔들렸다. 틀림없는 도루의 목소리였다.

"도루가 왜……?"

"모르지."

"협박당해서 억지로 말한 거야. 그래, 틀림없어."

소노코는 스스로에게 들려주기 위해 그렇게 말했다. 그러나 뭔가 이상했다. 그 한없이 밝은 목소리가…….

3

"어땠어?"

도루는 송신기의 스위치를 끄고 아이들을 둘러보았다.

"좀 긴장한 것 같았어."

에이지는 긴장하고 있는 건 자신도 마찬가지라고 생각하면서 대답했다.

"결국 해냈어."

우노 히데아키가 들뜬 목소리로 말했다.

"야, 다람쥐. 겁나지 않냐?"

야스나가 히로시가 도발하듯이 히데아키의 얼굴을 들여다보았다. 다람쥐란 작고 겁쟁이에 언제나 촐랑촐랑 움직이는 히데아키의 별명이다.

"겁나기는."

키 145센티미터의 히데아키는 170센티미터인 히로시를 올려다보듯이 쏘아보았다.

이 공간은 원래 사무실이었는지 철제 책상 20여 개가 먼지를 뒤집어쓴 채 나란히 있었다. 불빛이라고는 그 책상 위에 놓인 촛불 세 개에서 흘러나오는 빛뿐이어서 아이들의 얼굴은 그늘져 누가 누군지 거의 분간할 수가 없었다.

"그렇게 애쓸 거 없어. 목소리가 떨리는데, 뭘."

히로시의 말에 모두들 불이 붙은 듯 웃음을 터뜨렸다.

"놀리지 마."

히비노 아키라가 말했다. 아키라는 키가 160센티미터, 몸무게가 70킬로그램으로 히데아키 몸무게의 두 배다. 늘 얌전한 데다 별명이 하마인 아키라가 학교 일진인 히로시에게 이런 식으로 말하자 모두들 잠시 숨을 죽이고 상황을 지켜보았다.

"뭐야, 하마. 너 지금 나한테 시비 거는 거냐?"

히로시가 위협적으로 말했다.

"시비 거는 게 아니야. 지금 겁이 나는 건 누구나 다 똑같다는 거지."

아키라는 느릿한 말투로 맞받았다.

"어쭈, 한번 붙어 보자 이거지."

히로시는 권투 선수처럼 싸울 태세를 취하고는 아키라에게 덤비라고 손짓했다. 그 모습이 촛불에 비쳐 벽에 커다란 그림자를 만들었다. 에이지는 숨을 죽였다.

"데드 매치(한쪽이 완전히 쓰러질 때까지 하는 시합), 단판 승부, 시간제한 없음."

쓰카사가 링 아나운서 같은 커다란 목소리로 말했다. 장래 희망이 스포츠 아나운서인 쓰카사는 유난히 레슬링 실황 중계를 실감 나게 잘한다.

"너희 둘 다 어떻게 된 거 아니야?"

도루가 둘 사이에 들어가 섰다.

"우리가 싸울 상대는 어른이란 걸 잊으면 곤란해."

"그런가…… 그랬지."

머쓱해진 히로시는 주먹 쥔 손을 거두어들였다. 다른 사람도 아니고 히로시라서 이대로 끝나지 않을 줄 알았는데 뜻밖에 깨끗이 물러나자 에이지는 어깨에 든 힘이 쑥 빠졌다.

"서로 악수해."

도루가 말하자 히로시는 순순히 손을 내밀었다.

"알았어. 용서해 주라."

아키라는 그 손을 쭈뼛쭈뼛 잡으면서 말했다.

"나도. 내가 좀 어떻게 됐었나 봐."

"에잇. 세기의 대전을 실황 중계할까 기대했더니."

쓰카사는 몹시 실망한 얼굴이었다. 그 한마디로 지금까지의 긴장이 풀렸는지 모두 왁자그르르 웃음을 터뜨렸다.

"다들 잘 들어. 여기는 우리의 해방구야. 아이들만의 세계라고. 모두 즐겁게 지내자."

도루의 말에 모두가 "야호!" 하고 소리치면서 주먹을 치켜들었다.

에이지는 왠지 모르게 가슴이 뜨거워졌다.

6월 초였다. 축구부 특별활동을 마치고 집으로 돌아가는데 나란히 걸어가던 도루가 에이지에게 한마디 툭 던졌다.

"해방구를 만들 건데 너도 동참하지 않을래?"

"해방구?"

에이지는 자기보다 키가 5, 6센티미터나 큰 도루를 약간 올려다보듯 했다.

"해방구란 건 말이야……."

저녁 햇살을 받은 도루의 얼굴이 타는 듯이 붉었다.

"우리가 태어나기 전에, 대학생들이 권력에 맞서 싸우기 위해서 바리케이드를 쳤던 곳이야."

"너, 그런 걸 어떻게 알아?"

"우리 아빠랑 엄마는 야스다 강당에 들어가서 기동대와 싸웠거든. 너네 아빠도 했을지 몰라."

"그런 소리 못 들었는데."

"그럼 '논폴리'였겠네."

"논폴리?"

"너네 아빠처럼 학생운동에 무관심했던 사람들. 그러니까 좋은 회사에 들어갈 수 있었던 거지. 반대로 우리 엄마 아빠는 취직 자리가 없어서 학원을 시작했어."

"손해 본 거네."

"그렇지도 않나 봐. 그래도 속마음은 어떨지 모르지. 오기로 버티고 있는지 누가 알겠냐."

"권력이란 게 뭔데?"

에이지는 도루에게 무시당할 것 같았지만 눈 딱 감고 물어보았다.

"정부나 경찰이나 학교, 말하자면 어른들이야."

"나는 잘 모르겠다. 그래서 결국 어떻게 됐는데?"

"물론 졌지."

"뭐, 졌어?"

에이지는 힘이 쑥 빠졌다.

"쪄도 좋잖아. 하고 싶은 걸 할 수만 있다면."

도루의 얼굴이 한층 더 붉게 보였다.

"무슨 말이야?"

"넌 꼰대들이나 부모나, 뭐 그런 어른들이 하는 일에 만족해? 하고 싶은 말 없어?"

"하고 싶은 말이야 무지 많지. 그래도……."

"그래도, 뭐?"

"어쩔 수 없잖아."

"어쩔 수 없으면 포기하는 거야?"

"그렇지만 우린 애들이잖아."

"애들은 무조건 어른이 하는 말을 다 들어야 돼?"

도루가 다그쳐 묻자 에이지는 뭐라고 대답할 수가 없었다.

"우리도 힘을 모으면 어른들이랑 싸울 수 있어."

"그럴까?"

에이지는 도무지 자신이 없었다.

"그래. 해방구는 우리의 성(城)이야."

"거기서 뭘 하는데?"

"아이들만의 세계를 만드는 거지."

"그런 짓을 하면 어른들이 가만히 있을까?"

"가만히 있을 턱이 있겠어? 당연히 공격해 오겠지. 그럼 쫓아 버리면 돼."

"위험하지 않을까?"

"위험하지. 그러니까 재미있는 거고."

도루의 눈이 반짝반짝 빛났다.

"해 볼까?"

에이지는 석양으로 눈을 돌렸다. 눈이 부셔 금세 눈을 감았다. 눈꺼풀 속에서 불꽃이 흩어졌다. 왠지 멋진 일이 일어날 것 같은 예감이 들었다. 그러나 위험한 일 또한 일어날 것 같아 불안했다.

"겁나?"

"아니. 생각하는 중이야. 중학교에 들어온 뒤로 재미있는 일이 하나도 없었잖아."

"앞으로도 없을걸. 점점 더 나빠질 뿐이야."

"지금 아니면 못 할까?"

"기회는 지금밖에 없어."

"또 누가 하는데?"

"너한테 처음 말했어. 네가 싫다면 이 계획은 끝이야."

"나 말고 또 누구누구 끌어들일 건데?"

"1학년 2반 남자애들 전부."

"그건 무리야."

"어째서?"

"그런 짓을 하면 점수 깎일 거 아냐. 많아야 절반 정도 같이 할 것 같은데."

"절반 가지곤 안 돼. 모두 해야 돼."

"언제 할 건데?"

"1학기 끝나자마자."

"여름방학이라고……."

"무슨 계획 있어?"

에이지는 엄마 얼굴을 떠올렸다. 바로 며칠 전에 여름방학을 하면 가족끼리 가루이자와에 테니스 치러 가기로 계획을 세웠기 때문이다. 펑크 내면 뭐라고 할까.

"이쪽이 훨씬 재미있을 거야."

도루가 뚫어지게 바라보자 에이지는 반사적으로 고개를 끄덕였다.

"좋아. 그럼 결정한 거다. 이제부터 우리 둘이 남자애들을 모두 끌어들이자."

도루의 얼굴이 환하게 밝아졌다.

"해방구 장소는 어딘데?"

"그 왜, 아라 강 둔치에 운동장 있지? 거기에서 보이는 아라카와 공업이라는 회사야."

"회사면 직원이 있을 거 아냐."

"아무도 없어."

도루가 씩 웃었다.

"왜?"

"한 달 전에 문 닫았거든. 며칠 전에 몰래 담 넘어 들어가서 조사해 봤지. 거기라면 대단한 요새가 될 거야."

'요새.'

인디언에게 포위된 요새, 그 맹공 앞에서 버둥거리며 쓰러져간다. 이제 끝인가 싶을 때 멀리 지평선 너머에서 모습을 드러내는 원군 기병대. 서부영화에서 흔히 볼 수 있는 장면이지만, 그들에게도 과연 원군이 찾아올까.

"언제까지 있을 거야?"

"일주일은 버틸 수 있을 것 같아."

"식량은 어떻게 할 건데?"

"그때까지 몰래 조금씩 날라야지. 거기는 전기는 못 써도 물은 나오니까 휴대용 가스레인지를 가져가면 지내는 데는 문제없을 거야."

"전기가 없으면 밤에는 깜깜하겠다."

"캠프 갔다고 생각하면 되잖아."

"와, 재미있겠다."

"우리들끼리 사는 게 얼마나 재미있는지 날마다 해방구 방송으로 내보낼 거야. 다들 부러워할걸."

"해방구 방송?"

"그 왜, 미니 FM 방송국이라는 거 있지? 그거 말이야. 그거라면 전기가 없어도 방송할 수 있잖아."

"꼰대들이랑 어른들 욕도 하자."

"당연하지."

에이지는 가슴이 설렜다.

계획 결행일 일주일 전인 7월 13일 오후 7시 30분.

날씨가 흐린 탓인지 하늘에는 달도 별도 없었다. 아라 강 둔치 운동장에 모인 남학생은 몇 번을 세어 봐도 스물두 명 전원이었다.

"믿어지지 않아."

에이지는 도루와 마주 보았다. 도루는 고개를 크게 끄덕인 채 아무 말도 하지 않았다. 너무나 감동한 나머지 목소리가 나오지 않는 게 분명하다.

도루와 에이지가 각각 맡은 남학생들을 설득할 때 싫다는 사람은 없었다. 아무리 그렇더라도 실제로 전부 올 거라고 생각하지는 않았다. 그런데 한 명도 빠짐없이 모일 줄이야.

"모두 내 얘기 좀 들어 봐."

도루가 검은 그림자 같은 덩어리를 향해 말했다.

"이 가운데 억지로 여기 온 사람이 있으면 그만둬도 돼. 그렇다고 우리가 왕따를 시키는 일은 절대 없을 테니까."

"억지로 온 거 아니야. 같이 하고 싶어서 온 거라고."

검은 덩어리 여기저기서 그런 소리가 났다.

"성적이 떨어질지도 몰라."

에이지가 말했다.

"상관없어. 상관없다고."

누군가 바로 대꾸했다.

"꼰대들이 가만 안 둘걸."

"꼰대 같은 거 별거 아냐."

"엄마가 울 텐데."

"울 테면 울라고 그래."

"좋아. 이제부터 일주일 동안 농성에 필요한 물건을 날라오기로 한다."

도루가 바지 주머니에서 수첩을 꺼내 가로등 불빛에 비추었다.

"우선 식량인데, 각자 일주일 동안 나눠서 가져올 것."

"거기 냉장고 있냐?"

아키라가 물었다.

"있을 리가 없잖아. 전기도 못 쓰니까 쌀하고 건빵을 가져와. 그리고 통조림도."

"통조림이라면 우리 집에 넘쳐나."

나오키가 말했다.

"그래? 너희 집은 병원이니까 사람들이 많이 가져오겠지."

"응. 두세 박스 정도 들고 나와도 모를걸."

"좋아. 그럼 가져와. 그거 말고 또 집에 남아도는 것들이 있으면 가져와. 식량 말고도 주전자, 냄비, 접시, 휴대용 가스레인지, 간장, 설탕, 소금 같은 것도 필요하거든."

"목욕탕은 물론 없겠지?"

"목욕탕은 없지만 샤워기는 있어."

"어? 정말?"

"단, 찬물이야."

"에잇, 뭐야."

"참, 비누도 가져갈게."

"물건은 어떻게 가지고 들어갈 건데?"

"봐, 저기 벽이 보이지?"

도루는 둑에 나란히 서 있는 공장 가운데 하나를 가리켰다.

"저기가 우리의 해방구야. 저 담으로 들어갈 수 있어. 다만 이것은 꼰대들한테도 어른들한테도 비밀이야. 눈치채지 않도록 행동해 줘. 만약 물건을 가지고 나오다가 들켜도 해방구 이야기는 절대로 하지 마."

"그 정도는 알아. 하지만 여자애들은 알고 있던데."

아키라가 말했다.

"여자애들한테는 말했어. 그게 어떻게 된 거냐 하면……."

도루는 팔로 이마의 땀을 닦았다.

사흘 전에 있었던 일이다. 도루와 에이지가 축구 연습을 마치고 돌아가려는데 수영부의 나카야마 히토미가 찾아와서 다짜고짜 따지고 들었다.

"너희 남자들끼리 무슨 일 꾸미고 있는 거지? 말해 줘."

"꾸미고 있는 거 없어. 그렇지?"

도루는 에이지의 얼굴을 보고 말했다.

"너희가 몰래 움직이는 거 우리는 다 알고 있거든."

"그건 여름방학에 놀 계획이라고."

"우리도 끼워 줘."

어느새 왔는지 호리바 구미코가 뒤에 서 있었다. 구미코는 여자 일진짱이다.

"여자애들은 못 끼워 줘."

"왜? 끼워 줄 수 없는 이유를 말해 봐."

"그건 좀……."

"못 하겠다면 됐어. 남자애들이 수상한 짓을 한다고 꼰대한테 일러바칠 테니까."

"고자질은 비겁한 짓이야."

"그럼 말해 주든가."

도루는 하늘을 올려다보고 나서 크게 숨을 들이마셨다.

"말해 주면 비밀은 꼭 지킬 수 있는 거지?"

"당연하지. 배신하면 내 머리를 잘라도 돼."

구미코는 머리카락을 자르는 시늉을 했다.

"그럼 말할게."

도루는 각오한 듯이 해방구 계획을 털어놓았다. 히토미와 구미코는 숨죽이고 들었다.

"재밌겠다. 우리도 끼워 줘."

"안 돼. 남자 여자가 함께 들어가 있으면 어른들이 뭐라고 말할 것 같아?"

"불순한 이성 교제?"

"그 이유 하나만으로 우리는 찍소리도 못 하고 붙잡혀 버린다고."

"그야 그럴지도 모르지만, 너희들 우리를 무시하는 거지? 가만 안 둘 거야."

구미코는 자기들을 무시한다고 생각한 모양이었다.

"무시하긴. 여자애들한테도 부탁할 일이 있어."

"뭔데?"

"우리는 안에 들어가 있을 거 아냐, 그럼 바깥 동태를 모르잖아. 너희들이 그걸 알려 주면 좋겠어."

"어떻게 알려 줘?"

"그건 나중에 생각해 볼게."

두 사람은 그렇게 이해하고 돌아갔다.

"여자애들한테 이야기했는데, 비밀이 새 나가지 않을까?"

히로시는 걱정스러운 모양이었다.

"괜찮아. 걔들은 믿을 만해."

"물론 구미코랑 히토미는 믿을 수 있지만 여자애들 가운데에는 착한 애들이 많잖아. 어른들한테 순순히 다 털어놓을지도 몰라."

"나도 그 생각을 안 한 건 아니야. 그래서 하시구치 준코한테만 말하라고 했어. 그리고 비밀로 해 두는 건 우리가 해방구에 들어갈 때까지만이야."

"들어가 버리면 비밀이고 뭐고 필요 없는 건가?"

"그렇지."

도루가 고개를 끄덕였다. 그리고 사토루에게 물었다.

"사토루, 너는 밖에 있어 줄래?"

"왜?"

사토루는 안경을 밀어 올리듯 하고서 되물었다.

"아직 몸이 완전히 안 나았잖아."

"이제 괜찮아. 봐."

사토루가 목발을 옆에 놓은 채 비틀비틀 일어났다.

"알았어. 너한테 밖에 있어달라고 하는 건 다리 때문만은 아니야. 부탁할 일이 있어서 그래."

도루는 사토루를 자리에 앉혔다.

"뭔데?"

"넌 전자 계통에 대해서는 천재야."

"천재라니, 오버야."

사토루는 멋쩍은 듯이 웅얼웅얼 말했다.

"겸손 떨지 마. 넌 컴퓨터 프로그램도 만들 수 있잖아."

"그렇기는 하지만 쉬운 것밖에 못 만들어."

"쉬운 거라도 대단한 거야, 안 그래?"

도루가 말하자 모두가 고개를 끄덕였다. 사토루가 일주일에 두 번은 아키하바라(전자 상가가 모여 있는 곳)에 다니며 컴퓨터를 조몰락거린다는 건 모두가 알고 있는 사실이다. 사토루의 공부방도 전기 제품으로 채워져 있고, 별명도 '일렉킹'

이다. 컴퓨터를 연구하고 싶어 하는 사토루는 어쩌면 장차 노벨상을 탈지도 모른다.

"우리는 네가 만들어 준 FM 발신기로 저기에서 해방구 방송을 할 거야."

"전기도 안 들어오는데 방송을 어떻게 하려고?"

아키라가 물었다.

"그 정도는 건전지로 할 수 있어. 단, 100미터밖에 못 가."

사토루의 말투는 마치 전기 기사 같았다.

"그 말은 들었어. 그래서 100미터 간격으로 이 방송을 받아서 한 번 더 발신하면 커다란 방송망이 만들어지겠지?"

"그렇게 되지."

"그걸 어떻게 할 건데?"

히로시가 물었다.

"여자애들한테 부탁하는 거지. 그런데 그 애들은 할 줄 모를 거 아냐. 그래서 일렉킹이 필요한 거라고."

도루가 거기까지 생각했다니 에이지는 그저 놀라울 뿐이었다. 자신은 도저히 따라갈 수 없을 것 같았다.

"알았어. 하지만 그 일 하나로는 성에 안 차."

사토루는 불만스러운 얼굴이었다.

"물론 네가 할 일이 또 있지. 어른들의 동태를 살펴서 우리 쪽에 보고해 줘."

"그런 일은 쉽지."

"살핀다는 건 도청하는 건데."

"아, 문제없다니까."

사토루는 식은 죽 먹기라는 듯이 말했다.

"좋아. 이제 우리는 안심하고 농성할 수 있게 됐어. 잘 부탁한다."

"그래, 나만 믿어."

도루는 사토루와 힘주어 악수했다.

4

"나오키 이 자식, 결국 안 왔잖아."

히로시는 에이지에게 거침없이 비난의 눈길을 돌렸다. 마치 네가 책임지라고 말하는 것 같아서 에이지는 그만 눈을 돌리고 말았다.

"배신할 애는 아닌데."

저도 모르게 목소리가 작아졌다. 가키누마 나오키네 집은 산부인과 병원을 운영하고 있다. 에이지는 거기서 태어났고, 나오키도 같은 날에 태어났다. 생일이 같아서 에이지와 나오키는 유치원 때부터 단짝이었다. 장차 의사가 되어야 할 운명인 나오키는 어렸을 때부터 학원과 과외를 해가며 공부했기 때문에 성적은 에이지보다 훨씬 좋다. 해방구에 참여하지 않을 줄 알았는데 나오키는 두말없이 찬성했다. 오히려 지나치

게 의욕이 넘쳐서 에이지가 걱정스러울 정도였다. 그런 나오키가……

"그럼 왜 안 오는 거냐고."

"그건……."

에이지도 거기에는 대답할 말이 없었다.

"혹시 그 자식, 엄마 아빠한테 말한 거 아냐?"

"그건 절대 아닐 거야. 믿어 줘."

에이지는 나오키를 감싸느라 진땀을 뺐다. 모두의 얼굴이 촛불에 흔들려 왠지 딴사람이 된 것처럼 심술궂어 보였다.

"뭐 됐어. 안 오는 사람은 어쩔 수 없지. 그보다 이제 곧 8시 반이다. 하시구치 준코한테서 연락이 올 시간이야. 옥상으로 올라가자."

도루가 한두 마디 거들어 준 덕에 에이지는 숨통이 트였다.

도루는 촛불 세 개를 입으로 불어서 껐다. 갑자기 깜깜해져 아무것도 보이지 않았다. 1분, 2분. 차차 어둠에 눈이 익자 모두의 모습이 희미하게 보이기 시작했다. 그러나 누가 누구인지 분간할 수 없었기 때문에 기분이 이상했다.

"발밑 조심하고 천천히 걸어."

도루는 말하자마자 어깨에 아주 큰 스포츠 가방을 메고, 그곳만 잘라 낸 듯이 밝은 창문을 향해 걷기 시작했다. 에이지가 바로 그 뒤를 이었다.

"손전등을 켜면 되잖아."

누군가 말했다.

"안 돼. 어둠에 익숙해져야 해. 손전등은 꼭 필요할 때만 쓸 거야."

창가까지 간 도루는 손으로 더듬거려 문을 열었다.

"여기는 비상구야. 여기서부터 비상계단으로 옥상까지 올라갈 건데, 계단이 가파르니까 한 사람씩 천천히 올라와."

에이지는 도루에 이어 밖으로 나왔다. 바깥 공기는 미지근했다. 이 건물은 4층짜리이고 지금은 2층 사무실에 있기 때문에 옥상으로 올라가려면 바깥 비상계단을 이용해야 했다.

하늘은 거리의 불빛을 받아서 그런지 의외로 밝았다. 비상계단에 발을 내딛자 삐걱거리는 소리가 났다.

"아얏!"

뒤에서 누군가 비명을 질렀다.

"무슨 일이야?"

도루가 물었다.

"의자에 걸려 넘어졌어."

"그러니까 조심하라고 했잖아. 지금부터는 절대 큰 소리 내지 마. 밖에 들리면 위험하니까."

도루는 빠른 걸음으로 올라갔다. 순식간에 3층 층계참을 지났다. 마침내 4층 층계참까지 가더니 멈춰 서서 아래를 내려다보았다. 에이지도 도루를 따라 아래를 내려다보았다. 모두 말없이 올라오고 있었다. 마치 나무줄기를 올라오는 개미 행렬 같았다.

옥상은 배구도 할 수 있을 정도로 넓었다. 주위는 높이 1미터 정도의 철책으로 둘러쳐져 있었다. 양옆은 공장이고, 동쪽은 K역이 있는 번화가다. 여기서 1킬로미터 이상 떨어졌을 텐데도 '빛의 바다'가 바로 옆에 있는 듯 보였다. 남쪽에는 스미다 강이 있을 테지만 옆 공장 지붕에 완전히 가려 보이지 않았다. 서쪽에도 공장이 줄지어 서 있지만, 건물 사이로 살짝 스미다 강의 수면이 빛나고 있는 것이 보였다. 그리고 북쪽으로 돌았다. 여기서부터는 아라 강 둔치가 한눈에 내려다보였다. 바로 오른쪽 밑으로 N다리가 보이는데, 자동차 불빛이 끊임없이 이어졌다.

"야, 신호를 보내고 있어."

모두 에이지가 가리키는 쪽을 보았다. 둔치에 있는 운동장 가운데쯤에서 불빛이 깜빡였다. 도루는 가지고 온 스포츠 가방에서 무전기를 꺼내 안테나를 뽑고 귀에 댔다.

"여기는 넘버 1, 오버."

"여기는 넘버 33. 해방구 방송 잘 들렸다, 오버."

넘버 1이란 도루의 번호고 33은 하시구치 준코의 번호다. 준코의 목소리는 볼륨을 최고로 높여도 알아듣기 힘들었다. 에이지는 무전기에 얼굴을 바짝 갖다 댔다.

"그쪽 반응은 어떤가, 오버."

"그 전에 묻겠는데, 나오키는 거기에 있나? 오버."

"없다, 오버."

"역시……."

준코의 목소리가 끊어졌다.

"여보세요, 나오키가 어떻게 됐나? 오버."

"나오키가 유괴됐다."

"나오키가 유괴됐어……?"

도루의 목소리가 커졌기 때문에 일제히 도루에게 눈길이 쏠렸다.

"진짜인가? 오버."

"진짜야. 우리 엄마가 나오키 집에 입원해 있잖아. 지금 난리 났어."

"뭐야, 또 아기가 태어나는 거야?"

"그래."

"몇째인데?"

"일곱째."

"헉."

"놀랐지? 우리 엄마 아빠는 신을 믿으니까 생긴 아이는 절대로 지우지 않거든."

"그럼 더 낳을 거래?"

"응. 형제 야구팀을 만들 거라는데. 졌다, 졌어."

준코네 집은 '라이라이켄'이라는 중국집을 운영하고 있다. 중화요리라지만 메뉴는 라면, 볶음밥, 만두 정도다.

형제가 많은 준코는 보통 집처럼 설날이나 생일에 용돈을 받지 못한다. 용돈이 필요하면 일을 해야 한다. 맏딸인 준코는 학교에서 돌아오면 곧장 가게로 나가 일을 했다. 배달도 나가고 아기 기저귀도 갈아 준다. 청소와 빨래는 준코의 특기다. 무엇보다 일하는 것을 좋아하는 준코는 고등학교에 진학하지 않고 집안일을 거들 거라고 했다. 늘 공부에 쫓겨 머릿속에서 성적 고민이 떠나지 않는 에이지를 준코는 불쌍하게 여겼다. 에이지는 준코와 이야기할 때는 마음이 편안해지고 밝아진다. 그래서 준코를 좋아한다.

에이지가 도루의 옆구리를 찔렀다.

"나오키가 유괴된 걸 어떻게 알았나? 오버."

"몸값을 내라는 전화가 걸려 왔대."

"얼마나? 오버."

"1700만 엔."

"되게 어정쩡한 금액이네."

"돈을 주지 않으면 죽이겠다고 했대."

"죽여?"

도루의 얼굴이 굳어졌다. 에이지도 목덜미에 소름이 돋았다.

"그래. 무시무시하지?"

"경찰에 신고는 했나? 오버."

"아직 안 했나 봐."

"왜?"

"너희 남자애들 전부 없어졌잖아. 그래서 모두 난리가 났었어. 그런데 나오키가 진짜로 유괴됐다니까 너희들 모두 유괴됐다고 생각하는 모양이야."

"우리가 모두 유괴됐다고 생각한다고?"

모두들 서로 어깨를 치면서 배꼽이 빠져라 웃어댔다.

"다들 웃고 있나 보네. 하지만 지금 웃고 있을 때가 아니야. 어떻게 할 거야?"

"어떻게 하다니, 이제 와서 그만둘 수는 없지. 이제 막 해방구에 들어왔는데. 내일 해방구 방송에서 우리는 유괴 당하지 않았다고 말하면 되잖아."

"그렇기는 한데, 나오키는 어떻게 할 거야?"

"어떻게 할 거냐니······."

"이대로 내버려 둘 거야? 오버."

준코의 목소리가 험악해졌다.

도루가 더듬거리자 "도와주자."라는 소리가 들렸다. 그러자 갑자기 모두가 "그래, 그래!"라며 찬성하는 목소리가 커졌다.

"어떻게 할지 지금부터 다 같이 의논해 볼게."

"좋아. 나오키 일은 우리한테 맡겨."

"우리한테라니, 여자애들한테 맡기라고?"

"그래. 나오키가 죽을지도 모르는데 그걸 뻔히 알면서 보고만 있을 수는 없잖아."

"그렇게 전할게. 너희들 다시 봤다."

"여자도 할 때는 한다고."

"알았어. 그럼 내일 아침 8시에 연락해 줄래? 오버."

"알았다. 에이지 좀 바꿔 줘."

"오케이. 야, 에이지, 여친이야."

도루는 무전기를 에이지에게 건넸다.

"여보세요."

"에이지, 괜찮아?"

"괜찮아."

"힘내!"

"응."

"그럼, 안녕."

준코의 밝은 목소리가 사라졌다. 좀 더 이야기하고 싶었는데 왜 이렇게 빨리 끊어 버리는 거야.

"에이지는 좋겠다. 걱정해 주는 여친도 있고."

아키라가 부러운 듯이 말했다.

"여친이 필요하면 살이나 좀 빼라."

히로시가 말하자 모두가 으하하 웃음을 터뜨렸다.

"지금 웃을 때가 아니야. 나오키가 유괴 당했어."

도루는 엄한 얼굴로 말하고는 준코와 교신한 내용을 모두에게 전했다.

"어른들이란, 그러니까 믿을 수 없는 거라고. 어린애를 유괴해서 돈을 빼앗으려고 하다니 수법이 비열하잖아."

히로시가 입을 빼물고 말했다.

"여자애들한테만 맡겨 두는 건 위험할 것 같은데."

에이지는 말을 하면서 점점 더 불안해졌다.

"경찰에 신고했을까?"

"모르겠어."

"짭새들이 움직이면 더 위험해. 텔레비전에서 봤는데, 이럴 때 범인은 대개 경찰에 알리면 없애 버리겠다고 하잖아."

아키라의 얼굴이 굳어졌다.

"우리가 뭐 할 거 없을까?"

"하필 이럴 때 유괴를 당하다니 그 자식도 재수 옴 붙었네. 우리가 여기서 나갈 수는 없잖아."

"우리의 해방구, 잠시 중단하면……."

우노 히데아키가 입안에서 중얼거리듯이 말했다. 히데아키는 집으로 돌아가고 싶은 건지도 모른다.

"넌 집에 가고 싶으면 가."

도루가 말했다.

"그런 뜻으로 말한 게 아니야."

히데아키는 놀라서 고개를 저었다.

"구해 낼 방법이 없는 건 아니야."

나카오 가즈토가 차분한 목소리로 툭 내뱉었다. 모두의 시선이 가즈토 쪽으로 쏠렸다.

자그마한 몸집에 안경을 쓴 가즈토는 에이지랑 같은 축구부다. 타고난 운동신경이 둔해서인지 연습은 열심히 하는데도 실력이 늘기는커녕 만날 똥볼만 차 댄다. 그러나 딱히 학원 같은 곳에 다니는 것도 아닌데 공부는 1등이었다. 그 때문에 에이지는 도루와는 다른 의미에서 남몰래 가즈토를 존경하고 있었다.

　"내일 아침 8시에 준코랑 연락할 거잖아. 그때 이렇게 말하면 돼."

　도루는 가즈토의 입을 뚫어지게 바라보았다.

　"유괴범한테 돈을 건네기 전에 나오키가 무사하다는 것을 확인하고 싶다, 그 증거로 나오키가 쓴 편지를 보고 싶다. 그렇게 말하면 범인도 틀림없이 나오키한테 편지 정도는 쓰게 해 줄 거야."

　"나오키가 편지에 뭐라고 쓴다고 해도 범인이 다 확인할 텐데, 뭐."

　"그야 물론이지. 하지만 나오키는 편지에 범인이 모르는 암호를 쓸 거야."

　"그렇구나. 참, 나오키는 암호의 천재였지."

　에이지는 저도 모르게 손뼉을 쳤다.

　"또 누구 좋은 의견 없어?"

　도루는 모두의 얼굴을 둘러보았다.

　"가즈토가 내놓은 안으로 해 보자."

에이지가 말하자 모두가 찬성했다.

"그럼 그렇게 하자."

"모두 하늘 좀 봐. 별이 참 예쁘다."

다테이시 쓰요시가 불쑥 말하고는 벌러덩 누웠다. 에이지도 고개를 젖히고 하늘을 우러러보았다. 에이지는 요즘에는 별 같은 건 본 적도 없었다. 은하수가 보였다. 목이 아파서 쓰요시와 나란히 누웠다. 그것이 신호라도 된 듯, 마치 도미노처럼 모두가 벌러덩벌러덩 드러누웠다.

"먼저 북쪽 하늘을 봐. 저기 있는 것이 북극성이야. 북극성은 다 알지?"

쓰요시네 집은 3대째 화약 공장을 하고 있기 때문에 쓰요시도 초등학교 때부터 아버지가 불꽃을 쏘아 올리는 데 따라다녔다고 한다. 쓰요시가 별에 대해서 잘 아는 것은 언제나 그렇게 밤하늘을 올려다본 덕분이었다. 학급에서는 '어린왕자'라는 별명을 얻었을 정도다.

"작은곰자리는 알지? 그리고 북두칠성도?"

"알아."

여기저기서 대답하는 소리가 났다.

"그럼 남쪽을 볼까. 은하를 봐. 바로 위에 밝게 빛나는 별이 있지?"

"있어."

에이지는 저도 모르게 소리쳤다.

"그게 백조자리의 데네브야. 거기에서 오른쪽을 보면 또 빛나는 별이 있지? 그게 거문고자리의 베가야. 알겠지?"

"알겠어."라는 목소리와 "모르겠는데."라는 목소리가 뒤섞였다.

"저 두 별을 밑변으로 해서 이등변삼각형을 만들어 봐. 위에 빛나는 별이 있지? 그게 독수리자리의 알타이르야."

"아, 알았다. 저거지?"

에이지가 손을 뻗어 가리켰다.

"맞아. 저 별 세 개를 이어서 '여름의 대삼각형'이라고 해. 칠월 칠석에 견우랑 직녀가 만난다는 이야기가 있잖아."

"칠월 칠석날 밤에 1년에 딱 한 번 만난다는 그 얘기지?"

"그래. 견우가 알타이르고 직녀가 베가야."

"그렇구나, 저게 그거구나……."

별을 바라보고 있자 해방구도 유괴도 모두 지우개로 지운 듯이 머릿속에서 말끔하게 사라졌다.

"이다음에 우리가 모두 없어져도 별은 저렇게 빛날 거야."

쓰요시가 말하자 모두 잠잠해졌다.

등에서 느껴지는 콘크리트 바닥의 따뜻함이 기분 좋았다.

둘째 날

설득 공작

1

에이지는 창문이 환해서 잠이 깼다. 그런데 주위의 모습이 여느 때와는 달랐다. 에이지는 잠시 어리둥절했다.

'아, 그렇지. 여기는 집이 아니었어.'

원래는 회의실이었을까. 3층에 있는 이 방에는 긴 탁자와 접이의자 여러 개가 있었다. 그것을 모두 복도로 내놓은 다음 바닥에 비닐 돗자리를 깔고, 모두들 그 위에 아무렇게나 누워 잤던 것이다. 에이지도, 아마 다른 아이들도 이런 경험은 처음일 것이다. 처음에는 등이 배겨서 도무지 잠이 오지 않았다. 물론 해방구에 들어온 첫날이어서 흥분한 탓도 있었지만.

해방구보다 블랙홀이라는 표현이 좋겠다고 말한 것은 쓰요시였다. 레슬링광인 쓰카사는 원더랜드가 더 좋겠다고 했다. 히로시는 아라 강의 성이라고 부르자고 했다.

모두가 밤늦도록 이야기를 나누다가 어느새 피곤해져서 잠이 들어 버렸다. 옆을 보니 히데아키가 등을 둥글게 말고 평온한 얼굴로 자고 있었다.

히데아키는 엄마가 과보호하는 것으로 반에서도 유명하다. 어젯밤에 모두가 엄마 생각나지 않느냐고 놀리는 통에 그만 울음을 터뜨리고 말았다. 그때는 좀 안됐다는 생각도 들었다. 불안한 것은 모두 마찬가지였다. 그래서 히데아키를 놀리면서 자신의 마음을 달래려고 했던 것이다.

에이지는 조용히 일어나 방을 나왔다. 복도는 어둠침침하고 쥐 죽은 듯이 조용했다. 계단을 내려가는 자신의 발소리가 맥없이 타닥타닥 지저분한 콘크리트 벽에 울렸다. 마치 감옥 같았다.

밖으로 나오자 환한 빛이 눈으로 스며들었다. 조그만 빈터를 사이에 두고 공장이 있다. 이 빈터가 앞으로 모두의 광장이 될 것이다. 건물 옆에 있는 방화용 소화전에서 물이 졸졸 흘러나와 광장의 아스팔트가 얼룩져 있었다. 이 소화전의 호스를 연결해서 몸을 씻을 수 있고 밥도 해 먹을 수 있다. 화장실에는 양동이 가득 물을 담아 가지고 들어가기로 했다.

에이지는 두 손에 물을 받아 얼굴을 씻고 입을 헹구었다. 수건을 가지고 나오지 않아 얼굴을 닦을 수가 없었다. 그대로 말리려고 얼굴을 들어 하늘을 보았다. 구름 한 점 없는 하늘. 아직 이른 아침인 탓인지 빛깔은 옅은 파랑이었다. 에이지는 심호흡을 했다. 그때 누군가 달려오는 발소리가 났다. 돌아보니 도루였다.

"벌써 일어난 거야?"

"일찍 잠이 깨서 안을 한 바퀴 돌아봤어."

도루가 해방구를 만들자는 이야기를 꺼냈을 때 에이지는 은근히 재미있을 것 같아 찬성했다. 아이들을 더 모으자고 말은 했지만 많이 모여 봐야 고작 대여섯 명일 거라고 생각했는데, 나카오 가즈토와 오구로 겐지처럼 공부 말고는 흥미가 없을 것 같은 애들까지 끼워 달라고 했다. 그리고 마침내 1학년 2반 남학생 모두가 참여하는 것으로 일이 커지고 말았다.

왜일까? 모두 에이지와 마찬가지로 뭔가 하고 싶었던 거다. 그래서 모두가 여기에 들어왔다는 걸 지금 분명히 깨달았다.

'그래. 아이는 어른의 꼭두각시가 아니야. 자기들 뜻대로 될 거라고 생각하면 큰 착각이지. 그걸 똑똑히 알게 해 주겠어.'

도루의 얼굴은 기분 탓인지 창백해 보였다. 아무리 아침이라고 해도 이 넓은 공장 안을 혼자 걷다니, 으스스했을지도 모른다.

"너, 혼자서도 잘 다닌다. 대담한데."

"그게 말이야……."

도루는 눈을 크게 뜨고 에이지를 보았다.

"그게, 뭐?"

"어제 다 같이 이 안을 둘러봤잖아."

"그랬지."

"그때는 아무도 없었지?"

도루는 확인하듯이 물었다.

"없었어."

"그런데, 있어. 사람이……."

도루의 볼이 긴장한 탓인지 파르르 경련을 일으켰다. 에이지는 얼굴에서 핏기가 가시는 것을 스스로도 알 수 있었다.

"겁주지 마."

"겁주는 거 아니야. 진짜야."

도루가 이렇게 진지한 얼굴을 하는 것은 처음이었다.

"못 믿겠으면 함께 가 볼래?"

"됐어. 네가 그렇게까지 말하는데, 믿지 뭐."

에이지는 도저히 보러 갈 마음이 생기지 않았다.

"가 보자. 나도 언뜻 보기만 하고 놀라서 도망쳤거든. 살았는지 죽었는지 그것도 모르겠어."

"죽어?"

에이지는 저도 모르게 목소리가 떨렸다.

"가 보자."

그렇게 말하고는 도루가 앞장서 걷기 시작했다. 여기서 도망치면 도루가 우습게 볼 게 분명하다. 에이지는 도루를 뒤따라갔다.

도루는 에이지가 나온 건물로 들어갔다. 1층은 차고와 제품을 출하했던 곳일까, 지금은 아무것도 없이 휑뎅그렁하게 비어 있었다. 앞쪽 입구에는 쇠로 된 셔터가 내려져 있고, 그 안은 어둑어둑했다. 입구 가까이에 작은 방이 있었다. 원래는 경비실이었을까 아니면 숙직실이었을까.

"저기야."

도루가 가리켰다. 그러고는 발소리를 죽이고 걸었다. 에이지도 발소리가 나지 않도록 조심조심 그 뒤를 따라갔다.

방에는 유리창이 있었다. 도루는 창문에 얼굴을 대고 들여다보고는 뒤에서 다가온 에이지의 머리를 끌어안듯이 해서 유리창으로 들이밀었다. 그러나 에이지에게는 너무 높았기 때문에 안이 보이지 않았다. 에이지는 주변에서 나무토막을 주워 와 그 위에 올라갔다.

"어때, 있지?"

도루의 숨죽인 목소리가 귓가에 들렸다. 한 남자가 누워 있는 게 똑똑히 보였다.

"죽은 거 같아, 아니면 살아 있는 거 같아?"

방 안은 바깥보다 한층 어두워 남자의 얼굴 같은 건 보이지 않았다.

"몰라. 하지만 여기는 어제 틀림없이 본 곳이야."

"분명히 없었어."

"그럼 우리가 자고 있는 동안에 들어온 거니까 살아 있는 거야."

이런 당연한 일을 도루는 왜 모르는 거지?

"그야 그렇지만, 어디로 들어왔지? 너도 알지? 우리가 여기에 들어올 때는 둑 쪽 담에 줄사다리를 걸치고 넘어왔잖아."

"다른 데에 입구가 있는 거 아닐까?"

"절대 없어. 내가 철저하게 조사했다고."

"이상하네. 그럼 귀신인가?"

에이지는 도루의 얼굴을 보았다. 그때 딛고 있던 나무토막에서 발이 미끄러지는 바람에 요란한 소리와 함께 바닥으로 넘어졌다.

"아야!"

에이지가 저도 모르게 비명을 질렀다. 도루가 손가락을 입술에 댔지만 이미 늦었다.

"일어났다. 살아 있어."

"어떡하지?"

에이지는 도망치려고 했다.

"만나 보자."

"다른 애들도 불러온 다음에 만나는 게 좋지 않을까?"

"괜찮아."

도루의 말이 끝나기도 전에 문이 열리고 남자가 얼굴을 내밀었다. 주름투성이에 꼬질꼬질한 얼굴. 머리는 백발일 테지만 지금은 잿빛이다. 아무리 보아도 부랑자 같은 차림새였다.

"너희들, 어디서 온 거냐?"

의외로 온화한 목소리였다.

"할아버지야말로 어디로 들어온 거예요?"

도루가 가슴을 젖히듯 하고는 오히려 되물었다. 에이지는 다리가 제멋대로 후들거리는 것을 멈출 수가 없었다.

"할아버지라고? 너희들은 몇 살이냐?"

"중1이요."

"중1이라. 나한테도 너희들만 한 손자가 있다."

"할아버지, 이 공장 사람이에요?"

"아니다. 공장하고는 상관없단다."

"그럼 왜 여기 있어요?"

"있고 싶으니까 있는 거지."

"집은 없어요?"

"있지, 아주 먼 데."

"왜 집에서 안 살아요?"

"아들하고 싸우고 나왔거든."

"계속 여기서 살았어요?"

"그렇단다."

노인은 조금 쓸쓸한 듯이 눈을 감았다. 에이지에게도 시즈오카에 할아버지와 할머니가 있다. 할머니 할아버지 생각을 하자 왠지 노인이 불쌍해졌다.

"하지만 어제 우리가 왔을 때에는 없었잖아요."

"어제는 밤늦게 돌아왔으니까."

"어디로 들어왔어요?"

"너희들이야말로 어디로 들어온 거냐?"

"우리는 담을 타고 넘어왔어요."

"둘이서 말이냐?"

"아니요, 스무 명이요."

에이지는 스무 명이라는 부분을 특히 더 분명하게 말했다.

"스무 명이라고……?"

노인은 입을 반쯤 벌린 채 둘의 얼굴을 바라보았다.

"너희들, 여기서 뭘 할 셈이냐?"

"우리의 해방구를 만들려고요."

"해방구?"

노인은 눈을 깜빡거렸다.

"어른한테 방해 받지 않는 아이들만의 성이에요."

"어른들이 그런 걸 허락할 리 없을 텐데. 쓸데없는 짓 하지 마라."

"허락하지 않으면 싸우면 돼요."

"싸운다고……? 이길 것 같으냐?"

"질 거라고 생각하고 싸우는 사람은 없어요."

"참 맹랑한 녀석들일세."

경계의 빛을 띠었던 노인의 눈이 완전히 부드러워졌다.

"할아버지, 어떻게 들어왔는지 말해 주세요."

도루가 물고 늘어졌다.

"따라오너라."

노인은 앞장서서 건물 밖으로 나갔다. 그리고 곧장 광장 구석으로 가서 맨홀 뚜껑을 가리켰다.

"여기다."

"여기로 들어왔어요?"

"그래."

"하지만 이 밑은 하수도잖아요."

에이지가 물었다.

"그렇지."

"하수도를 걸을 수가 있어요?"

"암, 있고말고. 여기서 내려가서 조금만 가면 본관이 나온다. 거기는 서서 걸을 수 있을 정도로 크단다."

"하수도에는 시궁쥐가 살지 않나……."

"물론 살지. 고양이만 한 녀석이 말이다."

에이지는 하마터면 비명을 지를 뻔했다.

"하수도를 지나 어디로 가요?"

"남쪽으로 300미터쯤 걸어서 위로 올라가면 중학교 옆 놀이터에 있는 그네 쪽으로 나갈 수 있지."

"네? 저, 그 그네 탄 적 있어요. 맞아요, 그 밑에 맨홀이 있었어요."

"우와, 거기로 나갈 수 있구나."

도루는 고개를 끄덕이며 감탄했다.

"할아버지, 그걸 어떻게 알았어요?"

"20년 전까지는 이 회사에서 일했거든."

"할아버지 말고 그 비밀 통로를 아는 사람이 또 있어요?"

"없다. 옛날에도 나만 알고 있었어. 하물며 지금은 더더욱 아는 사람이 없겠지."

"그래요, 할아버지. 중요한 걸 알게 됐어요."

도루가 두 손을 꼭 쥐고 나서 브이를 만들어 보였다.

2

기상 시간은 6시로 정했기 때문에, 6시가 되자 모두들 우르르 건물에서 몰려나왔다. 6시 20분부터 50분까지는 아침 운동. 그리고 10분 만에 아침을 먹고 7시까지 식사를 마치는 것이 도루가 세운 시간 계획표였다.

적과 싸우기 위해서는 우선 체력을 길러야 한다. 광장에 나온 스무 명은 두 줄로 마주 섰다. 그다음 한쪽은 드러눕고 다른 한쪽은 발목을 잡아 주었다.

"이제부터 복근 운동을 시작한다."

축구 부원인 도루와 에이지가 지도했다.

"몇 번 해?"

모두들 팬티 한 장만 입고 있는데, 그중에서도 히데아키는 눈에 띄게 말라깽이다. 히데아키가 불안한 목소리로 물었다.

"100번."

"100번?"

퉁퉁한 아키라가 머리 꼭대기에서 나왔을 법한 목소리로 소리쳤다.

"솔직히 200번 하라고 하고 싶었는데 오늘은 첫날이라 줄여 주는 거야."

도루가 윗몸일으키기를 200번 한다는 건 거짓말이 아니다. 팔굽혀펴기도 100번을 한다.

"그럼 시작. 하나, 둘, 셋, 넷, 다섯……."

처음 10번 정도는 모두들 힘이 넘쳤다. 그러나 20번을 넘자 그때부터는 드러누워 버리는 사람이 나오기 시작했고, 결국 70번째에서는 한 사람도 남김없이 나가떨어지고 말았다.

"한심하다, 진짜. 다음은 팔굽혀펴기 50번."

"말도 안 돼. 그러다가는 하루 만에 녹다운되고 말걸."

윗몸일으키기 여덟 번 하고 나가떨어진 아키라가 불평했다.

"가장 많이 해야 될 사람이 너야. 자, 시작해. 에이지, 얼빠져 있는 자식들은 엉덩이를 눌러 버려."

팔굽혀펴기에서는 의외로 몸집이 작은 가즈토가 강했다. 마지막에는 혼자 남아 결국 50번을 다 채웠다.

"우와! 너는 공부만 잘하는 게 아니구나."

아키라가 놀랐다는 듯이 말하자 가즈토는 몹시 쑥스러워했다.

"몸이 가벼워서 그래."

그 뒤로 담장을 따라 공장 안을 다섯 바퀴 돌았다. 한 바퀴가 200미터 정도이니 약 1킬로미터를 뛴 셈이다.

달리기를 마치고 광장으로 돌아오자 조금 전까지 그늘졌던 부분에 벌써 아침 해가 반쯤 비쳐들었고, 찌는 듯이 더워지기 시작했다. 누구 할 것 없이 모두가 땀에 흠뻑 젖었다. 도루는 소화전에 호스를 연결해 모두에게 머리부터 물을 뿌려 댔다.

"앗, 차가워."

아이들은 비명을 지르면서 그 자리에서 팔짝팔짝 뛰었다.

"여러분, 기다리고 기다리던 아침밥입니다. 주방장은 아키라입니다!"

아키라는 모두를 향해 고개를 숙였다.

"메뉴가 뭐야?"

"응, 메뉴는 바게트 빵 두 조각에 잼이랑 치즈. 그리고 살라미 소시지하고 캔 우유 200밀리리터."

"디저트는 뭔데?"

"디저트는 두 사람당 귤 통조림 한 캔. 그걸로 끝."

"모닝커피는 없어?"

"사치스러운 소리 하지 마. 여기는 카페가 아니라고."

모두가 가져온 식료품은 통조림, 건빵, 인스턴트 식품 등 한 달은 너끈히 견딜 정도의 양이지만 낭비할 수는 없다. 운동하고 나서 다 같이 먹는 밥이니 맛이 없을 리 없었다.

"히데아키, 너 우유 안 마셔?"

아키라는 자기 우유를 단숨에 다 마시고 아직 손도 대지 않은 히데아키의 우유에 눈독을 들였다.

"나 우유 별로 안 좋아해."

"그럼 내가 마셔 주지."

아키라는 말하기가 무섭게 우유에 손을 뻗어 벌컥벌컥 소리를 내며 마셨다.

"누구, 남은 거 있으면 뭐든 상관없으니까 나한테 줘."

아키라는 모두의 얼굴을 둘러보았다.

"여러분, 아프리카의 굶주린 하마를 위해 사랑의 은혜를."

쓰카사가 일어나더니 모자를 들고 한 바퀴 돌았다. 모자는 금세 먹다 남긴 치즈며 살라미 소시지로 가득 찼다. 쓰카사는 모은 음식을 아키라에게 가져갔다.

"여러분, 고맙습니다."

아키라는 음식을 눈 깜짝할 사이에 먹어치웠다. 아이들은 하도 어이가 없어서 그저 말없이 바라볼 뿐이었다.

"자, 이제 배도 부를 테니까 다들 내 얘기 좀 들어 봐."

이제 도루는 완전히 리더 같았다. 에이지 눈에는 그 모습이 놀라워 보였다.

"우선 유괴 당한 나오키 이야기인데, 나오키는 어떻게든 우리 손으로 구했으면 좋겠어."

"그래. 어른한테 맡기면 나오키는 죽을 거야."

"벌써 죽지 않았을까?"

"재수 없는 소리 하지 마."

"나오키 집은 좋겠다. 1700만 엔을 척 내줄 수 있으니까. 우리 집은 100만 엔도 못 내놓을 거야."

아키라가 말했다.

"너 같은 걸 누가 유괴하겠어? 이렇게 먹어 대면 남아나는 게 없을 텐데."

히로시가 말하자 일제히 웃음을 터뜨렸다.

"다들 좀 진지해져라. 나오키 목숨이 걸린 문제란 말이야."

도루의 한마디에 모두들 풀이 푹 죽었다.

"하지만 나오키가 어디에 있는지도 모르잖아. 그런데 어떻게 구해?"

히로시가 투덜거렸다.

"그러니까 지금은 어제 가즈토가 말했듯이 나오키의 편지를 기다리는 수밖에 없어."

"만약 편지에 아무것도 안 쓰여 있으면 어떡할 건데?"

"그때는 아웃이지."

도루는 얼굴 앞에서 두 손으로 엑스를 만들었다.

"그리고 나오키가 어디에 있는지 알아도 우리는 여기에 있잖아. 그런데 어떻게 구하겠다는 거야?"

"바로 그 얘기인데, 오늘 아침에 나랑 에이지가 여기서 어떤 할아버지를 만났어."

"여기에 누가 있었어?"

모두가 도루와 에이지의 얼굴을 응시했다.

"있었어."

에이지는 크게 고개를 끄덕였다.

"하지만 어제는 없었어, 안 그래?"

히로시는 모두를 보고 말했다.

"그래, 어제는 없었어. 그런데 밤에 들어왔어."

"어디로? 들어올 데가 없었을 텐데."

"귀신인가 보네."

히데아키가 말했다.

"귀신 아니야. 사실은 비밀 통로가 있었어."

도루의 얼굴로 향하는 눈동자들이 빛났다.

"어디에 있는데?"

"저기야. 저 맨홀."

도루는 광장 구석에 있는 맨홀을 가리켰다.

"저 뚜껑을 열고 밑으로 내려가면 하수도야. 거기서 남쪽으로 걸어가면 학교 옆 놀이터로 나갈 수 있대."

"우와, 완전 놀랍다!"

요시무라 겐이치가 여자애처럼 째지는 목소리로 소리쳤기

때문에 모두 와르르 웃음을 터뜨렸다.

"비밀 통로가 있다니, 점점 재미있어지는데."

가즈토는 이럴 때도 차분하다.

"그래서 너희들이 생각 좀 해 줬으면 좋겠어. 그 할아버지를 어떻게 할 건지."

도루는 모두의 얼굴을 차례로 보았다. 도루의 눈길이 히로시의 얼굴에서 멈추자 히로시가 차갑게 말했다.

"여기는 우리만의 해방구야. 어른이 있으면 불편해."

"하지만 그 할아버지는 우리가 오기 전부터 여기서 살고 있었어. 쫓아내는 건 좀 그럴 거 같은데."

"야, 에이지. 착한 척 좀 하지 마. 나는 늙은이들이 싫단 말이야. 얼굴은 더럽고 걷는 것도 어물어물하고. 그런 늙은이들은 이 세상에서 없어지는 게 낫다고. 그리고 이런 데서 사는 걸 보면, 부랑자겠지 뭐. 쓰레기는 치워 버리는 게 좋아. 내말이 틀려?"

히로시는 단숨에 퍼부어 댔다.

"우리가 해방구를 만든 건 어른들하고 싸우기 위해서였어. 그건 분명해. 하지만 노인은 다르다고 생각하는데."

도루의 목소리는 냉정했다.

"어떻게 달라? 어린애가 아니면 어른이잖아? 안 그래?"

히로시가 쳐다보자 히데아키는 "응, 맞아." 하며 몇 번이고 고개를 끄덕였다.

"저 할아버지는 아들한테 쫓겨나서 여기서 지내고 있어."

"그래도 노인네는 누구든 싫어. 아무 도움도 안 되고 거추장스럽기만 하잖아. 쫓아내는 게 당연해."

"사람은 누구나 나이가 들면 그렇게 돼. 그리고 도움이 안 되는 걸로 치면 우리 어린애들도 마찬가지 아니야?"

"어린애들은 다르지. 부모는 자식을 키울 의무가 있다고."

"자식도 자라면 부모를 돌볼 의무가 있다고 생각해."

"그건 부모한테 달렸지. 나는 우리 아빠가 약해지면 그땐 정말 인정사정 안 보고 묵사발을 만들어 버릴 거야."

히로시 아빠는 목수지만, 술과 도박을 좋아해서 마음이 내킬 때만 일하러 나간다. 엄마가 그것에 대해 불평하면 곧장 손찌검을 한다는 것이다.

"역시, 노인은 어른하고는 달라. 약한 사람을 괴롭히고 싶지 않아."

다테이시 쓰요시가 말했다. 그러자 가즈토가 거들었다.

"그리고 그 할아버지가 아니었다면 비밀 출구도 알 수가 없었잖아."

"그래."

도루가 고개를 끄덕였다.

"그럼 할아버지가 필요한 거네. 할아버지의 지혜는 무시할 수 없으니까."

"좋아, 할아버지를 쫓아내지 않는 게 좋다고 생각하는 사람은 손 들어."

히로시와 히데아키를 빼고 모두 손을 들었다.

"어때, 히로시. 찬성해 주지 않을래?"

도루는 히로시의 얼굴을 살피듯 보았다.

"그래. 모두가 좋다면 나는 반대 안 해."

히로시가 부루퉁하게 대답하자 히데아키도 "나도." 하고 말
했다. 그러자 모두가 박수를 쳤다.

"에이지, 할아버지를 데려와."

에이지는 도루의 말이 떨어지기가 무섭게 쏜살같이 건물
안으로 뛰어들어 갔다. 안으로 들어가자 어두워서 아무것도
보이지 않았다. 천천히 걸으면서 안을 향해 말했다.

"할아버지."

"왜? 결정한 거냐?"

느릿한 대답이 돌아왔다.

"결정했어요. 할아버지도 함께 살게 됐어요. 잠깐 나와서
애들한테 인사해 주세요."

에이지는 노인을 쫓아내지 않아도 된다고 생각하자 가슴속
에서 솟구치는 기쁨으로 말을 이을 수가 없었다.

"그래, 알았다."

노인이 모습을 드러냈다. 그리고 천천히 에이지한테로 걸
어왔다.

"다행이에요, 할아버지."

에이지는 엉겁결에 이렇게 말하고는 곧 괜한 말을 했나 싶었다.

건물에서 노인이 모습을 나타내자 모두 박수를 쳤다. 노인은 몹시 쑥스러웠던지 헤헤 웃었다.

"여러분, 나는 세가와 다쿠조라고 합니다. 나이는 일흔 살이에요. 잘 부탁해요."

세가와가 난데없이 고개를 숙이자 아이들도 모두 그에 이끌린 듯이 고개를 숙였다.

"아까 얘기를 들어 보니, 너희들 어른들하고 전쟁을 한다지?"

"저희는 여기에 아이들의 해방구를 만들었어요. 어른들이 공격해 오지 않으면 싸우지 않을 거예요."

가즈토가 대답했다.

"어른들은 반드시 무너뜨리러 올 거다. 내가 장담하마."

"정말요?"

겐이치가 불안한 듯이 눈을 깜빡거렸다.

"암, 공격해 오고말고. 그자들은 자기들이 하는 일이 옳다고 생각하니까 말이야. 한데 너희들은 전쟁을 한 적이 있느냐? 물론 없겠지."

모두들 잠자코 고개를 끄덕일 수밖에 없었다.

"적을 이기기 위해서는 전략과 전술이 필요하단다."

"전략하고 전술은 어떻게 다른 거예요?"

아키라가 물었다.

"전술이란 싸우는 방법이야. 전략은 계략이지. 나는 이래 봬도 젊을 때 진짜 전쟁에 나간 적이 있거든. 내가 너희들 편이 되어 주면 너희는 든든할 거다."

그때까지 쭈그렁 오이 같았던 노인의 얼굴이 갑자기 빛나 보였다.

"할아버지랑 어른이랑 어디가 다른지 설명해 주지 않으면 같은 편이라고 해도 믿을 수 없어요."

히로시가 삐딱하게 말했다.

"네 말대로 나도 어른인 건 틀림없다. 다만 나는 어른들 가운데에서 낙오자야."

"그럼 나랑 똑같네."

"그래. 그러니까 어른에 대해서는 너하고 같은 마음이 될 수 있는 거다."

"그렇구나. 알았어요."

히로시는 선선히 받아들였다.

"모두들, 내 이 왼손을 봐라. 그리고 이 배를……."

세가와는 왼손을 높이 들어 올리고, 셔츠를 올려 배를 보여 주었다. 왼손에는 손가락 네 개가 없었고 배에는 오그라든 듯한 흉터가 있었다.

"손가락은 전쟁 때 폭탄에 날아가 버렸다. 이 배의 흉터도 그 파편이 떨어져 생긴 거고."

"아팠겠네요?"

히데아키가 미간을 찌푸렸다.

"한데 말이다, 참 이상하게도 아픈 줄은 몰랐단다. 뜨거운 쇳덩어리에 눌린 것 같았어. 그래서 보니까 손가락이 없어져 버렸더구나."

모두들 세가와의 네 손가락이 없는 손을 바라본 채 숨을 죽였다.

"그래도 나는 운이 좋았단다."

"그게 무슨 말이에요?"

몇 명이 동시에 물었다.

"그 전투에서 살아남은 건 소대 아흔 명 중 절반뿐이었다."

"나머지는 모두 죽었어요?"

"죽었지. 나는 다치는 바람에 상이군인이 돼서 돌아왔지만, 그때 살아남은 사람들은 수송선을 타고 필리핀으로 가야 했어. 한데 도중에 잠수정 공격으로 배가 침몰하는 바람에 모두 전사했지."

"모두?"

에이지는 목에 뭐가 걸린 것 같았다.

"우리는 초등학교에 들어갔을 때부터 장차 크면 나라를 위해서 목숨을 내던지도록 배웠단다. 그래서 전쟁에 나가는 게 당연하다고 생각했지."

"무섭지 않았어요?"

아키라가 물었다.

"그야 무서웠지. 죽는 걸 좋아할 사람은 없을 테니 말이야."

"시키는 대로 하지 않으면 될 텐데."

"그게 말이다, 그렇게 할 수가 없었단다."

"왜요? 이해가 안 돼요."

겐이치가 또 째지는 목소리로 말했다.

"그 당시는 지금하고는 세상이 많이 달랐거든. 다시는 그런 세상으로 만들어서는 안 돼."

"그럼 어떻게 하면 돼요?"

"잘났다는 사람들이 번지르르한 말을 할 때는 조심하는 게 좋아."

"총리대신이 말하면요?"

가즈토가 물었다.

"위험하지, 위험해. 정치가가 아이들 일에 나서서 잘된 적이 없어. 생각해 봐라, 요즘도 그렇잖아. 소녀잡지에 유해한 게 있다는 둥 하면서 떠들어 대잖아."

"우리는 우리 반 여자애가 가져와서 다 같이 읽는데, 뭐가 유해하다는 건지 모르겠더라."

쓰요시가 말했다.

"그런 게 뭐 어때서. 흑인 거시기가 딴딴하고 길다는 거?"

"큰 건 맥주병만 하대."

"진짜야?"

왁자그르르한 웃음소리가 광장을 가득 메웠다.

"어른들은 왜 아이들한테 잔소리를 해 대는 거예요?"

"그야 좋은 어른으로 만들고 싶어서 그러지."

"어떤 게 좋은 어른인데요?"

"잘난 사람들의 말을 잘 듣는 사람이지."

"그게 좋은 어른이에요? 순 멍청이잖아."

3

8시 5분 전.

모두가 옥상으로 올라갔다. 태양이 옆 건물 쪽에서 반짝반
짝 내리비치고 있었다. 금세 땀이 났다.

"야, 저기 사토루 아니야?"

아키모토는 과연 2.0의 시력답게 보는 것이 빠르다. 에이지
는 철책으로 얼굴을 내밀었다. 남자와 여자가 이쪽을 향해 걸
어오고 있었다. 얼굴이 확실히 보이지는 않았지만 여자는 준
코가 틀림없었다. 남자는 살짝 다리를 끌었다.

"여기는 넘버 1. 응답 바란다."

도루가 무전기로 호출했다.

"여기는 넘버 14. 모두 잘 있나, 오버."

사토루의 씩씩한 목소리가 흘러나왔다.

"여기는 모두 건강해. 너 걸어도 되는 거야?"

"물론이지. 나도 거기 들어가고 싶다."

"너는 밖에 있는 게 좋아. 나오키의 상황을 말해 줘, 오버."

"넘버 33이다. 어젯밤에 유괴범한테서 전화가 왔어."

준코와 사토루의 모습이 맨눈으로도 또렷이 보였다.

"유괴범이 뭐래?"

"몸값을 어떻게 건네받을지, 오늘 오전 9시에 다시 전화하겠대."

"9시란 말이지. 그럼 아직 한 시간 남았네. 잘 들어. 범인한테서 전화가 오면 나오키 아빠는 이렇게 말하라고 해. 들리나? 오버."

"들린다, 오버."

"나오키가 무사하다는 증거로 나오키가 쓴 편지를 보내라고 말하라고 해. 편지를 받으면 돈을 건네겠다고."

"그 말만 해?"

"그래."

"전화로 목소리를 들으면 안 돼?"

"전화는 안 돼. 꼭 편지여야 한다고 말해."

"왜?"

"나오키가 틀림없이 편지에 뭔가 알려올 거야."

"하지만 편지에 그런 걸 쓰면 범인한테 들킬 텐데."

"나오키는 반드시 암호로 써 보낼 거야."

"그렇구나. 그런 계산을 했던 거구나."

준코는 계속 감탄했다.

"이 계획이 잘되고 안되고는 준코 너한테 달려 있어."

"걱정하지 마. 우리 엄마가 나오키 엄마랑 친하니까 괜찮아. 잘될 거야."

"부탁해."

도루가 들고 있는 무전기에 대고 에이지가 말했다.

"에이지?"

"그래, 나야. 엄마 아빠들은 어떻게 하고 있어?"

"아직도 너희들 모두 유괴 당했다고 생각하고 있는 것 같아. 어제는 나오키 집에 너희들 부모님이랑 꼰대, 그리고 경찰까지 모여서 밤늦게까지 회의했나 봐."

"참 멍청하다니까."

도루가 무전기를 빼앗았다.

"그럼 8시 반에 해방구 임시 뉴스를 방송할 테니까 집집마다 전화해 줘."

"좋아. 무슨 방송을 할 건데?"

"우리가 여기에 있다고 말해야지."

"말해 버리겠다고? 부모들이 몰려올 거야."

"우리가 여기 있다고 알려야 엄마 아빠가 우리가 유괴 당하지 않은 거 알고 안심할 거 아냐."

"조용히 돌아가지 않을 텐데."

"그렇다면 전쟁이지."

"괜찮아?"

준코가 긴장한 듯한 목소리로 물었다.

"해 보지 않고는 모르잖아. 전화 부탁한다."

"알았어. 건투를 빈다."

사토루가 대답했다.

"준비됐어? 그럼 카운트다운을 시작한다."

에이지는 도루와 아키라의 얼굴을 보았다. 도루는 마이크 앞에서 "큼큼" 하고 헛기침을 했다. 아키라는 카세트를 바라본 채 손가락으로 오케이 사인을 했다.

8시 30분까지 앞으로 30초 남았다.

"10, 9, 8······."

도루와 아키라의 얼굴에 긴장의 빛이 역력했다.

"4, 3, 2, 1."

에이지는 아키라를 향해 왼손으로 큐 사인을 했다. 언제였던가, 텔레비전 방송국에서 본 연출자가 했던 그대로 흉내를 냈는데 마치 자신이 연출자가 된 것 같아 기분이 좋았다.

"스위치, 온."

도루가 FM 방송 스위치를 켜자 동시에 아키라도 카세트의 단추를 눌렀다. 이노키의 테마곡 〈불꽃의 파이터〉가 요란하게 흘러나왔다. 정확히 20초가 지났을 때 에이지는 어깨까지 치켜들었던 손을 볼륨을 줄이듯이 천천히 밑으로 내렸다. 그에 맞추어 음악 소리가 작아졌다.

'좋아, 바로 이거야.'

에이지는 오른쪽 집게손가락으로 도루를 가리켰다.

"여기는 해방구. 모두 일어났나요? 아직 일어나지 않은 사람은 당장 침대에서 일어나 밖으로 나와 보세요. 파란 하늘이 아주 멋지거든요. 낮에는 더울 것 같으니까 교장 선생님과 어린아이는 모자를 쓰고 외출하는 게 좋겠습니다. 교장 선생님이 왜 모자를 쓰느냐고요? 그야 대머리니까 그렇죠."

"좋아, 도루. 바로 그거야."

모두 웃음을 참느라 잔뜩 화난 듯한 얼굴을 하고 있었다.

"지금부터 임시 뉴스를 전해 드리겠습니다. 진지하게 들어 주기 바랍니다. 어제 갑자기 우리가 사라져서 유괴 당했다는 소문이 도는 모양인데, 그건 헛소문입니다. 우리는 그런 바보 같은 일은 당하지 않아요. 유괴 당한 건 나오키 한 명입니다. 그리고 그 사건은 우리와는 상관없어요. 어린애를 유괴하는 건 치사한 놈이나 하는 짓이라고요.

이렇게까지 말했는데도 아직 못 믿겠다고요? 좋아요, 그렇다면 N다리 가까이에 있는 아라카와 공업에 와 보시죠. 여기가 우리의 해방구니까. 해방구에서 뭐하느냐고요? 그건 어른들하고는 상관없는 일. 어른들은 각오하고 기다리는 게 좋을 걸요.

그리고 만일을 위해서 말해 두겠는데, 우리는 무기하고 폭

탄도 가지고 있어요. 무리하게 해방구에 쳐들어온다면 해방
구를 통째로 날려 버릴 수도 있다고요. 이건 협박이 아닙니
다. 임시 뉴스는 이것으로 끝. 다음 방송은 오늘 밤 8시. 완전
재미있는 걸 들려줄 테니 기대하시라. 그럼, 안녕."

에이지가 아키라를 향해 손을 올렸다. 음악 볼륨이 올라갔
다. 10초, 20초. 도루에게 사인을 보냈다. 도루가 스위치를 껐
다. 아키라도 카세트를 껐다.

"잘했어. 그런데 말해 버렸으니 우리 이제부터 좀 힘들어지
지 않을까?"

쓰카사가 걱정스레 물었다. 쓰카사는 장차 스포츠 아나운
서가 목표인 만큼 방송에 대한 평가 기준이 엄격하다.

"글쎄, 곧 손님이 찾아오겠지. 뭐 어때. 오고 싶다는데. 어차
피 언젠간 우리가 여기 있는 거 들통 날 텐데. 숨길 거 없어."

"폭탄 같은 거, 진짜 숨겨 둔 거야?"

"있을 리가 있겠냐. 그렇게 말해 두면 쉽게 들어올 수 없을
거 아니야."

도루가 말했을 때 담 밖에서 "형!" 하는 소리가 들렸다.

"누가 불러. 벌써 왔나?"

에이지는 창밖으로 얼굴을 내밀고 아래를 내려다보았다.
한 남자아이가 개를 데리고 정문 앞에 서 있었다.

"뭐야?"

"나 사타케 도시로야. 우리 형 거기 있어?"

남자아이는 위를 올려다보고 물었다.

"데쓰로, 동생이 찾아왔어. 어떡할래?"

에이지의 말을 들은 데쓰로는 얼굴을 찡그리고 혀를 차더니 퉁명스럽게 내뱉었다.

"여기 오지 말라고 전해 줘."

"네가 직접 말해."

"에잇, 진짜 못 말리는 자식이라니까."

데쓰로가 마지못해 창밖으로 얼굴을 내밀었다.

"형."

동생 도시로가 밑에서 손을 흔들었다.

"방송 듣고 바로 달려 왔어."

데쓰로네 집은 여기서 100미터도 안 되는 거리에 있다.

"여기는 어린애가 오는 곳이 아니야. 돌아가, 돌아가라고."

"나도 거기에 들여보내 줘."

"바보 같은 소리 마. 너는 아직 초등학교 5학년이잖아."

"난 5학년이지만 다로가 있잖아. 애는 도움이 될 거야."

도시로는 데리고 온 개의 머리를 쓰다듬었다.

"개가 되게 사나워 보이는데?"

겐이치가 말했다.

"아메리칸 핏불테리어라는 품종이야."

"이름이 참 길기도 하네."

"불도그랑 테리어 사이에서 태어난 개야. 세계에서 가장 사나운 투견이래."

설명하는 데쓰로는 조금 자랑스러운 듯했다.

"굉장하다. 그런 개가 있으면 밤에 잘 때도 집을 잘 지키겠는데."

"저 녀석이 있으면 밤에 망보지 않아도 되겠다. 모르는 사람이 들어오면 단번에 해치울 거 아냐."

"개만 안으로 들어오게 하자, 응? 도루."

"그러게, 개는 생각을 못 했네."

도루도 개를 들어오게 하고 싶은 모양이다.

"하지만 저 녀석은 내 동생 말밖에 안 들어."

"그럼 동생도 들어오게 하자. 다들 어때? 찬성이면 손을 들어 줘."

겐이치가 모두의 얼굴을 돌아보았다.

"찬성."

모두가 손을 들었다.

"좋아, 당장 들어오게 하자. 정문 쪽 쪽문을 열어 줘."

도루의 말을 끝까지 듣지도 않고 데쓰로는 창문 밖으로 얼굴을 내밀고 말했다.

"들여보내 줄 테니까 거기서 기다려."

"우와우와!"

도시로는 펄쩍 뛰며 좋아했다. 데쓰로는 계단을 뛰어 내려갔다. 5분도 채 지나지 않아 데쓰로는 도시로와 다로를 데리고 올라왔다. 옆에서 보니 얼굴은 그다지 포악하게 생기지 않았는데도 모두들 슬금슬금 꽁무니를 뺐다.

"이 개가 그렇게 강해?"

히로시가 의심스러운 듯이 물었다.

"싸움을 붙이면 도사견도 못 당해. 테리어종이지만 요크셔테리어나 몰티즈가 아니라 도베르만 혈통인 테리어하고 불도그 사이에서 태어났거든. 한번 물면 절대로 놓지 않는다고."

도시로는 다로가 모욕당하자 발끈해서 설명했다.

"잘 들어. 우린 여기에 놀러 온 게 아니야. 너도 여기에 들어온 이상, 우리랑 똑같이 행동하고 다른 사람을 방해하면 안돼."

데쓰로는 일단 형답게 도시로에게 일러두었다.

"알았어. 형들, 잘 부탁합니다."

도시로는 모두를 향해 몇 번이나 고개를 숙였다.

"방송 듣고 엄마가 뭐래?"

"조금 있으면 엄마들이 몰려올 거야. 무슨 일이 있어도 데리고 돌아갈 거래."

"누가 돌아간대!"

"괜찮아. 다로만 있으면 누가 와도 쫓아 버릴 수 있으니까."

어린 도시로가 갑자기 듬직해 보였다.

4

해방구로 향하는 사람들은 한 사람, 한 사람 늘어 정문 앞에 도착했을 때에는 서른 명이 넘었다. 거기에는 하시구치 준코, 호리바 구미코, 나카야마 히토미 등 여학생들이 열 명. 그리고 교장 에노모토 가쓰야, 교감 니와 미쓰루, 생활지도부장 노자와 다쿠, 1학년 2반 담임 야시로 겐이치도 있었다.

정문은 철책 문으로 되어 있지만 파이프로 단단히 고정되어 있는 데다 안에서 판자를 받쳐 놓았기 때문에 안쪽을 들여다볼 수는 없었다. 하지만 이것은 아이들이 한 것이 아니고 공장이 도산한 뒤로 줄곧 그런 상태였다. 정문 옆쪽으로 4층 건물이 있다. 도로와 맞닿은 그 건물 벽면에는 붉은 물감으로 '우리의 해방구'라고 쓴 현수막이 옥상에서부터 내려져 있다.

"왠지 옛날 악몽이 되살아나는 것 같아."

도루의 엄마 소노코는 현수막을 올려다보면서 남편 마사시에게만 들리도록 나직이 말했다.

"악몽이 아니지. 우리의 청춘이라고."

마사시의 시선은 해방구라는 글자에 못 박힌 채 움직이지 않았다.

"도루는 해방구라는 말을 어떻게 알았나 몰라. 당신이 가르쳐 줬어?"

"아니, 가르쳐 준 적 없어. 하지만 우리는 늘 그때 일을 이야기하잖아. 자연스럽게 머릿속에 들어갔겠지."

두 사람은 정문 앞에 무리 지어 있는 사람들에게서 약간 거리를 두고 서 있었다.

"뭘 하려는 거지?"

"글쎄……. 아이들 얼굴을 보니까, 모두들 한없이 밝군."

"우리 때는 엄청 긴장된 얼굴이었는데. 하긴 모두들 뭔가 바꿔 보겠다고 안간힘을 썼으니까. 반드시 뭔가가 바뀔 거라고 믿었어."

소노코의 뺨이 발그레해졌다. 그때 일을 이야기하자 꺼진 줄로만 알았던 장작불에 다시 불이 붙은 것처럼 몸이 뜨거워졌다.

"저 녀석들도 그럴지 모르지."

"저런 어린애들이……? 겨우 중학교 1학년이야."

"물론 녀석들은 아무것도 모르고 행동하겠지. 하지만 의식 밑바닥의 문제라고."

"그건 당신이 너무 깊이 생각하는 거야."

"그럴까. 당신은 야스다 강당이 함락될 때 내보냈던 마지막 방송을 기억해?"

"기억하지. '우리의 싸움은 결코 끝나지 않았습니다. 우리를 대신해서 싸울 동지들이 다시 해방강당에서 시계탑 방송을 재개하는 날까지 일시적으로 이 방송을 중지합니다.'"

"그런데 요즘 대학생들을 봐. 이제 권력에 대항할 에너지 따위는 털끝만큼도 없어. 고등학생은 또 어때? 고등학교는 대학에 가기 위한 예비 학교로 전락하고 있잖아. 중학생도 3학년이 되면 교사가 시키는 대로 해. 소란을 피우는 건 몇몇 불량한 행동을 하는 아이들뿐이야. 그런데 이런 애들은 또 비행이란 딱지를 붙여 격리해 버려. 결국 우리 뒤를 이을 수 있는 아이들은 아무도 없는 거지."

"그래."

허무하다는 생각이 소노코의 가슴을 훑고 지나갔다.

"어쩌면 저 애들이 우리 뒤를 이을 녀석들인지도 몰라."

"당신의 깊은 뜻은 알겠는데, 저 애들한테 사상이 있을까?"

"저 애들을 움직이는 건 사상이 아니야. 생존 본능이지."

"그게 무슨 뜻이야?"

"생물이란 미래의 위험을 예지하는 본능이 있는데, 그 위험을 회피하고 싶어 하거든. 그게 없는 생물은 도태되어 멸망해 버리지. 저 애들도 이대로 가면 앞으로 안 좋은 일이 일어날 거라고 본능적으로 알아차리고 저런 행동을 하는 게 분명해."

"그런 평론가 같은 말은 하지 마. 도루는 우리 아들이란 말이야. 어떡하면 좋지?"

"그냥 놔둬."

"이대로 내버려 두라고?"

"이런 날이 오기를 은근히 마음속으로 기다리고 있었다고. 나는 도루 저 녀석을 다시 봤어."

"그런 무책임한 말을……. 저 아이들은 고등학교에 못 갈지도 모른단 말이야."

"안 가면 되지."

"중학교에서 내쫓기면 어떻게 먹고살아?"

"먹고살 수는 있어."

"나는 도루한테 우리 같은 길을 걷게 하고 싶지 않아."

"당신도 변했군. 그렇게 자식을 체제 안에 끼워 넣고 싶은 거야?"

"그래. 그게 뭐가 나빠? 우리 동료들도 지금은 다들 체제 안에서 편안히 자기 배를 불리고 있잖아."

"그만두자고. 여기서 그런 입씨름해 봐야 소용없어."

마사시는 이마에 나는 땀을 닦았다.

정문 앞에 무리 지어 있던 부모들은 저마다 아우성이었다.

"히데아키, 엄마야. 거기 있으면 얼굴 좀 내밀어 봐."

히데아키의 엄마 지카코의 목소리가 한층 크게 들렸다. 그것은 호소라기보다 절규였다. 건물 2층 창문에서 아이들이 일제히 얼굴을 내밀었다.

"아들, 엄마 여기 있다, 여기."

지카코는 2층 창문을 향해 미친 듯이 손을 흔들었다. 히데아키가 창피한 듯이 마지못해 살짝 손을 흔들었다.

"너, 어제 거기서 잔 거야?"

히데아키가 고개를 끄덕였다.

"딴 데서 자면 잔다고 왜 엄마한테 말하지 않았어. 엄마는 걱정돼서 한숨도 못 잤잖아. 거기에 침대는 있고?"

"그런 게 어딨어."

"그럼 어떻게 잔 거야?"

"그냥 콘크리트 바닥에서 잤지, 뭐."

"세상에!"

지카코는 머리를 두 손으로 감싸 쥐고 비명을 질렀다.

"너 원래 그런 곳에서는 못 자잖아."

"잘 잤어."

"몸 아프지?"

"안 아파."

"감기 안 걸렸어?"

"안 걸렸어."

"모기에는 안 물렸고?"

"그만 좀 해. 다들 웃잖아."

히데아키는 못마땅한 듯이 쏘아붙였다.

"다른 애들이 뭐라고 하든 상관없어. 너, 누구한테 협박 당해서 거기에 있는 거지?"

"아니야. 내가 있고 싶어서 있는 거라고."

"거짓말. 너는 그런 애가 아니야. 누가 협박한 게 틀림없어. 여기 교장 선생님이랑 교감 선생님이랑 담임 선생님도 모두 와 계셔. 겁내지 말고 나와."

"할 말 다 했어?"

"할 말 다 했냐니?"

"그만큼 했으면 충분하잖아. 알았으니까 당장 돌아가."

"히데 짱, 너 어떻게 된 거 아니니?"

히데아키의 얼굴이 창문에서 사라졌다.

"히데아키, 히데 짱. 엄마한테 얼굴 한 번만 더 보여 줘. 돌아가자고 하지 않을 테니까 얼굴만이라도 보여 줘. 부탁이야."

지카코는 불에 덴 듯이 울음을 터뜨렸다. 마치 동물이 울부짖는 것 같았다. 화려한 화장이 눈물로 얼룩져 처참한 몰골로 바뀌었다.

"데쓰로, 얼굴 좀 내밀어 봐."

데쓰로의 엄마 노리에가 2층 창문을 올려다보고 소리쳤다. 몸집도 크지만 목소리도 엄청 박력 있다.

"여기야."

데쓰로가 2층 창문에서 손을 흔들었다.

"거기에 도시로 가지 않았어?"

"왔어."

"아니, 왔어라니. 둘 다 썩 나와!"

"싫어."

도시로가 창문으로 얼굴을 내밀고 말했다.

"도시 짱, 아이스크림 사 왔다. 내려와."

"아이스크림 같은 거 안 먹어. 형들이 나도 여기에 끼워 줬단 말이야."

"집에 오지 않으면 아빠한테 엉덩이 맞을 거야."

"때리고 싶으면 때리러 오라지."

"세상에……."

노리에는 말문이 막혔다.

교감이 어느 틈에 준비했는지 메가폰을 들고 말했다.

"너희들이 무슨 생각으로 거기 들어갔는지 모르지만, 어머니들이 걱정하고 계시니까 그만 나와라."

"됐으니까 내버려 두세요."

정문 위에 매달린 스피커에서 소리가 흘러나왔다.

"잘 들어라. 무단으로 남의 집에 들어가는 건 범죄 행위다."

"그럼 붙잡으러 들어와 봐요. 단, 목숨은 보장할 수 없어요. 이쪽에는 폭탄이랑 세상에서 가장 사나운 맹견이 있거든요."

스피커에서 개가 으르렁대는 소리가 흘러나왔다.

"어른을 놀리는 게 아니다. 하룻밤 잤으니 이제 됐잖아."

"하룻밤으로는 안 돼요. 우린 이제부터 할 일이 있걸랑요."

"하고 싶은 게 뭔데 그래? 어디 한번 들어보자꾸나."

간살스러운 목소리로 바뀌었다. 교장이 메가폰을 들고 있었다.

"그렇게 징그러운 목소리로 말하지 마세요. 속이 훤히 다 보인다고요."

"무슨 색으로 보이지?"

밑에 있는 아이들이 일제히 떠들어 댔다.

"시커먼 색이요. 뻔한 걸 왜 물어요."

"자, 말해 봐라."

교장은 얼굴이 시뻘게진 채 화를 참느라 안간힘을 쓰는 눈치였다.

"말하면 당신 목이 날아갈 텐데, 그래도 괜찮아요?"

"교장 선생님한테 당신이 뭐야!"

생활지도부장 노자와가 교장이 들고 있던 메가폰을 낚아채 듯 하며 고함쳤다.

"이야, 노자와 아첨꾼 납시었네. 아우, 제발 저 사람을 교장 집으로 데려가 달라고용."

2층에 있는 아이들이 창틀을 두드리며 노자와에게 야유를 퍼부었다.

"야시로 선생, 뭐라고 좀 하는 게 어때요."

생활지도부장은 옆에 우두커니 서 있는 담임에게 메가폰을 들이밀었다. 담임은 하는 수 없는 듯이 메가폰을 들었다.

"나는 담임이다."

담임은 맥없는 목소리로 웅얼웅얼 말했다.

"목소리가 작아서 안 들려요."

"나는 담임이다."

"그래서요? 이런 곳에서 어슬렁거리다가는 학원 아르바이트에 늦는다고요."

"너희들 지금 무슨 짓을……."

"다 알고 있걸랑요. 학교에서는 대충대충 하고 학원에서는 열심히 하는 거."

생활지도부장이 담임에게서 메가폰을 빼앗았다.

"잘 들어라. 지금부터 열까지 세겠다. 그래도 나오지 않으면 경찰에 넘길 수밖에 없다."

"경찰에 넘기는 건 너무 심하지 않나요?"

엄마들이 이구동성으로 나섰다. 생활지도부장은 교감의 얼굴을 보았다. 교감의 얼굴은 교장에게로 향했다.

"빨리 세어 봐요. 숫자 세는 걸 잊었다면 우리가 대신 세어 줄까요? 하나, 둘, 셋, 넷, 다섯, 여섯, 일곱, 여덟, 아홉, 열."

아이들이 합창을 하고 있는 동안 교사들은 입술을 꽉 깨물었다.

"야시로 선생."

교감이 참을 수 없다는 듯이 담임에게 말했다.

"네."

"대체 이게 어떻게 된 일인가?"

교감은 담임과 키스라도 할 것처럼 얼굴을 바짝 들이댔다.

"모르겠습니다."

담임이 얼굴을 피했다. 교감의 별명은 괴수다. 이 반사 행동은 본능적인 것임에 틀림없다.

"몰라도 된다고 생각하나? 자네 반 남학생이 모두 들어갔어. 왜 모두냐, 바로 그게 문제란 말이야."

"저도 그걸 모르겠습니다."

"생각해 봐. 학생이 이런 행동을 하는 데에는 반드시 미리 징조가 있었을 거 아닌가."

"느끼지 못했습니다."

"못 느꼈다고? 자네는 무책임, 무기력, 무감동, 무관심한 데다 예의까지 없어. 정말 교사 자격이 없군."

교감이 이런 말까지 했지만 담임은 전혀 반응을 보이지 않았다.

"이봐요, 괴수. 약한 자를 괴롭히지 말라고요."

다시 스피커에서 목소리가 나왔다. 여기서 이야기하는 소리가 저기까지 들린다는 것은 틀림없이 마이크가 설치되어 있는 것이다. 교감은 창문을 노려보았다.

"저는 저희 반 남학생들이 집단 발광하지 않았나 생각했습니다."

"무슨 뚱딴지같은 소리야! 갑자기 그런 일이 어떻게 일어난다고 그래! 분명 선동한 놈이 있어. 설마 자네는 아니겠지?"

교감이 위협적으로 말하자 담임도 목을 움츠렸다.

"당치 않습니다. 아무리 그래도 저는 교사입니다. 그런 의심을 받는 것만으로도 수치스럽습니다."

"그럼 저 안에 선동자가 있겠군. 짚이는 게 있을 거 아니냐고."

"방송에 나오는 목소리를 들은 기억이 있습니다."

"누군가?"

"아이하라 도루입니다."

"그 학생은 불량 학생인가?"

"아닙니다."

"부모는 무슨 일을 하나?"

마사시는 소노코의 팔을 잡고 "가지."라고 말했다.

"저희가 아이하라 도루의 아비, 어미입니다."

마사시가 사람들을 헤치고 교감 앞으로 나아가더니 주위에
다 들리도록 큰 소리로 말했다.

"선생님들은 우리 도루가 선동자라는 겁니까?"

"아니요, 그렇게 말하지는 않았습니다."

담임은 벌써 꽁무니를 뺐다.

"그렇다면 됐습니다."

"선동자는 도루입니다. 틀림없어요."

갑자기 히데아키의 엄마 지카코가 소리쳤다.

"증거가 있습니까? 없으면 함부로 말하지 마십시오."

생활지도부장이 나무랐다.

"있어요."

"정말입니까?"

"그럼요, 정말이고말고요. 증거는 바로 이 사람들이 옛날
전공투였다는 거예요. 둘 다 학창 시절에는 해방구라는 바리

케이드 안에서 각목 들고 날뛰었는걸요. 경찰에도 몇 번이나 붙잡혀 갔고요. 틀림없이 그런 식으로 자식을 교육시켰을 거예요."

지카코는 뭔가에 홀린 듯이 숨도 쉬지 않고 지껄였다.

"정말입니까, 도루 아버님?"

생활지도부장은 삐딱한 눈빛으로 마사시를 보았다. 이 사람도 전공투 세대이다. 아마 그 당시에는 쥐 죽은 듯이 폭풍이 지나가기를 기다렸던 사람일 것이다.

"선생님은 몇 살이십니까?"

"서른일곱 살입니다."

"그렇습니까. 저는 이 질문에 관해서는 대답할 필요가 없다고 생각하니 어떤 식으로든 멋대로 상상하셔도 좋습니다."

"그 대답은 비겁하군요. 분명하게 대답하세요. 그리고 당신이 책임을 지고 우리 히데아키를 데리고 나와요."

지카코는 마사시의 팔을 꽉 잡았다.

"이봐요, 거기 아주머니. 속이 부글부글 끓는 심정은 이해하겠는데, 남의 팔까지 잡는 건 좀 그렇잖아요."

지카코는 스피커에서 나오는 소리에 황급히 손을 놓았다.

"아, 그래요, 그래. 이제 됐어요. 자기 자식이 귀하다고 누군가에게 책임을 떠넘기면 안 되죠. 우리는 도루의 명령으로 여기 들어온 게 아니라고요."

"그럼 누가 명령했어?"

지카코가 스피커를 향해 소리쳤다.

"누구의 명령도 아니에요. 중학교에 들어온 지 네 달이 지났어요. 규칙과 명령은 진짜 지긋지긋하다고요. 그래서 아무한테도 명령 받지 않는 장소를 만든 거예요. 그게 바로 해방구라고요."

"너희는 아직 어린애야. 어린애는 어른이 하는 말을 듣는 게 당연한 거다."

교감이 메가폰으로 말했다.

"그거야 어른들 하기 나름이죠. 이렇게 나쁘게 말하는데, 그걸 어떻게 듣겠어요."

"그렇게 말하다가 나중에 후회할 거다."

"고등학교 시험 볼 때 복수하겠다는 거 아니에요? 당신들이 무슨 생각을 하는지 다 안다고요."

교장이 교감의 어깨를 두드렸다.

"선생, 이제 그만하시오. 이렇게 입씨름해 봐야 문제는 해결되지 않아요. 오늘은 이만 물러가도록 합시다."

"과연 교장이군. 말 잘했어요. 빨리 돌아가서 나오키를 구할 방법이나 생각하라고요. 하긴 뭐, 어차피 구하지도 못하겠지만. 할 수 없지. 우리가 구할 수밖에."

스피커에서 소리를 최대로 올린 〈불꽃의 파이터〉가 흘러나왔다.

"저 녀석들이 저렇게 말하도록 내버려 둬도 됩니까?"

학생지도부장은 2층을 노려보고, 이어서 교장을 보았다.

"오늘은 이만 돌아가지. 지금은 무슨 말을 해도 소용없어."

교장은 정문에서 등을 돌려 엄마들에게 말했다.

"여러분, 오늘은 돌아가 주십시오."

"도망치는 건가요?"

엄마들 가운데 한 명이 신경질적으로 쏘아붙였다.

"아닙니다. 학교로 돌아가서 대책을 생각해야지요. 여러분도 괜찮으시면 학교로 와 주십시오."

어른들은 교장의 한마디에 파도가 밀려가듯이 돌아갔다. 남은 사람은 여학생들을 비롯한 아이들뿐이었다.

"야호, 야호!"

아이들은 한바탕 소란을 떨고는 만족스런 얼굴로 돌아갔다.

해방구에 갔던 엄마들은 모두 중학교 회의실에 모였다.

"선생님, 아이들은 어떻게 되는 건가요?"

히데아키의 엄마는 너무 놀란 나머지 눈의 초점도 잃었다.

"그렇게 물으셔도, 저로서도 뭐라고 답변을 드릴 수가 없습니다."

교장은 곤혹스러움을 감추려 하지 않았다.

"이번 일은 상당히 계획적인 행동이라고 생각하는데, 여러분 중에 눈치챈 분은 없으셨습니까?"

교감의 말에서 부모들에게 책임을 떠넘기려는 의도가 빤히 보였다.

"전혀 눈치채지 못했어요."

엄마들은 서로 마주 보며 말했다.

"이 일이 고등학교에 들어가는 데 영향을 미칠까요?"

오구로 겐지의 엄마가 물었다.

"그건 지금 단계에서는 뭐라고 말씀드릴 수 없지만, 아이들이 단순히 놀이로 하는 건지 아니면 어떤 정치적인 목적을 가지고 하는 건지에 따라서 결론이 달라질 거라고 생각합니다."

"정치적인 목적이라니……. 당연히 놀이로 하는 거죠."

도루의 엄마 소노코가 내뱉듯이 말했다.

"그렇게 말씀하시지만, 중학교 1학년이 해방구 따위의 말을 알고 있을 리가 없습니다. 게다가 한 반 아이들 모두가 참여한 것도 마음에 걸립니다."

생활지도부장은 소노코에게 도전적이다.

"요즘 학교에서는 선생님들이 공공연히 폭력을 쓰고 있는 것 같던데, 그런 것이 원인이 된 건 아닌가요?"

"우리는 교육상 필요한 체벌밖에 하지 않습니다. 더구나 그럴 때도 학생을 이해시킨 다음에 합니다."

"아이들은 그렇게 말하지 않던데요."

소노코는 물러서지 않았다.

"그런 토론은 다음 기회에 다시 하기로 하고, 오늘은 앞으로 어떻게 대처할 것인가에 대해 이야기하도록 하죠."

교감이 끼어들었다.

"이 문제가 매스컴에서 재밋거리로 다뤄지기라도 한다면 수습할 수 없게 되거니와 조용히 끝낼 수도 없습니다. 어떻게 해서라도 우리 손으로 해결해야 합니다."

교장이 말했다.

"교장 선생님 말씀이 옳아요. 저희가 할 수 있는 일은 뭐든지 할 테니까 기탄없이 말씀해 주세요."

요시무라 겐이치의 엄마가 교장의 말에 동조하고 나섰다.

"어머니들께서 해 주십사 하는 건 아이들의 조직을 와해시키는 일입니다. 조직이라지만 그리 강고한 연대감이 있을 리 만무하니까요. 한 명이 빠져나가면 흔들리다가 와르르 무너질 게 확실합니다."

"우리 히데아키는 절대로 남의 집에서는 못 자는 앤데, 오늘 그 애는 사람이 달라져 버린 것 같았어요. 그런데 말을 들을까요?"

히데아키의 엄마는 자신 없는 듯이 고개를 저었다.

"듣고말고요. 요즘 아이들은 모두 응석받이니까요. 아무튼 매스컴이 눈치채기 전에 해결해야 합니다."

만약 매스컴에서 화젯거리가 되기라도 하면 교장의 체면은 완전히 구겨지게 된다. 교장이 내년에는 정년퇴직하고 새로 취직해야 한다는 것을 에이지의 엄마 시노는 호리바 구미코의 엄마에게 들은 적이 있는데, 그렇게 되면 재취업에도 지장이 있을 것이다.

구미코의 아빠가 학부모회 회장이기 때문에 교장이 이따금 집에 의논하러 온다고 했다. 교장은 그 점을 교묘하게 숨기면서 어머니들을 움직이려는 것이다.

시노는 참 교활하다고 생각했다.

5

그날은 저녁때까지 모두들 흥분 상태였다. 하지만 어른들은 그대로 물러나진 않을 것이다. 그건 모두 같은 생각이었다.

그렇다면 어떤 방법으로 나올까.

"폭탄이 설치됐다고 했잖아. 진짜 믿을까?"

아키라는 모두의 얼굴을 둘러보았다.

"그렇게까지 바보겠어?"

가즈토가 차갑게 쏘아붙였다.

"그건 그래. 어린애들이 폭탄을 손에 넣을 수는 없잖아."

"그렇게 되면 의지할 수 있는 건 다로 한 마리뿐인가……."

겐이치가 불안한 듯한 목소리로 중얼거렸다.

"폭탄을 가져오면 되잖아."

쓰요시의 말에 모든 시선이 쓰요시에게로 모였다.

"어디에서?"

"우리 집에서. 우리 창고에는 폭죽이 가득하거든."

"맞아. 너희 집은 화약 공장이었지."

"그래. 폭죽도 폭탄하고 같은 거라고."

"하지만 창고는 잠겨 있을 거 아냐."

"물론이지. 이중으로 자물쇠가 채워져 있지."

"그럼 안 되겠네."

겐이치는 낙담한 얼굴이다.

"내일 밤은 집에 식구들이 없어."

"다들 어디 가?"

"도네 강 불꽃놀이 대회에 가. 그러니까 집은 텅 빌 거야."

"그럼 열쇠를 가지고 나올 수 있어?"

"응. 열쇠 두는 곳을 알고 있거든."

"너희 집 창고는 어디에 있는데?"

"스미다 강이랑 아라 강이 만나는 곳에 있어. 그 주위에는 집이 없으니까 가까이 가도 의심할 사람도 없어."

"좋아, 훔치러 가자."

히로시는 꼭 폭죽을 훔쳐오고 싶었다.

"훔치는 건 좋은데, 애들이 화약에 손을 대면 위험할 텐데."

그때까지 잠자코 듣고 있던 세가와가 중얼거렸다.

"왜요?"

"잘못하면 큰일 나. 그보다, 장난감 폭죽도 있지?"

"그야 당연히 있죠."

"그걸 쓰는 게 좋겠다."

"장난감은 시시해요."

히로시가 투덜거렸다.

"아니야. 요란하게 소리를 내면서 불꽃을 일으키는 건 제법 놀래 줄 수 있단다."

"그럼 콩알탄이 좋겠다. 일제히 땅바닥에 부딪치면 소리가 엄청날 거야."

쓰요시가 말했다.

"아, 타닥타닥 소리 나는 거?"

"맞아."

"폭음탄도 괜찮겠다. 그것도 많이 터뜨리면 소리 되게 커."

"그리고 연막탄도 쓰면……."

"대단하다, 쓰요시."

히로시는 흥분해서 쓰요시의 등을 힘껏 쳤다. 쓰요시는 아팠는지 얼굴을 찡그렸다.

"어차피 할 거라면, 시카케하나비(큰 나무틀에 색화제, 조명제, 발연제 등을 여러 모양으로 연결해 글자나 모양을 연출하는 폭죽 종류) 폭죽을 가져오자."

쓰요시가 말했다.

"시카케하나비 폭죽이라면 그림이나 글자가 나오는 거 말이야?"

도루가 쓰요시의 얼굴을 보았다.

"글자, 그림, 뭐든 할 수 있어."

"아라 강 둔치에서 열리는 불꽃놀이 대회가 언제였지?"

"25일이야."

"그렇구나. 그날은 둔치에 사람이 잔뜩 모이겠지. 그때 우리도 옥상에서 불꽃을 쏘아 올리면 재미있겠다."

도루가 말하자마자 모두들 박수를 치며 찬성했다.

"교장이 우는 얼굴은 어때?"

히로시가 말했다.

"거기에는 해방구에서 보내는 메시지를 넣을 거야. 문구는 다 같이 생각해 보자."

"뭐, 글자라고……?"

히로시는 조금 불만스러운 것 같았지만, 곧 "뭐, 괜찮아."라며 받아들였다.

"그럼 내일 밤 폭죽 훔치러 갈 사람을 정하자."

도루가 모두의 얼굴을 둘러보았다. 그러자 갑자기 조용해졌다.

"우선 하수도를 빠져나가야 하니까, 할아버지."

"알았다. 걱정 마라."

세가와가 고개를 끄덕였다.

"나도 갈게."

히로시가 손을 들었다. 그리고 대뜸 "너도 가자."라며 에이

지를 보았다. 에이지는 거절할 틈도 없이 반사적으로 "응."이
라고 대답하고 말았다.

"나도 갈래."

데쓰로가 말했다.

"그럼 나도 갈 거야."

이어서 동생 도시로도 나섰다.

"너는 거치적거려."

"내가 갈게."

겐이치가 말했다.

"너는 목소리가 높아서 안 돼."

"말 안 하면 되잖아."

"그래, 그럼 히로시, 에이지, 데쓰로, 겐이치, 쓰요시, 이렇게
다섯 명이 간다."

"그 정도면 충분해."

세가와가 고개를 끄덕였다.

"지금까지 도둑질한 적이 있는 사람은 손을 들어 봐."

다시 세가와가 말했다. 에이지는 겐이치와 마주 보았다.

"슬쩍 훔쳐 본 적은 있어요."

히로시가 대답했다.

"슬쩍 해 본 정도라면, 뭐 대단한 건 아니군. 좋다. 내가 있
으니 걱정할 거 없다."

"걱정 같은 거 안 해요."

에이지는 잔뜩 폼을 잡고 말했다.

"정말이지? 좋아, 그럼 시험해 보마."

세가와는 말하기가 무섭게 재빨리 에이지의 가랑이 사이로 손을 뻗어 고추를 잡았다.

"봐라, 이렇게 움츠러들었잖느냐."

모두 웃음을 터뜨리자 에이지는 얼굴이 새빨개졌다.

"너도 마찬가지야."

세가와가 겐이치를 향해 손을 뻗었지만 겐이치는 잽싸게 피했다.

"모두 진지하게 들어. 폭죽은 해결됐지만 여기 수비를 어떻게 할지도 생각해야 해."

도루의 엄한 표정 탓인지 그때까지 서로 장난치던 아이들이 갑자기 조용해졌다.

"담 위는 가시 박힌 철사가 쳐져 있어서 그래도 안심이지만, 문제는 정문이야."

"그 정도면 어른 대여섯 명이 달려들면 금세 무너져."

세가와가 말했다.

"그래서 두 가지 방법을 생각했어. 하나는 사무실 책상을 안쪽에 쌓아 올리는 거야."

"그 정도로는 튼튼한 바리케이드가 못 된단다."

"그럼 두 번째 방법. 정문이 부서질 것을 계산하고 커다란 함정을 만든다. 문을 부수고 들어오면 모조리 함정에 빠지도록 하는 건 어때?"

"찬성."

압도적인 수로 두 번째 방법이 채택되었다.

"하지만 거기는 콘크리트잖아. 단단해서 팔 수 없어. 그보다 이런 방법은 어떨까?"

모두가 가즈토의 얼굴을 주시했다.

"미로를 만드는 거야. 정문을 열 거 아냐, 그럼 미로가 기다리고 있는 거지. 길은 오른쪽과 왼쪽으로 갈라지거나 막혀 버리는 거야. 그리고 군데군데 함정을 만들거나 머리 위에서 물이 떨어지게 하는 거지."

"재미있겠는데. 하지만 재료는 어디서 구해?"

"봐, 저기에 파이프랑 함석이 산더미처럼 쌓여 있잖아. 저 정도면 충분해."

가즈토가 말하자 모두가 "하자!"라고 한목소리로 말했다.

"좋아, 그럼 가즈토가 설계도를 그리고, 미로를 만들기로 한다."

"설계도 그리기 전에 재미있는 아이디어가 있으면 말해 줘."

가즈토가 말했다.

"밟으면 옆에서 주먹이 나와서 펀치를 먹이는 건 어때?"

히로시가 말했다.

"좋아, 그 아이디어 접수."

"막다른 곳이 있을 거 아냐. 거기에 '여기는 열면 안 됩니다.'라고 써 두는 거야. 그럼 대개는 열어 보고 싶어지잖아."

"열면……?"

"정면에 오른쪽을 보라고 쓰여 있어. 오른쪽을 보면 왼쪽을 보라고 쓰여 있고. 또 왼쪽을 보면 위를 보라고 쓰여 있지. 할 수 없이 위를 볼 거 아냐. 그럼 거울이 있고, 거기에는 '바보의 얼굴'이라고 쓰여 있는 거야."

히데아키가 진지한 얼굴로 말하는 것이 재미있어서 모두가 한바탕 웃었다.

"그것도 접수."

가즈토는 수첩에 메모했다. 이렇게 되자 모두들 시간 가는 줄도 모르고 열심히 아이디어를 짜냈다.

오후 5시. 사토루와 준코가 정기 연락을 해 올 시간이다. 모두 미로 설계에 푹 빠져 있었기 때문에 도루와 에이지가 옥상으로 올라갔다.

저녁이라지만 날이 저물려면 아직 시간이 있다. 구들장처럼 달구어진 옥상 콘크리트는 식을 것 같지 않았다.

"여기는 넘버 14, 말해라."

사토루의 목소리가 들렸다. 모습은 보이지 않았다.

"넘버 7이다, 말해라."

에이지가 무전기에 답했다.

"눈에 띄면 안 되니까 강가에서 웅크리고 있다, 오버."

"누구누구 있나, 오버."

"넘버 33이랑 35하고 같이 있다."

준코와 구미코가 함께 있다는 말이다.

"그 뒤로 어떻게 됐는지 상황을 알려 줘."

"좋아. 35를 바꿔 주겠다."

"안녕, 잘하고 있지?"

"어, 열심히 하고 있어."

"그 뒤로 꼰대들이랑 부모들은 학교에 가서 여러 가지 의논을 한 모양이야."

"결론은?"

"매스컴에서 눈치채면 위험하니까 그 전에 부모들이 찾아와서 끌어내겠대."

"끌어낸다고……?"

"응. 누군가 그만두면 모두 그만둘 거라고 생각하나 봐."

"누가 그런 말을 했대?"

"교장이 우리 아빠한테 전화 온 걸 도청해서 알아."

구미코의 아빠 호리바 센키치는 호리바 건설 사장이면서 학교 학부모회 회장이기도 하다.

사실 돈벌이와 여자에만 관심이 있는 사람이지만, 장차 정치인이 되기 위해 그것을 눈가림할 요량으로 사회 복지며 학부모회 회장직을 맡고 있는 것이다.

그런 내막을 알고 있는 구미코는 아빠가 싫어서 여자 일진짱이 되었다. 아빠는 그런 구미코가 자기 얼굴에 먹칠을 한다고 펄펄 뛰지만 구미코는 그런 아빠를 보는 것이 고소했다.

교장이 집에 찾아와서 아빠와 밀담을 나누는 것을 구미코가 우연히 들은 건 한 달쯤 전의 일이다. 학교에서는 큰소리 땅땅 치는 교장이 아빠 앞에서는 굽실굽실하며 취직을 부탁했다. 그 이야기를 도루에게 하자 도루가 도청해 달라고 부탁했던 것이다. 도청기는 아빠와 엄마가 외출한 날에 사토루가 찾아와서 전화기에 붙이고 구미코의 공부방에서 녹음할 수 있도록 설치해 주었다.

어느 날 구미코는 강 건너 S시의 시장과 아빠가 비밀 모임을 갖는다는 정보를 포착했다. 물론 도루에게 보고했다. 도루는 해방구에 들어가기 사흘 전에 구미코에게 실수 없이 비밀 모임 도청을 해 달라고 부탁해 두었다.

"그럼 내일부터 시끄러워지겠군."

"그래."

"너희가 우리하고 연락하는 거 알고 있어?"

"아직 눈치 못 챈 것 같아."

"조심해서 행동해 줘."

"알았어."

"그 모임은 언제 할 것 같은데?"

"25일이나 26일."

"그것도 도청 부탁한다."

"걱정 붙들어 매셔."

구미코는 이럴 때 아주 믿음직하다.

"나오키는 어떻게 됐어?"

"그쪽은 33이 맡고 있으니까, 바꿔 줄게."

"여보세요, 에이 짱?"

준코의 목소리였다.

"그래, 나야."

"덥지?"

"그보다, 범인한테 전화는 왔어?"

"왔어."

"편지는?"

"우리 엄마가 나오키 엄마한테 말했대."

"범인은 오케이라고 했고?"

"했나 봐."

"나오키 엄마가 시키는 대로 잘했나 보네."

"우리 엄마는 나오키 엄마의 의논 상대거든."

"너희 엄마는 중학교 나왔고 나오키 엄마는 대학 나왔잖아. 그런데 어떻게?"

"그러게, 왜지……? 편지 오면 어떻게 할까?"

"틀림없이 경찰에 보여 주겠지? 그 전에 복사한 거라도 보고 싶은데. 혹시 복사할 시간이 없다면 네가 직접 베껴 주지 않을래?"

"좋아. 그런데 그걸 어떻게 전해 주지?"

"도로 쪽은 감시하고 있을 테니까, 강변 둔치에 있는 운동장에서 공을 잘못 던진 것처럼 해서 던져 줘."

"알았어."

"참, 이번에 태어난 아기 이름은 뭐야?"

"일곱째라 '시치로'야."

"쳇, 무책임하네."

"무책임하니까 아이가 생기는 거 아냐."

도루가 옆에서 무전기를 낚아챘다.

"넘버 14 바꿔 줘."

"말해라. 넘버 14다."

사토루의 목소리가 들렸다.

"아직 공격해 오지는 않을 것 같은데."

"그래."

"긴급 상황 발생하면 FM 방송으로 〈도라에몽〉 주제가를 내보내 줘."

"알았어."

"그리고 매스컴에 알려."

"해방구에 대해서?"

"그래."

"알았어."

6

밤 9시.

"이제 그만 자자."

도루가 말했다.

"벌써 자자고?"

히로시는 불만스러운 모양이었다.

"그럼 불 끄고 이야기하자. 양초 아깝잖아."

"잠깐만 기다려. 그 전에 오줌 누고 올게. 누구 같이 갈 사람 없어?"

아키라가 말하자 네다섯 명이 줄줄이 "갈게, 갈게."라며 나섰다. 화장실은 3층 구석에 있다. 밤에는 절대 혼자서 갈 수 없다.

"오늘 밤까지 이틀 동안이나 텔레비전을 못 봤어. 태어나서 처음 겪는 일이라고."

아키모토가 말했다.

"난 텔레비전 같은 거 안 봐도 아무렇지도 않아. 캠프 갔을 때도 못 봤으니까."

에이지가 말했다.

"나는 다른 건 참을 만한데 프로 레슬링 못 보는 건 못 견디겠어."

쓰카사의 프로 레슬링 사랑은 학급도 아닌 학년에서 단연 으뜸이다. 이건 좋아한다기보다는 광적인 것에 가깝다.

화장실에 갔던 아이들이 돌아오자 도루는 촛불을 껐다. 방

안이 깜깜해지자 열린 창밖으로 어렴풋이 밤하늘이 보이기 시작했다.

"할아버지가 말해 준 건데."

히로시가 말을 꺼냈다.

"1945년 3월 10일 공습 때, 이 주변이 불타서 사람이 많이 죽었대. 지금도 이 밑을 파면 뼈가 나온대."

"거짓말."

겐이치가 째지는 목소리로 소리쳤다.

"진짜야. 그래서 가끔 유령이 나온다고 했어."

에이지는 등골이 오싹했다.

"조용히 좀 해."

도루가 나무랐다.

"저것 봐. 발소리가 들리잖아."

순간 숨소리가 들릴 정도로 조용해졌다. 분명히 복도에서 발소리가 들렸다.

"귀신 아닐까?"

히데아키의 목소리가 떨렸다.

"귀신한테 발이 어디 있냐?"

히로시가 그렇게 말했지만 아무도 웃지 않았다. 발소리는 점점 가까워졌다. 이윽고 발소리가 멈추는가 싶더니 나직하게 문을 두드리는 소리가 들렸다.

"누구야?"

도루가 물었다.

"나다. 다들 벌써 자는 거냐?"

세가와의 목소리였다.

"뭐예요, 귀신인 줄 알고 바들바들 떨었잖아요."

세가와는 촛불을 들고 방으로 들어왔다.

"아직 자지 않으면 무서운 이야기를 해 주려고 왔다. 어때, 듣고 싶으냐?"

"듣고 싶어요."

모두가 한목소리로 대답했다.

"그럼 모두 내 주위로 모이렴."

세가와는 조그만 판자 조각 위에 올려서 들고 왔던 촛불을 바닥에 내려놓고는 책상다리를 하고 앉았다. 그러자 모두 그 주위에 둘러앉았다. 밑에서 촛불 빛을 받은 세가와의 얼굴은 그 자체로 으스스했다.

"잘 들어라. 이 이야기는 내가 전쟁 때 중국에서 정말로 경험한 거란다. 지어낸 이야기가 아니다 이 말이야."

세가와의 나직한 목소리를 듣는 것만으로도 에이지는 몸이 오들오들 떨리기 시작했다.

"그날은 낮에 격렬한 전투가 있었기 때문에 적이고 아군이고 할 것 없이 많이 죽었지. 우리 소대는 조그만 마을을 점령하고 거기서 야영을 하고 있었는데, 밤이 되자 추적추적 비가 내리지 뭐냐."

세가와는 옛날 일을 떠올리는지 먼 곳을 바라보았다.

"마을 사람들은 어디론가 사라지고 마을에는 우리 말고는 아무도 없었지. 새벽 1시쯤일까, 난 보초를 서고 있었어."

"보초가 뭐예요?"

"망을 보는 거란다. 적이 언제 공격해 올지 모르니까."

"깜깜한 데서 서는 거예요? 무섭겠네요."

"당연히 무섭지. 언제 습격당할지 모르니까. 보초를 선 지 몇십 분 지난 뒤였어. 문득 보니까 빗속에 한 여자가 서 있는 거야."

여자라는 말을 듣는 순간 에이지는 목덜미에서 팔까지 소름이 쫙 돋았다.

"'이런 곳에 여자가 서 있을 리 없어. 내가 환각을 보고 있는 거지.' 그렇게 생각하고 고개를 저었다. 하지만 여자의 모습이 사라지지 않는 거야. 게다가 반대편 쪽으로 걸어가는 게 아니겠냐. 그래서 내가 '누구냐?' 하고 물었지. 여자는 돌아보지도 않고 서서히 멀어져 갔어."

히데아키는 두 손으로 귀를 막고 있었다.

"나는 여자 뒤를 따라갔단다. 그런데 내가 빨리 걸으면 여자도 빨리 걷고, 내가 천천히 걸으면 여자도 천천히 걷는 거야. 조금도 거리가 좁혀지지 않더구나. 한참 걸어간 뒤에야 겨우 여자가 멈춰 섰어. 나는 여자의 어깨에 손을 얹고 '이봐.' 하고 불렀지. 그랬더니 여자가 돌아보더구나."

모두 숨이 막히는 듯 세가와의 얼굴을 뚫어지게 보았다.

"여자 얼굴에는 눈도 코도 입도 없었어."

갑자기 방 안은 이상한 목소리로 가득 찼다.

"나는 기겁해서 도망쳤다. 한데 방향을 도통 모르겠는 거야. 밤새 돌아다니다 겨우 소대로 돌아왔을 때에는 이미 날이 밝았더구나."

"흐음……. 그런 일이 있을 수 있을까."

에이지는 반신반의했다.

"그거, 유령이었던 거네요."

"그럴지도 모르지. 그날 낮 전투에서 분명히 그렇게 생긴 여자가 총에 맞아 죽었거든."

"그 얘기를 다들 믿었어요?"

"너희는 어떠냐?"

대답하는 사람이 아무도 없었다.

"세상에는 이치만 가지고는 설명할 수 없는 이상한 일도 일어나는 법이란다."

그럴지도 모른다. 에이지는 잠이 확 달아나 버렸다. 이 상태로는 도무지 잠이 올 것 같지 않았다.

셋째 날

여자 스파이

1

새벽 1시.

낮에 있었던 일도 있으니, 개한테만 해방구를 지키게 하고 잠을 자는 건 위험했다. 세가와가 불침번을 두어야 한다고 주장했다.

모두 불침번이라는 말은 난생 처음 들었다. 요컨대 둘이 한 조가 되어 두 시간 교대로 순찰을 도는 것이라고 했다. 역시 전쟁에 나가 본 사람은 달랐다.

그날 밤부터 불침번을 두기로 했다. 우선 번호순으로 9시부터 11시까지는 도루와 아키모토. 11시부터 1시까지는 쓰카사와 히데아키. 1시부터 3시까지는 겐지와 에이지. 3시부터 5

시까지는 기타하라와 구스노키. 5시부터 6시까지는 데쓰로와 스가와라로 정했다.

　새벽 1시에 깬 에이지는 겐지와 둘이서 반쯤 잠든 채 광장으로 나갔다.

　"'초목도 잠자는 한밤중'이라는 말 들어 봤어?"

　겐지가 말했다.

　"아니."

　"새벽 2시를 그렇게 말해. 귀신이 나오는 시간이래."

　에이지는 순간적으로 잠자기 전에 세가와가 해 준 얼굴 없는 귀신 이야기를 떠올렸다.

　순식간에 팔에 소름이 쫙 돋았다. 만약 어둠 속에 그런 여자가 서 있다면 어떻게 해야 할까.

　에이지는 어둠 속을 보았다. 아무것도 보이지 않았다.

　"가자."

　다로의 목줄을 잡고 겐지가 말했다.

　"응."

　겐지가 걷기 시작했지만 에이지는 발이 떨어지지 않았다.

　'귀신 같은 게 나올 리 없어. 게다가 겐지와 다로가 있잖아.'

　에이지는 스스로에게 그렇게 말했다.

　사실은 큰 소리로 노래라도 부르고 싶었지만, 그것은 금지 사항이기 때문에 손전등으로 발밑을 비추면서 잠자코 걷기만 했다.

손에는 쇠파이프를 들고, 목에는 비상용 호루라기를 걸고 있었다. 만일 적이 공격해 오면 비상용 호루라기를 불면서 한 사람은 모두에게 알리러 뛰어가고, 한 사람은 다로와 함께 싸우기로 되어 있다.

둘 사이에서는 에이지가 남아서 싸우기로 정해져 있었다.

'제발 공격해 오지 않게 해 주세요.'

에이지는 하늘을 보고 기도했다. 하늘에는 별 하나 없었다.

"에이지."

겐지가 소리 죽여 불렀다. 에이지는 겐지 쪽으로 시선을 돌렸지만 어두워서 얼굴은 보이지 않았다.

"우리, 이런 짓을 하면 퇴학 당할까?"

"퇴학은 안 당해. 의무 교육이니까."

"그래도 꼰대들은 집요해서 분명히 우리를 가만두지 않을 거야."

"그럴지도 모르지."

"우리는 찍혔으니까 틀림없이 좋은 고등학교는 시험도 못 치르게 할걸."

겐지는 완전히 침울해졌다.

"걱정돼?"

"응. 우리 집은 아빠가 없잖아."

"참, 그랬지."

"우리 아빠, 자살했어."

겐지 아빠가 자살했다는 이야기는 처음 들었다. 에이지는 뭐라고 말할 수가 없었다.

"공무원이었는데, 대리였어. 비리 사건이 터졌을 때 중간에 끼여서 꼼짝도 못하고 죽어 버렸어. 그 덕분에 윗대가리는 무사했지……."

"말도 안 돼."

"우리 아빠가 바보였던 거지. 그래서 난 도쿄 대학에 들어가서 아빠 원수를 갚고 싶은 거야."

"도쿄 대학에 들어가면 원수를 갚을 수 있어?"

"공무원이 되려면 도쿄 대학을 나와야 한대."

"그런가……."

에이지는 겐지의 원한을 이해할 수 없었다.

"너, 그게 걱정이면 그만둬도 돼. 괜찮으니까 담 넘어서 집으로 돌아가."

"그런 뜻으로 말한 거 아니야."

겐지는 한동안 잠자코 걸었다.

"솔직히, 난 이 중학교에 들어왔을 때 너희를 무시했어."

"왜?"

"공부 잘하는 애들은 공립에 안 오니까. 겐이치도 가이세이 중학교 떨어져서 온 거잖아."

"그랬구나. 너 그래서 우리랑 어울리지 않았던 거야?"

"나는 내가 1등 할 줄 알았어. 그런데 가즈토가 있더라. 그 자식 학원도 안 다니고 공부도 별로 안 하는 것 같은데 도저히 따라잡을 수가 없었어. 충격이었지."

"가즈토는 특별하잖아. 너 그렇게 열심히 공부하는 거야?"

"새벽 1시 전에는 자 본 적이 없어."

"대단하다. 난 축구하잖아. 그래서 책만 잡으면 졸려."

에이지는 엄마한테서 축구 그만두라는 잔소리를 귀에 딱지가 앉을 정도로 들었다. 하지만 축구만은 절대로 그만둘 수 없다.

"축구냐 공부냐……. 나는 공부를 선택했어."

"너, 우리 엄마랑 똑같은 말을 한다. 그럼 성적은 올 수냐?"

"체육이 미였어. 물개한테 미운털이 박혔거든."

생각해 보니 체육을 싫어하는 겐지와 사토루는 언제나 체육 선생한테 호된 벌을 받았다. 다로가 담 위를 올려다보고 으르렁거렸다. 담벼락 위에 고양이가 웅크리고 있었다.

"그런데 너, 공부 안 하고 이런 짓 해도 돼?"

"나 말이야, 다른 애들이 보기에 재수 없는 애였을 거야. 그런데 너는 나를 끼워 줬어. 정말 기분 좋더라."

마지막 말은 알아듣지 못할 정도로 목소리가 작았다.

"혹시 후회하는 거 아니야?"

"아니, 그 반대야."

겐지는 힘껏 고개를 저었다.

"다 같이 하는 일이 이렇게 재미있다는 걸 처음으로 알았어. 공부벌레처럼 공부만 하면 도쿄대에 들어갈 수도 있겠지. 하지만 난 아마 소중한 것을 잃어버릴 거야."

소중한 것이란 무엇일까. 에이지는 알 턱이 없었다.

"나 끝까지 버틸 생각이니까, 잘 부탁해."

"나도 잘 부탁한다."

둘은 자연스럽게 손을 맞잡았다.

"그래도 좀 무섭다."

"나도 그래."

"너도 그래?"

"당연하지."

에이지는 자신들의 앞을 묵묵히 걷는 다로에게 눈길을 돌렸다. 이 개는 무서움이라는 것을 알지 못하는 걸까.

"이제는 무섭지 않아."

두 사람은 소리 죽여 웃었다. 같은 반 누구와도 거의 말을 한 적이 없는 겐지를 에이지 역시 멀리했던 건 사실이다. 그런데 이렇게 속마음을 털어놓을 줄은……

에이지는 가슴이 뭉클했다. 겐지도 친구가 필요했던 것이다.

'너는 생각보다 좋은 녀석이었어.'

에이지는 목구멍까지 나온 말을 쑥스러워서 그만 삼키고 말았다.

오전 6시 46분.

오늘 아침 식사 당번은 쓰요시, 가즈토, 아키라였다. 메뉴는 달걀 프라이에 토마토 한 개. 거기에 우유와 건빵이다.

휴대용 가스레인지에 프라이팬을 올려놓고 가즈토가 익숙지 않은 손놀림으로 달걀 두 개를 깨 넣었다. 주위에서 모두들 놀리는 바람에 노른자의 절반가량이 풀어져 버렸다.

프라이는 아키라가 했는데, 아키라는 일류 호텔 주방장이 꿈인 만큼 능숙한 솜씨로 프라이를 해서 접시에 척척 나누어 담았다.

"나, 토마토는 빼 줘."

히데아키가 말하기 무섭게 아키라가 나섰다.

"걱정 붙들어 매. 내가 먹어 줄게."

"너처럼 편식하다가는 전쟁에서 가장 먼저 굶어 죽는다."

세가와의 말을 듣고 보니 정말로 그럴 것 같았다.

그때 갑자기 다로가 으르렁거리는 소리를 내는가 싶더니 정문을 향해 돌진했다.

"야, 밖에 누가 왔어."

도루가 말할 사이도 없이 쓰요시가 망루로 뛰어 올라갔다. 망루는 철제 책상을 세 개 쌓아 올리고 다리 네 개를 파이프로 고정해 만든 것이다. 그 위에 올라가면, 정문 밖에서는 머리만 보이게 된다.

"선생님."

쓰요시가 밖을 향해 손을 흔들었다.

"누구야?"

몇몇이 물었다.

"니시와키 선생님이야."

니시와키 유코는 작년에 대학을 갓 졸업한 양호 교사이다. 얼굴이 야쿠시마루 히로코(일본의 유명 여배우)를 닮아서 학생들에게 인기가 대단하다. 3학년 가운데에는 수업을 받기 싫으면 배가 아프다거나 머리가 아프다는 핑계를 대고 양호실에서 죽치고 있는 학생도 더러 있었다.

니시와키를 주목하는 건 학생들만이 아니었다. 체육 교사 사카이 아쓰시도 눈독을 들이고 있었다.

사카이는 몇 년 전, 이 중학교가 교내 폭력으로 얼룩져 있을 때 교장이 보디가드 대신 데려온 남자다. 자칭 유도 5단. 사람도 세 명이나 죽였다고 한다. 뿐만 아니라 팔뼈와 근골은 수도 없이 꺾어 놓았다고 큰소리치고 다녔다.

살인자가 교사가 될 수는 없을 테니 학생들을 제압하기 위한 거짓말일 게 뻔하지만, 사카이가 휘두르는 무차별적인 폭력 때문에 학교가 조용해진 건 사실이다. 그 점에서 보면 이 중학교를 모범 학교로 만든 최대 공로자라고 자부하는 것도 일리는 있다. 더구나 그 점을 교사들과 학부모회가 인정하기 때문에 마치 폭력배처럼 설치고 다니는 것이다.

학교에는 학교 교육법 11조라는 것이 있다. '교장 및 교원은 교육상 필요하다고 인정될 때에는 감독청이 정한 바에 따라 학생 및 아동에게 징계를 가할 수 있다. 다만, 체벌을 가할 수는 없다.'라고 되어 있지만 사카이는 이런 법이 있다는 것을 아는지 모르는지 학생들에게 갖은 폭력을 일삼고 있다.

예를 들어 보면 다음과 같다.

- 울트라 C — 입속에 더러운 걸레를 집어넣고 그것을 씹어서 짜게 한다.
- 맴맴 배트 — 기둥에 매미처럼 달라붙어 맴맴 울게 한다. 기둥에서 몸이 떨어지기라도 하면 몽둥이가 날아든다.
- 물파스의 눈물 — 물파스를 눈 밑에 바르고 그 부위를 빨래집게로 집는다. 그리고는 빨래집게를 사정없이 당겨버린다. 눈물이 폭포수처럼 쏟아진다.
- 포환 던지기 어퍼 — 번갈아 두 손으로 가슴을 찌르다가 마지막에 턱 밑을 찔러 올려 벽에 내동댕이친다.
- 엉덩이 채찍 — 술이 빠진 먼지떨이 자루에 스카치테이프를 감아 보강한 특제 채찍. 수업 중에 장난치거나 시험 점수가 나쁘면 이 채찍이 날아든다. 한반의 70퍼센트가 이 체벌을 받았다.

피해자는 사토루 말고도 많이 있지만, 학교도 학부모회도 문제 삼지 않기 때문에 아이들은 지금까지 억울해도 참을 수

밖에 없었다. 그 포악함과 땅딸막한 체형은 바다의 폭력배 물개와 꼭 닮았다. 그래서 모두들 사카이를 물개라고 불렀다.

사카이는 그런 인간이다. 그러니 해방구에 폭력을 휘두르기 위해 들이닥칠 거라는 예상은 하고 있었다. 그때는 실컷두들겨 패서 두 번 다시 일어날 수 없도록 해 주리라 모두가벼르고 있다.

사카이는 니시와키가 처음 왔을 때부터 눈독을 들이며 집요하게 치근댔다. 학생들은 이대로 가면 니시와키가 위험해질 수도 있다고 생각했다.

그리하여 3학년을 중심으로 위급한 상황이 오면 힘을 모아사카이한테서 니시와키를 지키자는 취지로, '니시와키 선생님을 지키는 모임'이 꾸려졌다. 회원은 이미 50명에 이른다.물론 에이지도 회원이다.

니시와키가 찾아왔다는 말을 듣고 에이지는 정신없이 망루로 올라갔다.

"다들 잘 있니?"

니시와키는 빨간 자전거를 타고 왔다. 옅은 파란색 티셔츠에 짧은 흰색 반바지. 보고 있으니 눈이 부셨다.

"먹을 거 좀 가지고 왔어. 제대로 된 음식 못 먹고 있지?"

에이지가 "먹을 거래."라고 말하는 순간, 모두가 담벼락에기어올라 얼굴을 내밀었다.

"다들 건강한 것 같네. 배가 아프거나 감기에 걸린 사람은 없니?"

"없어요."

아이들은 입을 모아 대답했다.

"선생님, 뭐 가지고 오셨어요?"

아키라가 물었다.

"바게트 빵하고 캔 주스, 그리고 아이스크림. 거기서 밧줄을 내려보내."

"야호!"

아이들은 일제히 환호성을 올렸다. 에이지는 망루에 있는 밧줄을 정문 밖으로 내려 주었다. 니시와키가 그 끝에 비닐봉지를 매달았다. 에이지는 밧줄을 재빨리 끌어올려서 컵 아이스크림을 모두에게 하나씩 던져 주었다.

"우와, 맛있다. 오랜만에 바깥세상 맛을 보네. 선생님, 고맙습니다."

히로시가 말했다.

"선생님들 화나셨어."

"정말요?"

"펄펄 뛰고 계셔."

모두가 환호성을 질렀다.

"아직은 안 나올 거니?"

"물론이죠."

"먹을 건 어떻게 하고 있어?"

"문제없어요. 한 달 정도는 거뜬히 버틸 수 있을걸요."

"오래된 거 먹으면 안 돼. 배탈 난다."

"압니다요."

"너희들이 안 나오면 강제로라도 끌어낼 거야."

"그때는 전쟁이 벌어지는 거죠."

"참 어이가 없네. 다치면 어쩌려고?"

"그럼 선생님이 적십자가 돼 주면 되잖아요."

"그 말, 진심이니?"

"진심이에요."

잇따라 부상자가 들것에 실려 온다. 그러면 백의의 천사 니시와키가 몸을 아끼지 않고 간호한다. 그런 광경이 에이지의 눈앞에 생생하게 떠올랐다.

"누가 보면 안 되니까 나는 이만 돌아갈게. 너무 무리하지 말고 적당한 선에서 백기 들어라."

니시와키는 잠깐 주위를 살피고 나서 자전거에 올라 손을 팔랑팔랑 흔들고는 가 버렸다.

에이지는 가슴에 구멍이 뻥 뚫린 것 같았다.

2

오전 8시.

다니모토 사토루와 하시구치 준코에게서 정기 연락이 올

시간이다. 오늘부터 모두가 미로 만들기 작업에 들어갔기 때문에 도루와 에이지만 옥상에 올라갔다. 벌써 둔치에 와 있던 사토루와 준코가 이쪽을 향해 손을 흔들었다.

"잘 잤어? 다들 잘 있지? 오버."

무전기에서 사토루의 목소리가 들려왔다.

"아무 일 없어. 그쪽 상황을 말해 줘."

"오늘의 톱뉴스는 텔레비전 방송국에서 그쪽으로 취재하러 간다는 거야."

"오케이. 몇 시에 온대?"

"점심 때."

"꼰대들도 알고 있어?"

"알고 있지. 방송국에서 학교로 문의했으니까."

"초조해하고 있어?"

"그럼, 초조해하지. 그래서 그 전에 먼저 물개가 거기로 갈 거야."

"이때를 기다렸다."

"물개가 그러던데. 방송국에서 오기 전에 자기 혼자서 처리할 테니 안심하라고."

"웃기지 말라고 해. 여기는 학교가 아니야. 해방구라고. 어디 올 테면 오라지."

"사토루를 이렇게 만든 데 대한 복수를 해 줘."

준코 목소리였다.

"해 줘야지. 물개가 올 때, 여자애들 모두 불러."

"알았어."

"그리고 오늘 밤 9시에 학교 옆 놀이터에 있는 그네 옆에서 기다려."

"그런 데를 왜 가?"

"그냥 와 보면 알아."

"그럼 구미코랑 둘이 갈게."

"알았어. 나오키 편지는 아직 못 받은 거야?"

"아직. 받으면 알려 줄게."

"기다릴게."

도루와 에이지는 옥상에서 내려왔다.

광장에서는 가즈토가 그린 설계도를 바탕으로 쇠파이프를 짜 맞추고 있었다. 쇠파이프와 물결 모양 함석은 공장 구석에 수북이 쌓여 있었기 때문에 미로를 만드는 재료는 넉넉했다.

"다들 잠깐만 들어 줘."

도루가 말하자 모두 작업을 멈추고 주위로 몰려들었다.

"방금 연락 온 거 보고할게. 첫째, 나오키 편지는 아직 도착하지 않았어. 아직 이른 아침이니까 당연하다고 생각해. 둘째, 오늘 점심때 방송국에서 취재하러 올 거야."

우와, 하고 환호성이 터져 나왔다.

"셋째, 방송국에서 나오기 전에 물개가 습격해 올 거야."

물개라는 말을 듣자 모두 얼굴에 긴장하는 빛이 감돌았다.

"그렇다고 기죽을 필요는 없어. 여기는 학교가 아니라 우리의 해방구잖아."

"그 새끼가 나를 꽤나 예뻐해 줬지. 오늘 그 보답을 실컷 해 주자."

히로시도 준코랑 같은 말을 했다. 둘 다 사카이한테 수없이 당했기 때문이다.

"여기서 물개를 건드리면 곤란해."

"왜?"

"짭새를 부를 좋은 구실이 되잖아."

"에잇, 더러운 자식."

히로시가 혀를 찼다.

"그래, 더러운 자식이야. 그러니까 그놈 뒤통수를 치자고."

"어떻게?"

"물개를 약 올려서 방송에 나가게 하는 거야."

"무슨 말인지 모르겠어."

히로시가 고개를 갸웃했다.

"문제를 내고 답을 맞히게 하는 거지. 80점 이상이면 안에 들어오게 하는 거야. 안 되면 불합격이니까 우리가 시키는 대로 해야겠지?"

"꼰대한테 시험을 보게 한다 이거지? 그거 재밌겠다."

히로시는 완전히 신이 나 있었다.

"문제는 열 문제야. 다 같이 생각해 보자."

"저……."

히데아키가 손을 들었다.

"뭐?"

"한 가지 생각났어. 이런 건 어떨까? 역 이름을 말하게 하는
거야. 무로란 본선이라든지 가고시마 본선 같은 거 말이야.
예를 들면, 가고시마에서 센다이까지 말해 보라는 식으로."

"너는 외울 수 있어?"

히로시가 물었다.

"응, 외울 수 있어. 니시가고시마, 가미이주인, 사쓰마마쓰
모토, 히가시이치, 유노모토, 이치키, 구시키노, 고반차야, 구
마노조, 센다이."

히데아키는 마치 불경이라도 읊듯이 단숨에 외웠다.

"대단하다. 대체 얼마나 외울 수 있는 거냐?"

히로시는 어이없다는 듯이 히데아키의 얼굴을 바라보았다.

"별거 아니야. 주요 간선밖에 못 외워."

"그래도 대단하다. 이 정도면 물개를 이기는 건 문제없어."

"그건 사회과잖아. 그 자식은 체육과니까 그쪽 문제를 내
자. 뭐 없을까?"

도루가 차례로 얼굴을 둘러보자 쓰카사도 천천히 손을 들
었다.

"체육 쪽은 나한테 맡겨. 괜찮지? 그럼 문제를 내볼게. 이노
키 대 알리(미국의 복싱 챔피언인 무하마드 알리를 두고 한 말이다)

의 세계 격투기 챔피언 결정전은 어디서 했을까?"

"부도칸."

에이지가 대답했다.

"좋아. 그럼 그때 부도칸에 관객이 몇 명이나 들어갔을까?"

"몰라."

"1만 4천 명. 그때의 특별 링 사이드석은 얼마였을까?"

"그런 걸 누가 알겠냐?"

"30만 엔이야."

"이야, 정말?"

"정말이야. 레슬링에 대한 건 뭐든지 나한테 물어보라고."

쓰카사는 뻐기듯이 가슴을 젖혔다. 해방구 방송의 테마곡
은 절대로 〈불꽃의 파이터〉로 해야 한다면서 테이프를 가져
와 들려준 것도 쓰카사다.

쓰카사는 레슬링 중계는 반드시 비디오로 녹화해서 몇 번
이고 되풀이해서 보고 과격한 아나운서의 말투를 완전히 외
워 버리는 정도이다. 그래서 쓰카사가 하는 레슬링 이야기라
면 믿을 수 있다.

"좋아, 이것도 오케이. 이 상태로 가면 열 문제쯤은 거뜬히
낼 수 있겠다."

도루는 만족스러운 듯이 몇 번이나 고개를 끄덕였다.

9시에 정문 밖에서 사카이가 고함치는 소리가 들렸다.

"저 새끼, 무슨 영웅호걸이라도 되는 양 똥폼 잡고 있네."

마침 미로 만들기 작업을 멈추고 잠시 쉬려던 참이었기 때문에, 다 같이 물개를 약 올리기로 했다.

히로시, 히데아키, 쓰요시가 정문 망루에 올라가고 나머지는 2층으로 가기로 했다.

"잘 들어. 절대로 먼저 싸움 걸지 마."

도루는 히로시에게 그렇게 일러두고 2층으로 올라갔다.

"안녕하세요."

모두 머리를 내밀고 소리쳤다.

"그래. 너희들, 이제 할 만큼 했으니까 그만 나와라. 지금 나오면 교장 선생님도 없던 걸로 해 주실 거야. 죄를 묻지도 않을 거고."

사카이가 어울리지 않게 부드러운 목소리로 말했기 때문에 모두 와르르 웃음을 터뜨렸다.

"뭐가 우스워!"

얼굴이 시뻘게진 사카이가 고함을 쳤다.

"저거 봐, 물개가 본성을 드러냈다. 화내, 더 화내 보라고."

"까불지 마!"

"그런 얼굴은 개도 안 핥아요. 진딧물이라면 몰라도."

다시 모두가 왁자그르르 웃음을 터뜨렸다.

"이 똥개 새끼들이 듣자 듣자 하니까 아주 머리 꼭대기까지 올라가네."

"선생이잖아요. 좀 더 품위 있는 말 좀 쓰지 그래요."

"나와! 내가 요절을 내 주겠다."

"나오라고 한다고 나갈 멍청이가 어디 있어요. 그래서 물개
는 뇌세포가 부족하다는 소리를 듣는 거라고요."

"누가 그런 소리를 해!"

"교장도 교감도 다른 선생님들도 다들 그러던데요."

"거짓말 마라. 나는 너희를 훌륭한 인간으로 만들고 싶다.
오로지 그 생각 하나로 너희를 단련하는 거다. 나는 털끝만큼
도 사심이 없단 말이다. 너희는 대체 왜 내 진정을 몰라주는
거냐."

"그 정의의 편이란 게 참 난감하다니까요."

"정의의 편에 서면 안 된다는 거냐? 이유를 말해 봐라."

"그래서 단세포라고 하는 거라고요."

"단세포라도 좋으니까 아무튼 나와."

"못 나갈 것도 없죠. 그 대신 우리한테도 조건이 있어요."

도루가 냉정한 목소리로 말했다.

"뭐냐, 어디 들어 보자."

사카이는 마침내 평소의 목소리로 돌아왔다.

"이따가 낮에 방송국에서 여기로 취재하러 올 거예요."

"그걸 어떻게 알고 있지?"

사카이는 마치 강가로 떠밀려 온 물개처럼 놀란 얼굴이다.

"우리는 모르는 게 없거든요. 그때 우리가 문제를 낼 테니

까 답을 맞혀 보세요. 열 문제 중에서 여덟 문제를 맞히면 우리가 여기서 나갈게요."

"만약 못 맞히면?"

"거기서 혼자 레슬링을 하세요."

"혼자서 레슬링을 어떻게 해."

"할 수 있어요. 이 안에 기차게 중계를 잘하는 아나운서가 있거든요. 아나운서가 말하는 대로 움직이면 돼요. 어때요, 이 제안. 이해력이 달려서 못 하겠어요? 못 하겠으면 안 해도 돼요. 일부러 창피당할 거 없잖아요."

사카이는 팔짱을 끼고 허공을 노려보았다.

"좋다. 제안을 받아들이겠다. 그 대신 내가 이기면 반드시 나온다고 약속해라."

"아이들은 거짓말 안 해요."

"알았다. 그럼 나중에 다시 오겠다."

물개는 어깨를 으쓱거리며 돌아갔다.

"야호! 나한테 과격한 중계를 할 기회가 올 줄은 몰랐어. 도루, 정말 고맙다."

쓰카사는 팔짝팔짝 뛰며 좋아했다.

"감쪽같이 속였네. 그런데 혼자서 레슬링을 어떻게 해?"

가즈토가 물었다.

"1인 2역을 하는 거지."

"으음…… 상상이 안 되는데."

"쓰카사, 누구랑 붙게 할 거야?"

"당연히 안토니오 이노키지. 물개가 이노키한테 사정없이 당하는 꼴을 내가 존경하는 후루타치 이치로(일본의 유명한 아나운서) 아나운서보다 더 과격하게 중계하겠어."

"텔레비전 중계니까."

"나 진짜 감격한 거 알지? 텔레비전 프로 레슬링 중계는 내 평생의 꿈이거든."

'이 녀석도 프로군.'

에이지는 존경 비슷한 마음으로 쓰카사를 다시 보게 되었다.

3

오전 11시가 되자 기온이 이미 30도를 훌쩍 넘지 않았을까 싶을 정도로 더워졌다.

작업하는데 땀이 비 오듯 쏟아지고 목이 말라 견딜 수가 없었다. 마음 같아서는 소화전에 입을 대고 벌컥벌컥 마시고 싶지만, 세가와가 물은 반드시 끓여서 먹으라고 하는 통에 꾹꾹 참을 수밖에 없었다.

선생들의 말에는 반발심이 일었는데 세가와가 하는 말은 순순히 듣게 되는 것이 신기했다.

주전자는 에이지가 집에 버려져 있던 것을 챙겨 왔는데, 아침부터 주전자 몇 통을 끓였지만 끓이는 족족 동이 났다.

"텔레비전 중계차가 왔어."

망루에 있는 스가와라가 소리쳤다.

"쓰카사, 드디어 왔어."

에이지가 쓰카사의 어깨를 두드렸다.

"돼지가 돼지를 때리자 얻어맞은 돼지가 때린 돼지를 때렸기 때문에 때린 돼지와 얻어맞은 돼지가 넘어졌다."

말 빨리하기 연습이 한창인 쓰카사는 에이지의 말이 들리지 않았던 모양이다.

"야!"

옥상 쪽 비상계단에서 겐지가 소리쳤다.

"사토루가 보낸 공이야. 그쪽으로 던질게."

"오케이."

도루가 받을 자세를 취했고 겐지가 공을 던졌다. 공은 완벽하게 도루의 손으로 들어왔다.

"나이스 캐치."

모두가 도루의 주위에 모였다.

공은 하얀 테이프로 단단하게 감겨 있었다. 테이프를 풀자 손수건이 나오고 그 안에서 복사한 편지가 나왔다.

안에는 골프공이 들어 있었다. 도루는 초조한 듯이 편지를 펼쳤다.

안녕하세요아버 지어머니건강하게잘지내시나요내 가유괴
당해서틀림없이잠도잘 못주무시고밥도못먹 고걱정이많은
거라고생각 해요하지만걱정은하지마세요이분 이매우친절
하고따뜻하게해주시거든요맛있 는것도많이사주시고재미
있 는이야기도많이해주세요그치만돈천칠백 만 엔은이분
에게주세요약속은꼭지키 지않으면전죽은목숨이에 요진짜
예요

"무슨 편지가 이래. 초등학교 1학년이 쓴 것 같잖아. 나오키
그 자식, 머리가 이상해져서 띄어쓰기도 죄다 잊어버린 거 아
니야?"

히로시가 어이없다는 듯이 말했다.

"이건 간단한 암호야. 일부러 이렇게 쓴 거라고."

가즈토는 좀 보여 달라고 하고는 편지를 들고 글자 수를 세
더니 수첩에 뭔가를 적었다.

"나오키는 이렇게 말하고 있어. 쓰레기, 놀이터, 노래방."

"그런 게 어디에 쓰여 있어?"

히로시는 도무지 알 수 없다는 얼굴이었다.

"잘 봐. 이건 글자 수를 세어 보면 돼. 처음 '안녕하세요아
버'까지는 일곱 글자야. 알파벳의 일곱 번째 글자는 G. 그런
식으로 알파벳에 맞춰가면 GOMI(쓰레기라는 뜻), KOEN(공원,
놀이터라는 뜻), KARAOKE(노래방이라는 뜻)가 돼."

"그렇구나. 듣고 보니 간단하지만 일부러 이렇게 띄어 쓴 걸 모른다면 눈치 못 채겠다."

"그러니까 나오키가 어린애처럼 쓴 거지."

"과연 수재는 다르구나."

히로시는 연방 감탄했다.

"아니야. 나오키랑 이런 놀이를 많이 해서 그래."

"그건 그렇고, 쓰레기, 놀이터, 노래방이 어쨌다는 거지? 뭐 생각나는 거 없어?"

도루가 가즈토의 얼굴을 바라보았다.

"없어."

가즈토가 고개를 가로젓자 한동안 침묵이 이어졌다.

"저기, 이렇게 생각할 수는 없을까?"

에이지는 그다지 자신이 없었기 때문에 쭈뼛쭈뼛 입을 열었다.

"유괴범들은 대개 인질을 사람들 눈에 띄지 않는 곳에 가두잖아."

"그야 그렇지."

모두 당연한 소리를 왜 해, 하는 눈으로 에이지를 보았다.

"노래방이라고 쓴 이유는 나오키가 갇혀 있는 방에서 노래하는 소리가 들리기 때문이 아닐까."

"맞아……. 에이지, 네가 더 대단하다."

가즈토가 감탄하자 에이지는 얼굴이 화끈거렸다.

"놀이터는, 놀이터나 어딘가에서 아이들이 떠드는 소리가 들리는 거고……."

"그래, 틀림없어. 그럼 마지막에 있는 쓰레기는?"

"그걸 모르겠어. 방 안이 쓰레기투성이란 것도 이상하고 말이야."

"쓰레기는 이런 거 아닐까……."

겐지가 말했다. 에이지는 겐지를 바라보았다.

"갇혀 있는 방에서 쓰레기 처리장 건물이나 굴뚝 같은 것이 보일 수도 있잖아."

"쓰레기 처리장 건물이라……. 그럴지도 모르겠다."

에이지는 가즈토의 얼굴을 보았다. 가즈토는 "맞아." 하며 고개를 끄덕였다.

"그럼 이렇게 되는 거네. 나오키가 갇혀 있는 장소에서는 쓰레기 처리장이 보이고, 바로 옆에는 놀이터가 있어. 그리고 노래방 소리가 들리니까 번화가야."

"거기까지 알면 범위가 꽤 좁혀진 거야."

겐이치가 말했다. 모두의 표정이 갑자기 밝아졌다.

"좋아, 나오키를 찾는 건 밖에 있는 애들한테 맡기자. 자, 지금부터 해방구 방송을 내보내는 거야."

밖에 있는 아이들과 긴급 연락을 할 때는 밖에서 하는 것과 똑같이 해방구 방송으로 〈도라에몽〉 주제가를 내보내는 것으로 미리 약속했다.

이 노래를 들으면 당장 무전기로 연락해 오기로 정했다. 도루와 에이지와 아키라는 FM 발신기가 있는 건물 4층으로 올라갔다.

"스위치 온."

에이지가 아키라에게 사인을 보냈다. 아키라는 카세트 단추를 눌렀다.

이거 좋겠네. 할 수 있으면 좋겠네.
이런 꿈 저런 꿈 많이 있지만.

이 노래를 듣고 있으면 정말로 도라에몽이 되고 싶다는 생각이 든다.

아키라가 도루에게 큐 사인을 보냈다.

"해방구에서 보내 드리는 방송입니다. 여러분, 건강하신가요. 배탈 나니까 수박 너무 많이 먹지 마세요. 그런데 여기에는 수박이 없답니다. 아, 수박 먹고 싶다~. 그럼 지금부터 임시 뉴스를 전할 테니 잘 들어 주시기 바랍니다. 오늘 낮, 텔레비전 방송국에서 해방구를 취재하러 옵니다. 그때 물개와 벌이는 대결을 실황 방송으로 보내 드릴 예정입니다. 해방구에 못 오는 분은 꼭 신일본텔레비전에 채널을 맞춰 주세요, 꼭!"

도루가 스위치를 끄고서 에이지와 아키라에게 말했다.

"옥상으로 올라가자."

비상계단은 햇볕을 직통으로 받기 때문에 계단 난간을 잡으면 매우 뜨거웠다.

옥상까지 단숨에 뛰어 올라간 세 사람은 도로를 내려다보았다. 정문 옆에 멈춰 선 텔레비전 중계차 주위에는 이미 꽤 많은 아이들이 모여 있었다. 그 반대편에 있는 둔치에는 더위 때문인지 사람들의 모습이 드문드문했다.

"여보세요, 넘버 14다. 응답 바란다."

사토루다. 풀숲에 앉아 옥상을 향해 손을 흔들고 있었다.

"여기는 넘버 1. 편지 고맙다. 나오키가 있는 곳을 알아냈다."

"정말이야?"

"응. 지금부터 말할 테니까 여자애들이랑 함께 찾아 줘."

"알았다, 오버."

사토루가 긴장된 목소리로 대답했다.

"나오키가 갇혀 있는 곳은 노래방 소리가 들리는 번화가이고, 근처에 놀이터가 있어. 창문으로는 쓰레기 처리장 건물이나 굴뚝이 보여. 이 단서만 가지고 찾아야겠다."

"그 정도로는 너무 힘든데."

"할 수 없어. 나오키는 그 말밖에 안 했거든. 나오키도 자기가 어디에 있는지 모르겠지."

"도쿄 안에서 그런 곳을 찾으려면 한 1년쯤 걸릴걸."

"가까운 곳부터 찾아봐. 여자애들이 스무 명이니까 둘씩 팀을 짜면 열 팀이잖아."

"알았어. 당장 찾아볼게."

"나오키 집 도청은 잘되고 있지?"

"잘되고 있어. 준코 엄마가 잘 설치해 줘서 짭새 움직임은 바로바로 이쪽으로 들어와."

"짭새는 편지 보고 뭐래?"

"소인은 도쿄 중앙 우체국이라고 찍혔지만 봉투랑 내용이 전부 나오키 글씨라서 아무 단서도 못 잡고 있나 봐."

"암호에 대해서는?"

"전혀 모르고 있어."

"멍청하긴. 몸값에 대해서는?"

"내일 11시에 범인한테 전화가 오면 나오키 아빠가 가지고 나갈 건가 봐."

"그럼 그때까지 나오키를 꼭 찾아야 해."

"알았어. 나오키가 있는 곳을 찾으면 어떻게 할까?"

"바로 연락해 줘. 마음대로 하지 말고."

"오케이. 또 할 말 없어?"

"12시부터 정문 앞에서 재미있는 쇼가 있을 텐데, 그걸 보면 늦어지니까 바로 찾아 나서 줘."

"알았어."

도루는 뚝뚝 떨어지는 땀을 팔뚝으로 훔쳤다.

"내일이라……. 앞이 깜깜하네."

아키라가 하늘을 올려다보며 중얼거렸다.

"이 근처라면 찾을 수 있지만 먼 곳이면, 이거야."

도루가 두 손을 들어 올리고 항복하는 시늉을 했다.

"제발 나오키를 찾을 수 있게 해 주세요."

에이지가 두 손을 모았다.

"이런 때만 기도하면 하느님이 들어주겠냐."

도루의 말이 옳았다. 에이지는 웃음으로 얼버무렸다. 하지만 어떻게든 나오키를 구하고 싶었다. 그 생각이 머릿속에서 떠나지 않았다. 비상계단을 뛰어 내려가자 정문 앞에서 들리는 소란스러움이 기어 올라오듯이 들려왔다.

4

"여러분, 보시죠. 여기가 아이들의 해방구입니다."

보름달 같은 얼굴에 불룩 나온 배. 위에서 보니 정수리가 완전히 훤했다. 언뜻 보면 아이처럼 보이는 남자가 한손에 마이크를 잡고 계속 지껄이고 있었다. 아니 소리치고 있다고 하는 편이 옳을 것이다.

"저 사람, 예능 리포터 야바 이사무 아니야?"

"야바 이사무?"

"그래. 야바 이사무라고 유명한 연예인들은 저 사람이 스캔들을 캐낼까 봐 잔뜩 겁먹고 있대."

아키라는 예능 뉴스에 밝다.

"그럼 우리도 유명해진 거야?"

히데아키가 말했다.

"뭐, 그런 셈이지."

"좋아, 그럼 인사나 하자."

히데아키는 아키라와 나란히 텔레비전 카메라를 향해 브이를 만들어 보였다. 아키모토는 어느새 준비했는지 자신의 초상화와 이름이 있는 포스터를 내밀었다.

야바는 아이들은 무시하고 한층 더 열을 올려 떠들어 댔다.

"해방구. 이 말을 입에 담으니 제 가슴이 확 뜨거워집니다. 무엇을 숨기겠습니까. 저는 전공투 세대입니다. 돌이켜 보면 지금으로부터 16년 전, 우리의 청춘은 바리케이드 안에 있었습니다. 폭풍처럼 왔다가 폭풍처럼 사라져 간 그 뜨거웠던 시절. 그 열기는 대체 어디로 가 버렸나, 불은 꺼져 버린 건가. 그렇게 생각하고 있을 때, 갑자기 이 도쿄 한복판에 해방구가 등장한 것입니다. 더구나 그 전공투 세대의 아들들이 말입니다……. 지금부터 제가 그 아이들에게 왜, 무슨 목적으로 해방구를 만들었는지 인터뷰해 보겠습니다."

배가 불룩한 야바는 위태위태한 발놀림으로 정문 앞에 놓인 접사다리로 올라갔다. 거기에서는 정문 안쪽에 쌓아 올린 철제 책상에 올라간 아이들과 정문을 사이에 두고 1미터 정도 거리에서 마주할 수 있다.

"얘들아, 안녕."

야바는 너희들 기분은 알아, 선배니까 말이야, 하고 말하는 듯 친근한 얼굴로 빙그레 웃었다.

"안녕하세요."

책상 위에는 열 명이 올라가 있었고, 나머지는 2층 창문에서 내려다보았다.

"하고 싶은 말이 있으면 뭐든 좋으니까 말해 주지 않겠니?"

"텔레비전에 하고 싶은 말을 해도 괜찮을까요?"

도루는 도로에 나란히 서서 불안스레 이쪽을 보고 있는 교장과 교감에게 눈길을 돌리며 말했다.

"선생님들은 너희들을 어떻게 하지 못하니까 걱정하지 않아도 돼."

"하지만 그 사람들은 뒤끝이 있어서 분명히 나중에 복수할 거예요."

"안 할 거다. 그건 이 야바 이사무가 전국의 시청자 앞에서 약속하마. 그렇죠, 하지 않을 거죠?"

야바는 뒤를 돌아보고 다짐을 놓았다. 교장이 쓴 약이라도 먹은 듯한 얼굴로 고개를 끄덕였다.

"자, 너희가 왜 해방구를 만들었는지 이유부터 들어 보자."

"딱히 이유는 없어요."

도루만 대답하는 것도 곤란하기 때문에 에이지가 말했다.

"이유 없는 행동은 없다. 하물며 학급 남자애들이 모두 이런 요새를 만들어서 들어가 있잖아. 너희가 말할 수 없다면 내가 물어보마. 선생님의 폭력 때문이냐? 아니면 부모님?"

"둘 다 아니에요."

"그럼 뭐냐?"

"그러니까 이유 같은 건 없다고 했잖아요."

"그렇다면 너희들의 행동을 이해할 수 없구나."

야바는 초조한 듯이 마이크를 들이밀었다.

"그럼 아저씨 때는 어떤 이유로 싸웠죠?"

"우리 때는, 처음에는 대학의 권리 회복 투쟁이었지만 그게 점점 정치 운동으로 발전해 갔다. 아니, 정치적인 권력 투쟁만이 아니지. 학생으로서, 인간으로서 해방을 요구한 싸움이었다.

살아 있다. 살아 있다. 살아 있다.

바로 어제까지는 악마의 지배를 받아

영양분을 빨렸지만

오늘 마신 '해방'의 앰풀로

지금은 완전히 되살아났다.

그리고 지금 바리케이드 안에

살아 있다.

살아 있다. 살아 있다. 살아 있다.

지금은 청춘 속에 살아 있다."

야바는 마치 취한 듯이 하늘을 올려다보았다.

151

"그거 니혼 대학 전공투잖아요."

"알고 있었니?"

야바는 놀란 듯이 도루를 보았다.

"알아요, 그 정도는."

"어떻게 말이냐?"

"우리 엄마 아빠도 각목 들고 날뛴 사람들이거든요."

"그래, 그런 거였구나. 한번 시들었나 싶었던 학생 운동은 봄이 되자 그 싹이 다시 살아난 거야. 이건 예수의 부활이야. 그렇지 않니?"

"너무 오버하는 거 아니에요?"

"너희가 생각하는 걸 나는 거울에 비친 듯이 훤히 알고 있다. 너희들은 지금의 교육 방식에 반항해서 일어난 거야. 여러분, 이 해방구는 대도시의 블랙홀입니다. 지금은 보잘것없지만 해방구는 내일이라도 거대한 것으로 성장해서 모든 것을 삼켜 버릴지도 모릅니다. 분명 시대는 지금 변하려 하고 있습니다."

"아저씨, 잠깐만요."

도루는 난감하다는 듯이 야바의 말을 가로막았다.

"저는 전공투에게 묻고 싶은데요, 아저씨는 지금 하는 일에 만족하세요?"

야바는 말문이 턱 막혔다.

"직업에 귀천은 없다. 만족하고 있다."

152

"아저씨가 하는 일이라는 게 연예인들 스캔들을 캐내서 텔레비전으로 밥맛없는 아줌마들한테 폭로하는 거잖아요."

"그건 말이야, 모두가 그런 데 흥미를 갖고 있어서 그런 거란다."

"그럼 아저씨는 모두가 치마를 들치라고 하면 들칠 거예요?"

"그런 말도 안 되는 소리 마라."

"아저씨가 하고 있는 일하고 치마를 들치는 일하고 뭐가 다르죠?"

야바의 얼굴이 별안간 붉으락푸르락했다.

"변태!"

"치한!"

모두들 손뼉을 치며 야유를 보냈다.

"여러분, 이 못된 짓 하는 거 보셨습니까? 이러니 총리대신이 도덕 교육을 말하는 이유도 알 것 같군요."

"치마 들치는 사람이 도덕 교육을 말하다니, 진짜 웃기지 마요. 도덕 교육이 필요한 건 당신이란 걸 잊으면 곤란하죠."

"그야말로 무서운 아이들입니다. 저들을 이렇게 만든 게 부모들일까요? 교사일까요? 아니면 사회일까요?"

"또 그런 소리를 하네. 당신은 남의 스캔들을 폭로해서 유명해졌어. 너무 눈에 띄려고 하지 않는 편이 좋아."

"충고 고맙구나. 앞으로 조심하도록 하마. 그런데 너희는 언제까지 여기에 있을 작정이지?"

과연 프로다. 금세 자세를 가다듬고 웃는 얼굴을 보였다.

"우리는 사카이 선생님하고 약속을 했어요. 앞으로 우리가 열 문제를 낼 건데, 선생님이 거기서 여덟 문제를 맞히면 여기를 나가겠다고요."

"으음, 그게 무슨 말이지? 자세히 얘기해 주지 않겠니?"

"간단한 거예요. 우리가 지면 여기를 나갈 거예요. 선생님이 지면 1인 프로 레슬링을 할 거고요."

"1인 프로 레슬링?"

"혼자서 레슬링을 하는 거예요."

"그게 정말입니까?"

야바는 굳어 있는 교사들 쪽을 돌아보며 물었다.

"들으신 대로입니다."

사카이가 고개를 끄덕였다.

"그럼 선생님은 여기로 올라와 주세요."

야바의 말을 듣고 사카이는 접사다리로 뛰어 올라갔다.

"자, 와라."

사카이는 마치 유도 선수 야마시타처럼 잔뜩 폼을 잡고 떡 버티고 섰다. 싸움은 육체가 아닌 두뇌로 해야 한다는 것을 깨닫지 못하고 있는 것이다. 이쯤 되면 이미 아이들이 이긴 거나 마찬가지다.

"첫 번째 문제."

도루는 공책을 보았다.

"가고시마 본선 중에서 가고시마에서 센다이까지 역 이름을 순서대로 말해 보세요."

"센다이는 도호쿠에 있는 도시다. 규슈가 아니라고. 지리 공부 좀 더 해라."

"가고시마에도 센다이라는 데가 있다고요. 그런 것도 모르면 답을 알 리가 없겠네. 항복한 거죠?"

"항복한다."

"두 번째 문제. 이건 선생님이라면 누구나 아는 법률 문제예요. 학교 교육법 제11조에서는 뭐라고 말하고 있죠?"

"모른다."

사카이는 고개를 저었다.

"그런 것도 몰라요? 학생에게 체벌을 가하면 안 된다고 말하고 있어요."

사카이의 얼굴이 시뻘게졌다.

"당신이 하는 짓은 법률 위반이라고."

몇몇이 소리쳤다.

"세 번째 문제. '반면교사'에 대한 다음의 설명 중 옳은 것은? 1번, 다야마 가타이의 소설 제목. 2번, 독을 바꾸어 약으로 한다는 뜻의 사자성어. 3번, 학교 교육보다 부업에 더 힘을 쏟는 교사. 4번, 교장이나 교감 같은 관리직에 대응하는 일반 교원의 총칭. 5번, 도덕 교육은 필요 없다고 생각하는 교사."

"당연히 5번이지."

"안됐군요. 답은 2번이에요."

사카이는 도루를 홱 째려보았다. 당장이라도 덤벼들 것만 같았다.

"네 번째 문제. 이번에는 선생님이 자신만만한 체육 문제예요. 지금부터 말하는 스포츠와 그 용어의 연결이 잘못된 것은 어느 것일까요? 축구―포워드, 풀백, 스크럼, 오프사이드."

"스크럼은 럭비지. 그런 시시한 문제는 내지 마라."

"네 문제 중에서 한 문제 맞혔으니까 낙제네요. 그럼 약속대로 하실까요?"

"잠깐 기다려 줘."

사카이의 이런 한심한 얼굴은 처음 보았다.

"빨리 해요."

"남자잖아요."

"약속을 어기는 건 치사한 짓이라고요."

모두들 한마디씩 소리치며 창문을 두드렸다.

"무사(충성, 명예, 신의 등을 중요하게 여기는 일본의 대표적 유교 사상인 '무사도'를 뜻한다)의 자비를…… 부탁하마."

사카이는 아이들을 향해 빌듯이 두 손을 모았다.

"쓰카사, 상관하지 말고 중계 시작해."

도루가 말하자 쓰카사는 마이크를 잡았다.

"자, 드디어 물개 사카이 대 안토니오 이노키의 숙명적인 대결이 시작되는 순간입니다. 도전자는 물개 사카이입니다.

피 끓는 원더랜드 해방구 앞. 7천 명이나 되는 사람, 사람, 사람. 초만원의 관중이 열광하고 있습니다. 장내에는 물개 사카이의 테마곡 〈네리칸(도쿄 소년원의 약칭) 블루스〉가 흘러나오고 있습니다."

　　저질 교장이 부추기자
　　코흘리개들을 때려 부상 입혀
　　폭력 교사라 욕먹고
　　마침내 해고되었죠.
　　검사, 판사가
　　붙여준 죄명은 상해죄.
　　겨우 세상에 나오니
　　내 애인은 친구 마누라가 되어 있었죠.

사카이는 자신 없는 발걸음으로 접사다리를 내려왔다. 주위에서는 한목소리로 이노키를 외쳤다.

"이노키, 물개를 죽여!"

이노키의 테마곡이 스피커에서 흘러나왔다.

"쓰카사, 계속해."

2층 창문에서 소리쳤다. 이제 쓰카사에게도 씩 웃어 보일 수 있는 여유가 생긴 모양이다.

157

"지금 더 이상 말이 필요 없는 테러리스트, 프로 레슬링계의 반항아 물개 사카이가 콜을 받았습니다. 계속해서 불타는 투혼, 안토니오 이노키의 콜!

내란, 테러, 혁명……, 이런 다양한 단면을 보여 줄 상상을 초월하는 과격한 프로 레슬링이 지금 바로 시작됩니다. 그야말로 네모난 정글입니다. 오오 이런, 오늘은 네모난 정글이 아닌 길쭉한 정글이군요. 이 길쭉한 정글이 불난 들판처럼 활활 타오르고 있습니다."

아이들이 사카이 주위로 몰려들어 "시작해! 시작해!" 하면서 부추겼다. 사카이는 주먹을 불끈 쥔 채 고개를 들어 하늘을 노려보았다. 2층 창문에서도 야유가 빗발쳤다.

"비겁하다!"

"허풍쟁이!"

"그러고도 남자냐! 못 하겠으면 머리를 박고 미안하다고 하든지!"

"뭐라고……?"

사카이가 2층 창문을 노려보았다.

"화내 봐! 화내 보라고!"

"물개 사카이의 얼굴은 완전히 새빨갛습니다. 이노키도 몹시 험상궂은 표정을 하고 있군요. 이 두 선수의 가슴속에서 이성은 완전히 사라지고 투쟁 본능만 남은 듯합니다. 100퍼센트 투쟁 본능만 남은 무시무시한 몰골이 되고 말았습니다."

쓰카사는 옆에 있는 에이지에게 "물!"이라고 말했다. 에이지가 물컵을 건네자 쓰카사는 물을 한 모금 마셨다.

"제길. 아직도 꼼짝을 안 해!"

천하의 쓰카사도 어쩔 수 없다는 듯이 혀를 찼다.

"잠깐, 줘 봐."

에이지는 쓰카사가 넘겨준 마이크를 잡았다.

"어떻게 된 일인가요. 물개 사카이가 시합을 포기한 모양입니다. 평소에 보인 강경한 모습은 허풍이었군요. 허풍쟁이 물개야, 이제 그만 집에 돌아가렴."

모두가 와자그르르 웃음을 터뜨렸다.

"나는 시합 포기 따위는 하지 않는다."

사카이는 그렇게 말하기가 무섭게 뛰어차기를 했다. 모두가 일제히 박수를 쳤다. 쓰카사는 에이지가 잡고 있는 마이크를 낚아챘다.

"앗, 물개 사카이가 다짜고짜 이노키의 얼굴에 드롭킥을 날렸습니다. 이노키는 로프로 날아갔군요. 다음에는 무엇이 기다리고 있을까요. 어엇, 물개의 래리엇(상대의 목이나 뒤통수를 팔로 후려치는 기술). 이노키, 위험합니다, 위험해요! 이노키가 피하는군요. 저먼 스플렉스(상대의 등 뒤에서 자신의 양팔로 상대의 허리를 잡고 들어 올려 그대로 자신의 등 뒤로 넘기는 기술)를 구사하네요. 물개, 피했습니다. 그야말로 차원이 다르군요. 자유자재로 변환하는 고차원적인 기술로 응수합니다."

사카이는 도로 위에서 혼자 구르고, 뛰어오르고, 뛰고, 팔을 휘둘러대기도 했다.

"저 자식, 드디어 맛이 갔네."

에이지가 도루에게 말했다. 도루는 어이가 없어서 말이 안 나온다는 표정이었다.

"그야말로 육박전, 격렬한 대결 양상을 보이고 있습니다. 어엇, 물개 사카이가 흉기를 꺼냅니다. 이노키의 목덜미를 노리는군요.

'야마모토 씨, 지금 둔탁한 소리가 났죠?'

'네, 이건 반칙이죠.'

이노키, 드디어 폭발했습니다. 괴물 같은 표정으로 바뀌었군요. 분노 폭발. 분노를 단번에 폭발시키는 점핑 하이킥 두 방. 초만원 경기장 안은 그야말로 열광의 도가니가 되었습니다. 어엇, 카운트다운이 시작되었네요. 심판이 이노키의 오른 팔을 높이높이 들어 올렸지만 물개 사카이는 아직 움직이지 않습니다. 타격이 컸던 모양이군요. 이제 다시 일어날 수 없을지도 모릅니다. 그럼 이것으로 해방구 앞에서 진행된 프로레슬링 중계를 마치겠습니다. 지금까지 지켜봐 주신 여러분, 고맙습니다."

사카이는 도로에 누운 채 움직이지 않았다. 쓰카사는 마이크를 야바에게 돌려주었다. 일제히 박수 소리가 일었다.

5

밤이 되었지만 낮에 해방구를 달구었던 레슬링 중계의 흥분은 조금도 가라앉지 않았다.

"쓰카사의 중계는 과격하다 못해 잔인했어. 물개가 몸부림치면서 나뒹구는 꼴은 진짜 볼만하더라."

남학생 가운데 지금까지 사카이에게 당하지 않은 사람은 없다. 그래서 모두가 속이 후련했던 것이다.

"난 〈네리칸 블루스〉가 좋았어. 가슴에 찡하게 와 닿더라."

히로시가 말했다.

"혹시 아냐, 나도 내년쯤 들어갈지."

변성기인 히로시는 이렇게 말하면서 갈라지는 목소리로 노래를 불렀다.

자업자득으로

저질 짭새에게 붙잡혀

수갑 채워진 채 발길질 당하며

도착한 곳은 소년원.

"소년원에 가면 안 되지."

도루가 말했다.

"나도 당근 가고 싶지 않지. 하지만 할 때는 화끈하게 해야 하지 않겠어? 싸나이 체면이 있지."

"할 땐 다 같이 할 거야. 소년원에 가더라도 다 같이 가자."

모두 웃었지만 에이지는 웃지 않았다. 소년원에 가는 것이 무서워서가 아니라 오늘 밤 9시에 폭죽 창고로 폭죽을 훔치러 가는 것이 내내 마음에 걸렸기 때문이다. 출발 시각인 8시 40분까지 앞으로 30분밖에 남지 않았다.

시간이 바짝바짝 다가왔다. 시계가 멈추면 좋을 텐데. 아니면 무슨 일이라도 벌어져서 안 갔으면 좋겠다.

에이지는 함께 갈 히로시와 데쓰로, 겐이치와 쓰요시의 얼굴을 몰래 훔쳐봤다. 그 얼굴들은 한결같이 밝아 보였고, 천진난만하게 아이들과 떠들고 있었다.

'내가 별나게 겁쟁이인가.'

에이지는 부끄러웠다.

"자, 그럼 슬슬 갈까?"

8시 40분이 되자 세가와가 말했다. 마치 산책이라도 나가는 듯이 가벼운 말투였다. 에이지는 온몸의 근육이 뻣뻣하게 땅기는 느낌이 들었다. 스프링 장치가 달린 인형처럼 어색하게 일어났다.

"실수 없이 하고 와."

도루가 손을 내밀어 에이지의 손을 꽉 잡았다.

"그렇게 심각한 얼굴 하지 마."

결국 도루에게 한 소리 듣고 말았다.

"알았어. 그런데 아무래도 도둑질하는 건 좀 켕긴다."

목소리가 떨렸을 거라고 생각했는데 거기에 대해서는 아무도 말하지 않았다. 쓰요시가 말했다.

"우리 집 걸 내가 가져오는 거니까 도둑질은 아니야."

세가와는 광장 구석까지 총총히 걸어가더니 50센티미터 정도 되는 쇠막대로 맨홀 뚜껑을 열었다.

"자, 이 뚜껑을 옮기렴."

세가와의 말을 듣고 도루와 아키라가 덤벼들어 뚜껑을 옮겨 놓았다. 에이지는 뻥 뚫린 어두운 구멍을 들여다보았다. 아무것도 보이지 않았다. 안에서는 고약한 냄새가 올라왔다.

"그럼 내려간다. 발밑을 조심하면서 따라와."

세가와는 손전등을 구멍 안으로 비추었다. 둥그런 빛 속에 쇠사다리가 보였다.

세가와는 한 발 한 발 조심스럽게 내려갔다. 에이지가 그 뒤를 따랐다. 사다리를 내려가 바닥에 발을 딛자 발이 물에 잠겼다.

"미끄러우니 조심해라."

세가와의 목소리가 메아리쳤다. 꼭 다른 차원의 세상으로 미끄러져 내려와 버린 것 같았다.

여기는 아직 본관이 아니기 때문에 허리를 구부리지 않으면 걸을 수 없다. 게다가 물살이 꽤 빠르고 바닥이 미끈미끈해서 발을 헛디디면 당장이라도 미끄러져 넘어질 것 같았다.

"왜 그러니. 그렇게 꾸물거리다간 날 다 샌다."

세가와의 목소리가 벽에 메아리쳤다.

빛은 꽤 앞서 가고 있었다. 에이지는 서둘러 걸어가다가 미끄러져 엉덩방아를 찧고 말았다. 얼굴에 물이 튀었다. 냄새가 지독했다.

"앗, 쥐다!"

겐이치의 비명 소리가 들렸다.

"그깟 쥐 가지고 소란 떨지 마라. 이제 곧 본관이야."

뒤에서 누군가가 넘어졌다. 이어서 또 한 사람. 목소리로 보아 히로시와 데쓰로 같았다.

마침내 본관으로 나왔을 때는 세가와를 뺀 모두가 흠뻑 젖어 있었다. 반바지에 티셔츠 차림이라 맨홀을 나가면 놀이터 수돗가에서 몸을 씻으면 된다. 하지만 이 지독한 냄새만큼은 견딜 수가 없었다.

본관으로 가자 서 있어도 넉넉히 높았고, 게다가 인도도 있었다. 물살도 훨씬 약해졌다. 때때로 쥐가 그 물속을 달렸지만, 익숙해지자 아무도 놀라지 않았다.

"할아버지, 이런 곳을 혼자 걸어 다니는데도 무섭지 않았나 봐요. 대단하네요."

"여기는 전쟁터보다 안전하잖아. 목숨을 노리는 사람이 없으니까."

"전쟁 때, 밤에는 적인지 아군인지 어떻게 구별해요?"

"미리 암호를 정해 두지. 산이라고 말하면 강이라고 대답하는 식으로 말이다."

"잊어버리면 큰일 나겠네요."

"당연히 큰일이지. 목숨이 날아가니까."

"할아버지, 전쟁 때 사람 죽인 적 있어요?"

"있지."

"살인을 했다고요?"

겐이치가 째지는 소리를 냈다.

"죽이지 않으면 내가 죽으니까. 전쟁이란 그런 거란다."

"죽였을 때 기분이 어땠어요?"

"기분이 아주 나쁘지. 벌써 몇십 년도 더 지난 일이지만 지금까지도 악몽을 꾸고 가위에 눌려."

세가와의 목소리가 갑자기 어두워졌다.

"전쟁은 싫어요."

"나도 싫어."

"모두들 전쟁을 싫어하는데 왜 하는 거지?"

"인간이란 존재는 구제 불능이야. 너희는 절대 전쟁은 하지 마라."

세가와는 말을 하면서도 눈으로는 벽을 보고 있었다. 본관으로 나와 7, 8분쯤 걸었을 때 세가와가 느닷없이 멈춰 서더니 벽을 가리켰다.

"여기다."

거기에는 하얀 페인트로 동그라미가 그려져 있고, 옆에 쇠사다리가 있었다.

"이 위가 놀이터다."

세가와가 손전등으로 위를 비추었다. 둥근 불빛 속에 쇠로 만든 뚜껑이 보였다.

"손전등으로 비추고 있어라."

에이지가 자신의 손전등을 위로 비추었다. 세가와는 사다리를 올라가 해방구에서 가져온 쇠막대로 뚜껑을 틀어 열기 시작했다.

몇 분이 지나고 에이지의 목이 아파 올 무렵에 겨우 틈이 생긴 듯했다.

"누가 좀……. 부탁하마."

세가와와 교대한 히로시가 사다리를 올라갔다. 히로시는 쇠막대를 찔러 넣고 소리 하나 내지 않고서 뚜껑을 옮겨 놓았다. 그리고 천천히 고개를 밖으로 내밀었다.

"사람 있어?"

에이지가 목소리를 낮춰 물었다.

"아무도 없으니까 위로 올라와."

그렇게 말하는 히로시의 몸은 이미 밖에 있었다. 에이지가 고개를 내밀자 히로시는 모래밭 옆 수돗가에서 얼굴을 씻고 있던 참이었다.

"잘 들어라. 나는 지금부터 쓰요시하고 함께 쓰요시 집에 가서 차를 가져오마. 너희는 그때까지 사람들 눈에 띄지 않도록 여기서 기다려라.”

세가와가 하는 말을 등 뒤로 들으며 에이지도 밖으로 나왔
다.

썩 넓지 않은 놀이터는 가로등에 비쳐 새하얗게 빛났다. 바
람 한 점 없이 푹푹 찌는 밤이었다. 넷이서 몸을 씻고 나무 의
자에 앉으니 정각 9시였다. 준코와 구미코는 과연 올까. 에이
지는 주위를 둘러보았다.

“아, 왔다.”

맨 먼저 구미코와 준코를 알아본 건 겐이치였다. 아직은 두
사람이 걸어오는 형태만 보였다. 이윽고 그 둘이 준코와 구미
코라는 것을 확실히 알 수 있었다.

두 사람은 벤치에 앉아 있는 네 명을 향해 손을 흔들었다.
준코와 구미코는 그들에게 다가가자마자 얼굴을 찡그렸다.

“아, 냄새. 무슨 냄새야.”

“냄새나?”

“냄새나는 정도가 아니야. 꼭 시궁창 같단 말이야.”

“바로 그 시궁창에서 나왔거든.”

“꺄악!”

둘은 뒤로 펄쩍 물러났다.

“아무튼, 좀 들어 봐.”

에이지는 손수건으로 코를 막고 있는 두 사람에게 비밀 통
로에 대해 설명했다.

"저기로 나왔다고?"

준코와 구미코가 맨홀을 보러 갔다.

"저렇게 깜깜한데, 무섭지 않았어?"

"당연히 무서웠지. 엄청 큰 쥐가 있거든."

"꺄악!"

두 사람은 또 과장되게 놀라는 척했다.

"이제부터 우리가 뭐할 건지 너희 모르지?"

"뭐할 건데?"

"도둑질하러 갈 거야."

"도둑질?"

"큰 소리 내지 마. 그건 그렇고, 너희들 이 시간에 용케도 집에서 나왔다."

"아빠는 여자한테 갔고 엄마는 연극 보러 갔어. 아무 문제없어."

구미코가 말하자 준코도 이렇게 이야기했다.

"우리 집은 엄마는 입원해 있고 여섯 명이나 되는 애들이 복닥거리잖아. 한 명쯤 없어져도 눈치 못 채."

준코의 말을 들은 에이지는 웃음을 터뜨렸다.

"나오키 찾는 건 어떻게 됐어?"

"그게 있지······."

준코가 모래밭으로 눈길을 떨어뜨렸다.

"나는 이렇게 생각했어. 나오키가 창문 밖으로 보이는 건물이나 굴뚝을 보고 쓰레기 처리장 건물이라고 생각했다면, 나오키가 항상 보는 N다리에 있는 건물밖에 없다고 말이야."

"준코, 대단한데. 준코 말이 맞아. 만약 다른 동네에 있다면 뭔지 몰랐겠지."

"그렇지? 그럼 이제 거의 다 찾았어. 번화가와 가까운 놀이터를 조사해 봤더니 세 군데밖에 없었어. 그중에서 쓰레기 처리장 굴뚝이 보일 만한 데는 한 군데뿐이었고."

"야호! 그럼 찾은 거나 마찬가지잖아."

"아직은 아니야. 어디에 갇혀 있는지를 알아야 해."

"그 부근도 집들이 빽빽하게 들어차 있잖아."

"그야 그렇지. 하지만 사람들 몰래 나오키를 숨겨 둘 만한 집은 그렇게 많지 않을 거야."

"창고 같은 데?"

"아닐걸. 나는 다세대 주택 같은 곳이 아닐까 싶은데."

"그런가……."

에이지는 준코처럼 머리가 빨리 돌아가지 않았다.

"기회는 한 번 있어. 엄마한테 들었는데 범인은 지금까지 공중전화로만 전화를 걸어 왔대."

"그게 어쨌다는 거야?"

"내일 11시에 범인이 전화한다고 했잖아. 그때도 틀림없이 공중전화로 걸 거야."

"아하, 그럼 범인이 밖으로 나오겠네."

"그렇지."

"너 명탐정이다."

"나, 다시 봤지?"

"다시 봤어. 우리도 다로를 데리고 응원하러 갈게."

"다로라니, 데쓰로네 개?"

"그래. 그 녀석한테 미리 나오키의 물건 냄새를 맡게 하면, 100미터 안에만 있으면 반드시 찾을 수 있어."

데쓰로가 자랑스럽게 설명했다.

"그럼 나오키 물건이 필요한 거네?"

"모자든 신발이든 상관없어. 너네 엄마한테 부탁해서 가져오면 안 될까? 물론 우리가 움직이는 건 비밀로 하고."

"알았어. 그렇게 해서 나오키를 찾아내면 그다음엔 어떻게 할 생각이야?"

"혹시 범인 집에 망보는 사람이 있어도 다로가 해치워 줄 거야. 그럼 나오키를 해방구로 데려가야지. 아마 나오키도 가고 싶어 할걸."

"그야 당연하지. 범인은 경찰에 넘겨?"

"공범이 있으면 경찰에 넘겨야지. 만약 범인이 혼자라면 해방구로 데려가고."

"데려가서 어떻게 할 건데?"

"어린애한테 손을 댄 비열한 자식이잖아. 우리 모두 톡톡히 응징을 해 줘야지."

히로시는 손가락 관절을 꺾어 우두둑 소리를 냈다.

"재미있겠는데. 나도 라이터로 코털을 태워 주고 싶어."

구미코가 말했다.

"범인은 우리한테 맡겨. 그보다 도청은 잘돼 가고 있지?"

"잘돼 가. 25일 저녁에 우리 아빠랑 교장, 그리고 경찰서장이랑 시장이 만나."

"어디서?"

"다마스다레."

"그 사람들은 '다마스다레'가 히토미 집이란 걸 알고 있어?"

겐이치가 물었다.

"모를 거야. 시장이 정한 것 같거든. 6시 반부터래."

"왜 그렇게 여러 사람이 오는 거래?"

"아무래도 이번 시장 선거 때문인 거 같아."

"사전 선거운동인가……?"

"아마도. 회의가 끝나면 단란 주점에 갈 거래."

"시장에 교장에 경찰서장이 모여서 단란 주점에 가다니, 그거 볼만하겠는데."

그 장면이 방송을 탄다고 생각하니 에이지는 신이 났다.

"히토미 집이면, 방에 도청 장치를 할 수 있지?"

"그보다 더 좋은 방법이 있으니까 나한테 맡겨."

구미코가 말했을 때, 놀이터 옆에 라이트밴이 멈췄다. 차에는 '다테이시 화약'이라고 쓰여 있었다. 다테이시 쓰요시가 창밖으로 얼굴을 내밀고 말했다.

"빨리 타."

"그럼 내일 보자."

에이지와 나머지 세 사람은 준코와 구미코에게 인사하고 차에 뛰어올라 탔다. 운전석에는 세가와가 앉아 있었다.

차는 거리를 빠져나가 둑으로 갔다. 열린 창문으로 들어오는 밤바람이 기분 좋게 얼굴을 간질였다.

"역시 밖은 좋아."

겐이치가 눈을 가늘게 뜨고 말했다. 이렇게 밤길을 드라이브하는 건 분명 통쾌한 일이지만, 이제부터 해야 할 일을 생각하자 그만 마음이 무거워졌다.

"집에는 아무도 없었어?"

에이지가 물었다.

"할머니랑 여동생이 있었어."

"그런데 안 들켰어?"

"들켰지."

"그래서? 어떻게 됐어?"

"아무 일도 없었어. 동생은 자고 있었고, 할머니는 치매거든. 내 얼굴을 보고 '안녕!' 하면서 웃더라."

에이지는 답답했던 가슴이 뻥 뚫렸다.

둑길을 10분 정도 달렸을 때 쓰요시가 "저기서 왼쪽으로 내려가요."라고 세가와에게 말했다.

차는 둑길을 따라 밑으로 내려갔다. 한쪽에는 콘크리트 담이 길게 이어졌다. 담이 끝나는 데서부터는 가시철조망이 둘러쳐진 빈터였다. 거기까지 가니 차도 사람도 전혀 다니지 않았다.

"저거야."

쓰요시가 앞쪽을 가리켰다. 차 불빛에 높은 콘크리트 담이 보였다. 언젠가 보았던 고스게 구치소의 축소판 같았다.

차는 철문 앞에서 멈췄다. 쓰요시가 차에서 내려 철문에 열쇠를 꽂고 돌렸다. 이럴 때 순찰차라도 들이닥치면 큰일이다. 에이지는 주위를 둘러보면서 안절부절못하고 있었다. 철문이 삐걱거리면서 열렸다.

세가와는 차를 천천히 안으로 몰고 들어갔다. 쓰요시가 문을 닫았다. 이제 밖에서 누가 지나가더라도 안에서 무슨 짓을 하는지 보이지 않는다. 두방망이질하던 에이지의 가슴이 가까스로 진정되었다.

담으로 둘러쳐진 대지 한복판에 창문 하나 없는 콘크리트 건물이 있었다. 이것이 폭죽 창고인 게 분명했다. 건물의 철문 역시 굳게 닫혀 있었다. 쓰요시는 그 앞으로 가더니 또 열쇠를 꽂았다. 이번에는 비교적 쉽게 열렸다.

"따라와."

쓰요시의 말에 모두 그 뒤를 따라 들어갔다.

쓰요시가 손전등으로 안을 핥듯이 비추었다. 철제 선반에는 골판지 상자가 가지런히 줄지어 있었고, 바닥에는 동그란 공처럼 생긴 것들이 나란히 있었다.

"이게 '와리모노'라고 하는 건데, 쏘아 올리는 폭죽이야. 그쪽 조그만 게 3호. 보통 125미터 정도 올라가. 저쪽 큰 것이 10호인데 저건 330미터까지 올라가고."

쓰요시는 폭죽을 보자 브레이크가 듣지 않는 것처럼 쉴 새 없이 이야기했다.

"이 상자에 들어 있는 것은 '와쿠지카케'라는 거야. 5, 60센티미터쯤 되는 종이 통에 화약이 채워져 있어. 거기에 '란스'라는 걸 이어서 글자나 그림을 만들어."

"불을 붙이면 얼마 정도 타는데?"

"글쎄, 한 1분쯤? 이쪽은 '오모차하나비(철사 끝에 색화제, 불꽃제 등을 소량 묻힌 폭죽의 종류)'야."

쓰요시는 선반에 놓인 상자를 잇따라 에이지에게 건넸다. 에이지는 상자를 히로시에게, 히로시는 데쓰로에게, 데쓰로는 겐이치에게, 겐이치는 입구에 있는 세가와에게 건넸다. 세가와는 상자를 차에 실었다. 골판지 상자 다섯 개를 차에 싣자 쓰요시는 모두 밖으로 내보내고 철문을 닫았다.

"누가 밖을 좀 봐 줄래?"

히로시는 바깥 철문을 조금 열고 밖을 살펴보았다.

"아무도 없어."

히로시가 문을 열자 차가 천천히 밖으로 나갔다. 쓰요시가 열쇠를 찔러 넣어 문을 잠그자 모두들 차에 올라탔다.

"그럼 출발한다."

세가와가 시동을 걸었다. 그때까지 숨죽이고 있던 에이지
는 차가 움직이기 시작하자 그제야 숨을 크게 쉬었다.

'역시 도둑질은 싫어.'

차는 다시 둑길로 나왔다. 갑자기 마음이 가벼워진 에이지
는 무슨 말이든지 마구 지껄이고 싶었다.

넷째 날

구출 작전

1

가키누마 산부인과에 '금일 휴진'이라는 안내문이 붙었지만 관계자 말고는 그 이유에 대해 아는 사람은 없었다.

오전 9시가 되자 널찍한 대기실에 남학생 엄마들 스무 명과 학부모회 회장 호리바 센키치, 입원해 있는 하시구치 준코의 엄마 아키코가 모였다. 학교에서는 교감과 생활지도부장, 1학년 2반 담임 야시로가 와 있었다. 거기에 관할 경찰서의 경감인 스기자키도 참여했다.

"여러분, 오늘 날씨도 더운데 이른 아침부터 오시느라 고생 많으셨습니다."

호리바 센키치가 일어나서 인사를 했다.

"이번 나오키 군 유괴 사건은 마침 남학생들의 폭동과 맞물려 일어나서 몹시 혼란스러웠습니다. 우선 스기자키 경감님에게 조사 경위를 듣겠습니다."

센키치는 옆에 앉아 있는 스기자키 경감을 일으켜 세웠다. 약간 뚱뚱하고 목이 굵고 짧은 데다 무뚝뚝해 보이는 용모로 한눈에 경찰관이라는 것을 알 수 있었다.

"스기자키입니다. 현재 조사를 진행하고 있는 과정이라 유괴 사건은 매스컴에도 보도를 통제하고 있습니다. 하지만 여러분은 당사자이기 때문에 지금까지의 조사 경과를 보고드리겠지만, 이 일에 대해서는 사람의 목숨이 달려 있는 만큼 절대로 입 밖에 내지 마시길 부탁드립니다."

스기자키 경감은 탁자에 놓인 오렌지 주스를 한 모금 마셨다.

"범인한테서 걸려온 첫 번째 전화는 7월 20일 오후 7시. 그때 나오키 군의 목숨과 바꿀 1700만 엔을 요구해 왔습니다."

이 시점에서는 남학생이 모두 유괴 당한 게 아닌가 싶어 모두 제정신이 아니었지만, 이튿날 아이들이 해방구 방송으로 유괴 당하지 않았다는 것을 밝혔기 때문에 결국 나오키 혼자만 유괴 당했다는 것을 알게 되었다. 다만, 수사 당국은 이 유괴 사건이 해방구 투쟁과 관계가 있는지 없는지에 대해서는 결론을 내리지 못하고 있다.

다음 날 21일에 몸값이 준비됐느냐는 전화가 걸려 왔지만,

가키누마 야스키 원장은 나오키의 편지를 받고 나오키가 무사하다는 것을 확인할 수 없으면 돈을 줄 수 없다고 강경하게 대응했다.

22일에 나오키의 편지를 받은 동시에 범인한테서 전화가 걸려 왔는데, 23일 오전 11시에 다시 전화할 테니 그때 바로 몸값을 가지고 나오라고 요구했다. 이것이 지금까지의 경위이다.

"잠깐만요. 질문 좀 해도 될까요?"

에이지의 엄마 시노는 차마 눈 뜨고 볼 수 없을 정도로 초췌해진 나오키 엄마의 모습에 가슴이 찢어지는 것 같았다.

"말씀하세요."

스기자키 경감이 다시 주스를 마셨다.

"사건 경위보다, 범인에 대해서 짚이는 건 없나요?"

"유감스럽게도 아직 오리무중입니다."

"범인은 이쪽 사정을 잘 아는 인물이 아닐까요?"

"이 병원 환자라고 생각하시는 겁니까?"

"네."

"그 선에서 조사해 봤지만 용의자라고 단정할 만한 인물은 떠오르지 않았습니다."

과연 경찰이다. 빈틈이 없다.

"한 가지 더 묻겠는데요. 몸값이 1700만 엔이라니, 왜 이런 어중간한 금액을 요구해 왔을까요? 게다가 이렇게 말하면 실례가 되겠지만 금액도 너무 적고요."

"좋은 지적이십니다."

경감에게 칭찬을 받고 시노는 기분이 조금 좋아졌다. 하지만 금세 조심성 없는 말을 했다고 반성했다.

"요구하는 액수도 그렇고 바로 나오키의 편지를 보내 준 것도 그렇고. 범인은 그렇게 흉악한 사람 같지는 않은데요……."

"그건 지금 단계에서는 뭐라고 말씀드릴 수가 없습니다."

"그럼 혹시, 나오키한테 무슨 일이라도 있다는……?"

"지금 단계에서는 무사하다고 생각합니다. 문제는 몸값을 건넨 이후입니다."

"건네면서 붙잡으면 되잖아요."

"물론 그게 최선이지만 그러기 위해선 협력해 주셔야……."

"나오키가 돌아올 때까지 제발 그냥 가만히 내버려 두세요. 부탁드립니다."

나오키 아빠 야스키가 쥐어짜는 듯한 목소리로 말했다. 옆에서 지켜보던 엄마들이 야스키를 거들고 나섰다.

"그래요. 범인을 잡는 것보다 나오키의 목숨이 더 중요하다고요."

"물론 저희도 같은 생각입니다. 다만 몸값을 건네면 쉽게 풀어 줄 거라고 믿는 건 좀 그렇지 않습니까?"

"하지만 범인은 흉악하지 않을 것 같다고 하셨잖아요."

"제가 흉악하지 않다고 인정한 건, 유괴하고 바로 죽이지는 않았기 때문입니다."

"돈을 받고도 죽일 필요가 있을까요?"

"그렇게 말씀하시지만, 나오키 군은 중학생입니다. 범인의 얼굴을 알고 있을 게 분명합니다."

스기자키 경감이 말했다.

"그럼 몸값을 건네면 죽일 거란 말씀이세요? 오오, 그건 안 돼요."

나오키 엄마 나쓰코는 몸을 틀어 얼굴을 손으로 감쌌다.

"지금 경감님의 말씀은, 경찰은 단서를 전혀 못 잡았다는 거죠?"

준코 엄마가 나른한 듯한 목소리로 말했다. 아직 출산한 지 닷새밖에 지나지 않았으니 그럴 만도 하다.

"아이들은 뭐 좀 알아낸 것 같던데요."

"뭐라고요?"

스기자키 경감이 준코 엄마의 얼굴을 응시했다.

"아이들이라니……?"

나쓰코가 물었다.

"우리 딸들요. 2반 여자애들 말이에요. 무슨 단서를 잡았는지 오늘 아침에 일찌감치 집을 나갔어요. 못 믿겠으면 2반 여자애들 집에 전화해 보세요. 아마 없을걸요."

나쓰코는 반사적으로 일어나서 대기실을 나갔다.

"준코 어머니 말씀은 여자아이들이 범인을 찾고 있다는 건데, 혹시 잘못 아신 거 아니십니까?"

경감의 말은 공손했지만 실은 무례함 그 자체였다. 말투는 정중했지만 속으로는 콧방귀도 안 뀌는 듯한 태도가 빤히 들여다보였다.

"아니요, 저는 그렇게 생각하지 않아요. 아이들이 나오키를 찾지 않을까요? 저는 꼭 그럴 것 같거든요."

"정말입니까……?"

나오키의 아빠 야스키가 들뜬 목소리로 물었다.

"무슨 말씀이십니까. 전문가인 우리가 그만큼 애써도 단서조차 얻지 못하고 있단 말입니다. 무책임하게 그런 말씀 하지 마세요."

"그럼 경감님께 묻겠는데요. 만약 아이들이 나오키를 구하면 경감님은 어떻게 하실 건가요?"

"그때는 머리를 밀겠습니다."

"머리 미는 것 가지고는 부족해요. 그래요. 불꽃놀이 대회가 있는 25일 밤에 뭐든 재주를 보여 주세요."

"알겠습니다. 뭐든 하겠습니다."

스기자키 경감이 가슴을 펴고 대답했을 때 나쓰코가 대기실로 돌아왔다.

"여자애들 다섯 명 집에 전화해 봤는데, 아무도 없어요."

"어디 갔대요?"

"어디에 간다는 말도 없이 아침에 슬쩍 나가 버렸다네요."

"그런 말도 안 되는 일이……."

구미코의 아빠 센키치는 끝까지 듣지도 않고 대기실에서 뛰어나가더니 금세 다시 돌아와 망연자실한 얼굴로 말했다.

"우리 딸애도 나갔다는군요."

"혹시 해방구에 간 게 아닐까요?"

겐이치 엄마가 불쑥 말했다.

"설마요……."

"아니에요, 가능성이 없는 건 아닙니다."

스기자키 경감이 센키치의 얼굴을 말끄러미 바라보았다.

"만약 그렇다면 이건 엄청난 일입니다. 불순한 이성 교제란 말입니다. 경찰은 당장 해방구에 가서 수색해 주십시오."

"여자아이들이 해방구에 갔을 리가 없잖아요. 요즘 아이들이 얼마나 영리하다고요. 좀 더 믿어 보는 게 어떨까요?"

얼핏 종잡을 수 없는 사람처럼 보이는 준코 엄마가 아이들에 대해서 왜 이렇게 자신 있게 단언하는지 시노는 이상히 여겼다.

"범인은 몇 시에 전화하기로 했습니까?"

센키치가 나쓰코에게 물었다.

"11시요. 전화가 오면 당장 돈을 가지고 어디든 갈 수 있도록 만반의 준비를 하고 있어요. 만약 돈을 건네도 나오키가 돌아오지 않는다면 저도 뒤따라 죽을 각오를 하고 있어요."

"죽다니. 모두 계시는 자리에서 무슨 엄포야!"

야스키가 아내를 나무랐다.

"엄포 놓는 거 아니에요. 나오키는 내 전부라고요. 그 애가 없는 인생은 나한테는 무의미하단 말이에요."

"흥분하지 마. 좀 냉정해지라고."

"당신은 나오키가 어떻게 돼도 상관없단 거예요? 그래요, 그렇겠죠. 틀림없어요."

"무슨 말을 하는 거야? 나오키가 당신 아들만은 아니잖아. 나한테도 둘도 없는 소중한 보물이야."

"뻔뻔하게 말은 잘하네요. 내가 지금까지 말은 하지 않았지만 당신한테 숨겨 둔 아이가 있다는 거, 다 알고 있어요."

"그건 당신의 망상이라고. 신경안정제라도 먹어."

"약으로 얼렁뚱땅 넘어가려고요? 이제 그 수법에는 안 속아요. 말이 나왔으니 말인데, 당신이 여자한테 미쳐 있으니까 애가 유괴나 당하고 그러는 거 아니냐고요. 혹시 우리 나오키를 유괴한 것도 그 여자가 한 짓 아니에요?"

"여러분, 죄송합니다. 아내가 정신 착란을 일으킨 모양입니다. 이봐, 누구 좀 와 봐."

야스키가 안쪽을 향해 소리치자 간호사 둘이 들어왔다.

"사모님 모시고 가."

"난 정상이에요. 괜찮으니까 그만 가 봐요."

간호사들은 둘 사이에 우두커니 선 채 어쩔 줄 몰라 했다.

"나오키 어머니, 하고 싶은 말이 많다는 건 압니다. 그건 나중에 두 분만 계실 때 말씀 나누시고, 지금은 나오키를 어떻게 구할까, 그 이야기를 하기로 하지요."

센키치가 둘 사이에 끼어들었다.

"볼썽사나운 모습을 보여 드려서 죄송합니다."

나쓰코는 부끄러운 듯 깊숙이 고개를 숙였으나 시노는 스기자키 경감의 눈이 번쩍 빛나는 것을 놓치지 않았다.

남자와 여자 사이란 정말 모를 일이다. 나쓰코는 시노를 만날 때마다 남편 자랑을 늘어놓았기 때문에, 시노는 그들 부부 사이가 원만하다고 굳게 믿고 있었다. 자신의 남편도 겉으로는 모범적인 샐러리맨이지만 몰래 무슨 짓을 하는지 알 수 없는 노릇이다. 시노는 별안간 남자란 믿을 수 없는 존재라는 생각이 들었다.

"유괴 사건은 우리 힘으로는 해결할 수 없으니까 전문가인 경찰에 맡기기로 하고, 문제는 바로 해방구입니다. 이대로 방치해도 괜찮을까요?"

교감은 엄마들의 얼굴을 찬찬히 둘러보았다.

"저는 어제 현장에 갈 수 없어서 텔레비전으로 봤는데, 대체 그 꼴이 뭡니까. 교사란 사람이 아이들한테 조롱당하고, 또 그걸 방송국에서는 웃음거리로 내보내고. 너무 한심해서 눈물이 다 나왔습니다. 이런 교사한테 아이들을 맡기는 게 걱정돼서 견딜 수가 없습니다. 여러분도 그렇죠? 안 그런가요?"

센키치의 기세에 엄마들은 잠자코 고개를 끄덕였다.

"아무튼 기동대에 부탁해서 곧장 안으로 치고 들어가 아이들을 모두 교정 보호해야 합니다."

"교정 보호라면, 소년원 같은 곳에 넣겠다는 건가요?"

히데아키의 엄마 지카코가 기어들어가는 듯한 목소리로 물었다.

"물론입니다. 이건 담배를 피고 시너를 마셨다거나, 선생님을 폭행했다거나, 학교 기물을 파손한 것하고는 질적으로 다릅니다."

"아이들이 다 비행 청소년은 아니라고 생각하는데요……."

"차라리 비행 청소년 쪽이 낫습니다. 이건, 그런 것하고는 비교할 수 없을 정도로 질이 나쁩니다."

"그래서요?"

시노는 그만 덤벼들듯이 말했다.

"잘 들어보세요. 그 아이들은 기존 질서를 깨뜨리려 하고 있습니다. 이것을 우리가 묵인하면 어떻게 될 것 같습니까? 틀림없이 무정부주의자나 테러리스트가 될 겁니다. 그 아이들은 옛날 전공투가 한 것과 똑같이 학교를 쳐부수려 들 거란 말입니다."

센키치는 흥분하면 마구 침을 튀기기 때문에 시노는 몸을 피하듯 움직였다.

"악의 싹은 일찌감치 도려내야 합니다. 만약 이것이 연쇄

반응을 일으켜서 모든 중학생이 똑같은 흉내를 내기라도 한
다면 어떻게 될까요. 나라의 장래는 엉망이 됩니다."

"너무 과장이 심한 거 아닌가요? 상대는 고작 어린아이라
고요."

데쓰로의 엄마가 소프라노 같은 목소리로 말했다.

"그렇지 않습니다. 저 패거리들의 행동을 그저 어린애들이
하는 장난이라고 무시해 버리면 엄청난 결과로 이어질 겁니
다. 저는 옛날부터 동물적인 감을 가지고 있어요. 그래서 아
는 거라고요."

"하지만 경찰의 힘으로 진압한다는 건 어이가 없네요."

"그럼 어떻게 하면 좋겠습니까? 우리가 가서 설득하면 말
을 들을 것 같습니까? 어제 텔레비전을 봤으면 아실 거 아닙
니까?"

"이 문제는 선생님께 부탁드릴 수밖에 없다고 생각해요. 그
래도 안 된다면 그때 가서 대책을 생각해 보면 어떨까요?"

시노가 말하자 지카코가 스기자키 경감에게 말했다.

"그 아이들이 절대 나쁜 마음으로 한 일은 아닐 거예요. 잘
타이르면 알아들을 테니 범죄자로 만들지만 말아 주세요."

"절대 범죄자는 되지 않습니다. 모두 14세 이하니까요. 14
세 이하는 형법에 저촉되지 않습니다."

"후유, 다행이다."

지카코는 두 손으로 가슴을 쓸어내렸다.

2

시카케하나비로 불꽃을 쏘아 올리려면 먼저 나무틀을 만들어야 했다.

옥상에서는 쓰요시가 중심이 되어 겐지, 데쓰로, 히데아키, 이렇게 네 사람이 아침 7시부터 작업에 들어갔다.

틀을 만들 나무는 공장 안에 얼마든지 있었다. 단, 나무를 옥상까지 나르려면 비상계단을 몇 번이나 오르락내리락해야 했다.

에이지가 9시 20분에 정기 연락을 하기 위해 옥상으로 올라갔을 때, 작업을 하던 넷은 더위를 먹고 드러누워 있었다.

"여기는 넘버 14, 오버."

오늘은 사토루만 둔치에 와 있었다.

"여기는 넘버 7, 말해라."

"오늘 아침에 엄마들하고 선생님, 그리고 짭새까지 나오키 집에 모였어."

"모인 목적은?"

"나오키 문제랑 해방구 때문에."

"유괴 사건에 대해서는 뭐 좀 알아냈대?"

"전혀."

"그러고도 프로야? 해방구에 대해서는?"

"오늘 아침에 여자애들이 다 없어졌다고 난리야."

"여기 왔을 거라고 하지 않아?"

"그랬어. 잘 아네."

"어른들이 생각하는 게 뻔하지 뭐. 여자애들이 뭐하는지 눈치는 못 챘고?"

"준코 엄마가 나오키를 찾으러 갔다고 했는데도 거기 있던 짭새가 통 안 믿더라. 만약 우리가 나오키를 구하면 불꽃놀이 대회 때 삭발하고 재주를 부리기로 했어."

"재밌겠는데. 꼭 그렇게 하게 해 주자."

어느새 도루가 옆에 와 있었다.

"그건 좋은데, 교장이 오늘 거기 갈 거야."

"이제 그만하라고 말하러 오겠대?"

"그것도 있고, 여자애들을 숨기고 있는지 확인하러 간대."

"그거 재밌겠는걸. 우리야 대환영이지."

"안으로 들여보내 줄 거야?"

"들어오게 해야지. 지금 미로를 만들고 있으니까 거기로 안내하지, 뭐."

"미로? 재밌겠다."

"굉장한 게 만들어질 거야. 다만 내일 완성되니까 오늘은 물러가 달라고 부탁해야지."

"그렇게 어마어마한 거라면 교장 혼자 들어가기에는 아까운데."

"누가 아니래. 몇 명이 와도 환영인데 말이야."

"나도 보고 싶다."

사토루는 몹시 아쉬운 듯이 말했다.

"중요한 걸 깜빡했네. 범인은 몇 시에 전화한대?"

"11시. 나오키 아빠는 전화가 오면 곧장 나갈 수 있도록 1700만 엔을 준비해 뒀대."

"11시까지 나오키를 찾을 수 있을까?"

"여자애들은 자신만만해하던데."

"범인한테서 오는 전화는 도청할 수 있어?"

"당연하지. 전화기에 도청기를 달아 놓으면 경찰한테 들킬 거 같아서, 준코 엄마한테 부탁해서 전화기 있는 방에 설치해 놨어."

"준코 엄마는 굉장히 협조적이네. 보기 드문 어른이다."

"그런 어른도 있어. 12시 정각에 무전기 켜 놔."

"알았어."

"그럼 수고해. 안녕."

사토루의 목소리가 사라졌다.

"사토루 말이야, 이럴 때 진짜 믿음직스러워. 준코 엄마도 좋은 분이고."

도루는 연방 감탄했다.

"야, 니시와키 선생님 오셨어."

도로를 내려다보던 데쓰로가 말했다. 옥상에 있던 여섯 명이 비상계단으로 2층까지 뛰어 내려가 보니, 모두 정문에서 고개를 내밀고 웅성웅성 이야기하고 있었다.

"선생님, 안녕하세요."

에이지는 2층 창문에서 얼굴을 내밀고 인사했다.

"안녕."

니시와키가 2층을 향해 손을 흔들었다. 오늘 니시와키는 검은 티셔츠와 하얀 스커트 차림에 짙은 선글라스를 끼고 빨간 차를 타고 왔다.

"선생님, 멋있어요."

"정말? 아픈 사람은 없니?"

"없어요. 다들 팔팔해요."

"진작에 손들 줄 알았더니 의외로 센데. 너희들, 다시 봤다."

"선생님, 오늘 데이트 있어요?"

"어, 왜?"

"척 보면 알죠."

히로시가 대답했다.

"아니야. 오늘은 주먹밥하고 수박을 가져오느라고 차로 온 거야."

"수박이요? 저 어제 수박 꿈 꿨어요. 내 꿈이 딱 맞았네."

쓰요시가 손뼉을 치며 좋아했다.

"얼른 밧줄을 내려보내."

히로시는 그 말을 기다렸다는 듯이 밧줄을 내렸다. 니시와키가 내려준 밧줄에 자루를 묶어 주었고, 그걸 히로시가 끌어올렸다. 꽤 묵직했다.

"야, 세 통이나 돼."

히로시가 자루 속을 들여다보고 말하자 환호성이 일었다.

"주먹밥은 50개야. 아침 일찍부터 만들었어."

"고맙습니다, 선생님."

히로시는 또 밧줄을 내렸다. 니시와키가 거기에 자루를 매달면서 물었다.

"너희들한테 좀 물어볼게. 거기에 여자애들 있니?"

"없어요. 그건 왜 묻는데요?"

겐이치가 되물었다.

"오늘 아침에 너희 반 여자애들이 전부 없어졌대. 어머니들은 여기 온 게 아니냐고 난리셔."

"여긴 여자 출입 금지 구역이에요. 여자들은 못 들어와요."

도루가 대답했다.

"그럼 어디에 간 거라니?"

"나오키 찾으러 갔어요. 어른들한테 맡겨 둘 수 없어서요."

"그렇게 된 거였어? 이제야 마음이 놓이네."

"그 일 때문에 선생님께 부탁이 있는데요. 들어주실래요?"

"좋아. 어떤 일인데?"

"나오키 집에 준코 엄마가 입원해 있어요. 거기서 나오키의 신발이나 모자나, 뭐든 좋으니까 나오키의 물건을 몰래 받아다 주셨으면 좋겠어요."

"그걸로 뭐하려고?"

니시와키는 의아한 얼굴로 2층을 올려다보았다.

"이제 곧 나오키가 있는 곳을 알게 될 거예요."

"정말?"

니시와키는 믿을 수 없다는 얼굴이었다.

"진짜예요. 하지만 있는 곳을 알아도 사람은 안에 들어가 보지 않고는 모르잖아요. 그래서 개한테 미리 나오키의 물건 냄새를 맡게 해서 찾게 하려고요."

"그래. 좋은 생각을 했구나. 그런데 개는 어디 있니?"

"여기에 있어요. 대단한 녀석이에요."

"우와, 놀라운걸."

니시와키의 머리가 바람에 날려 이마를 덮었다.

"원래는 준코한테 가져다 달라고 했는데, 깜빡했나 봐요."

"준코 어머니는 알고 계셔?"

"벌써 이야기가 돼 있으니까 조용히 물건을 주실 거예요."

"좋아. 가져다줄게."

"고맙습니다. 10시 30분까지 학교 옆 놀이터로 가져다주셨으면 좋겠는데, 괜찮으세요?"

"왜 그런 곳으로 가져가?"

"비밀 통로가 있거든요. 저희가 거기서 기다릴게요."

에이지가 대답했다.

니시와키는 어이가 없는지 멍하니 에이지를 올려다보았다.

"그리고 부탁이 하나 더 있는데요."

"뭔데?"

"오실 때 차를 가지고 오시면 안 될까요? 나오키 있는 곳까지 데려다 주셨으면 좋겠어요."

"정말 너희한테는 못 당하겠구나. 그건 그렇고, 나오키가 어디 있는지는 알고 있는 거야?"

"지금은 모르지만 11시까지는 여자애들이 꼭 알아낼 거예요."

"제법인데."

"선생님, 이건 비밀이에요."

"알고 있어. 아, 누가 온다. 난 이만 간다."

니시와키는 차에 타는가 싶더니 쌩하니 출발했다.

"야, 교장하고 교감이야."

도루가 말하지 않아도 에이지도 한눈에 알아차릴 수 있었다. 대머리에 뚱보에 땅딸보인 교장과 전봇대처럼 키가 껑충한 교감이었다. 누구라도 단번에 알아볼 수 있다. 교감은 긴 다리로 성큼성큼 걸어오는데 다리가 짧은 교장은 반쯤 뛰고 있었다. 교장은 정문 앞까지 오자 괴로운 듯이 숨을 헐떡이며 손수건으로 얼굴을 닦았다.

"여러분, 잘 있나?"

교장이 숨을 헐떡이며 물었다.

"그건 우리가 묻고 싶은 말인데요."

히로시가 말했다.

"고맙구나. 나는 괜찮다. 열나거나 배탈 난 사람은 없나?"

"위선자 티 내지 말고 뭐하러 왔는지 그거나 얼른 말해요."

"나는 너희 상태를 보러 왔다. 걱정이 돼서 말이야."

"그게 아니잖아요. 여자애들이 있는지 없는지 알아보려고 온 거잖아요."

"그래, 역시 여기 있구나."

"없어요."

"그럼 안을 좀 보자."

"좋아요. 하지만 오늘은 안 돼요."

도루가 딱 잘라 말했다.

"왜 오늘은 안 된다는 거냐?"

교장은 겨우 호흡이 안정된 모양이었다.

"오늘은 준비가 안 됐걸랑요."

"준비라니, 무슨 말이냐?"

"모처럼 오셨는데 환영해 드려야죠."

"호오, 아주 감동적이군."

교장의 볼이 일그러졌다.

"그래요. 기대하세요."

"알았다. 내일 다시 오기로 하지."

"내일 또 못 들어가게 하는 건 아니겠지?"

교감이 다시 확인했다.

"우리 어린애들을 믿으시라고요."

"알았다. 몇 시에 오면 되지?"

"10시요. 1분이라도 늦으면 못 들어오게 할 거예요."

"좋다. 그건 그렇고, 너희한테 할 말이 있다."

교장은 이마의 땀을 닦았다.

"알고 있어요. 우리가 여기서 나가지 않으면 경찰을 부르겠다고 말하려는 거죠?"

"그걸 어떻게 알았지?"

교장이 교감과 마주 보았다.

"우리는 어른이 생각하는 건 뭐든 다 알아요. 말이 나왔으니 말해 두겠는데요, 여자애들은 오늘 오후에는 집에 돌아갈 거고, 나오키도 찾을 거예요."

"무책임한 소리 하지 마라."

"무책임한 말이 아니걸랑요. 어른들한테만 맡겨 두면 나오키가 죽으니까 우리가 찾아내기로 한 거라고요."

"바보 같은 생각일랑 집어치워. 그런 문제는 경찰한테 맡기면 돼. 너희는……."

"부모님하고 선생님 말 잘 듣고 공부만 하면 돼, 그렇게 말하고 싶은 거죠? 무슨 말을 하고 싶은지 다 아니까 그만 돌아가세요. 우린 지금부터 간식 시간이걸랑요."

2층 창문 밖으로 고개를 내밀고 말하던 도루가 안으로 사라졌다.

"자, 수박 먹으러 가자."

도루와 에이지가 비상계단으로 나가니, 광장 한복판에 수박 세 통이 놓여 있고 히로시가 수박을 칼로 자르는 모습이 보였다. 모두가 그 둘레를 에워싸고 있었다.

"야, 우리 것도 남겨 놔."

에이지는 쏜살같이 비상계단을 뛰어 내려갔다.

3

에이지는 맨홀 뚜껑을 조금 들어 올리고 밖을 살폈다. 놀이터에 사람 모습은 보이지 않았다.

"아무도 없어. 나가자."

에이지는 도시로와 다로를 먼저 밖으로 내보냈다. 뒤이어 에이지, 히로시가 맨홀에서 나왔다. 어두운 지하도에서 갑자기 밝은 곳으로 나오자 눈이 부셔서 눈을 뜰 수가 없었다.

"우선 몸부터 씻어."

막 뛰기 시작한 도시로에게 말했다. 지하도로 한 번 나온 적이 있기 때문에 이번에는 생각보다 빨리 올 수 있었다. 약속한 10시 반까지는 아직 5분이나 남았다.

해방구를 나올 때 세가와가 충고했다.

"적이 몇 명이 될지 모르니까 절대 함부로 달려들지 마라."

그러나 드디어 자신이 나설 때라고 생각했는지 도시로는 감당이 안 될 정도로 들떠 있었다. 한편 힘쓰는 데는 누구보다도 자신만만한 히로시는 범인을 상대하는 건 만만치 않을 거라며 잔뜩 긴장해 있다. 에이지는 일이 잘될지 걱정이었다.

하수도에서 한 번도 넘어지지 않았기 때문에 손과 발만 씻어도 시궁창 냄새가 완전히 빠졌다. 아이들이 놀고 있어야 할 놀이터는 한낮의 무더위 때문인지 아무도 없었다.

정확히 10시 반에 니시와키의 빨간 차가 놀이터 옆에 멈춰 섰다. 세 사람은 차를 향해 뛰었다. 아이들이 달려오는 것을 본 니시와키가 차 문을 열어 주었다. 조수석에 도시로와 다로, 뒷좌석에 히로시와 에이지가 굴러 들어가듯이 올라탔다.

"오케이. 목적지는 N다리예요."

차가 출발했다. 니시와키는 앞을 뚫어지게 바라보면서 옆에 있는 도시로에게 종이봉투를 건넸다.

"나오키의 운동화랑 모자야. 또 만화책도."

도시로는 우선 모자를 다로 코끝에 대 주어 충분히 냄새를 맡게 한 뒤, 운동화, 만화책 순서로 냄새를 맡게 했다.

"그렇게 해서 알 수 있어?"

"네. 100미터까지 다가가면 정확하게 알아요."

도시로는 자신만만했다.

"나오키를 찾으면 어떻게 할 거니?"

"해방구에 데리고 갈 거예요."

"어머니, 아버지께 알리지 않을 거야?"

"알리지 않을 거예요."

"하지만 걱정하실 텐데."

"걱정하려면 하라고 하세요. 그리고 우리는 나오키를 구한 다음엔 범인을 잡을 거예요."

"그만둬. 만일 상대가 흉기를 갖고 있으면 어떻게 할 건데? 경찰에 맡겨."

"이 일은 우리가 알아서 할 거예요. 이게 있으니까 걱정 없어요."

히로시가 니시와키의 관자놀이에 장난감 권총을 들이댔다.

"뭐하는 거야?"

니시와키가 꽥 비명을 질렀다.

"이거 장난감인데 진짜처럼 보이죠?"

"놀랐잖아. 하마터면 교통사고 날 뻔했다고."

차가 급정차하는 바람에 에이지는 앞으로 고꾸라져 하마터면 얼굴이 니시와키의 볼에 닿을 뻔했다.

향기로운 냄새가 났다.

"선생님한테서 좋은 냄새가 나요."

"너희들한테서도 냄새 좀 난다."

"그야 당연하죠. 시궁창을 걸어왔으니까요."

"그래도 몸은 날마다 씻고 있어요."

도시로가 말했다.

"어떻게?"

니시와키가 물었다.

"소화전 물을 분수처럼 만들어서요. 그걸 모두가 뒤집어쓰
는 거예요. 되게 재미있어요."

"그래……? 선생님도 해 보고 싶은데."

"여자는 안 돼요."

"어머, 왜?"

"가슴이 보이면 곤란하잖아요."

니시와키는 다음 신호등이 나올 때까지 웃음을 그치지 못
했다.

"너, 아직 초등학생이지? 왜 거기에 있는 거니?"

"얘는 사타케 데쓰로 동생이고요, 도시로라고 해요. 이 개
가 얘 말밖에 안 들어서 특별히 받아 준 거예요."

"우와, 대단하다."

"그 정도는 아니에요."

니시와키가 너무 감탄하자 도시로는 멋쩍어했다.

에이지가 지시하는 대로 모퉁이를 몇 번인가 돌자, 마침내
준코가 말했던 조그만 놀이터가 나왔다.

"선생님, 여기서 기다려 줄 수 있죠?"

"좋아. 이 근처에 나오키가 있는 거니?"

"그럴 거예요……. 죄송하지만, 나오키를 구하면 아까 거기
까지 데려다 줄 수 있어요?"

"오케이. 나도 왠지 너희들하고 한패가 된 것 같다."

니시와키의 얼굴에서 어른스러움이 사라지고 눈동자가 반

짝반짝 빛나기 시작했다.

아이 세 명과 개 한 마리가 차에서 내렸다. 놀이터에는 아무도 없는 줄 알았는데 나카야마 히토미가 불쑥 "안녕!" 하고 나타났다.

"따라와."

히토미는 빠른 걸음으로 앞장서서 걸어갔다. 모퉁이를 돌아가자마자 찻집이 나왔다.

"여기에 준코랑 구미코가 있어."

세 사람이 히토미를 따라 들어가려는데 주인인 듯한 남자가 도시로에게 말했다.

"꼬마야, 개는 곤란하단다."

히로시가 불평을 하자 도시로가 말했다.

"괜찮아, 나는 놀이터에 있을게"

그러고 나서 도시로는 놀이터로 돌아갔다.

자리에 앉은 히로시는 자기가 가져온 종이봉투에서 허름한 재킷을 꺼내 입었다.

"히로시, 그 옷은 뭐냐."

구미코는 히로시를 보자마자 입을 막은 채 웃음을 터뜨렸다.

"왜, 이상해?"

"아무리 그래도 그건 좀 심하다."

준코까지 웃음을 터뜨리자 히로시는 침울해졌다.

"할 수 없잖아. 세가와 할아버지가 어디서 주워 온 거란 말이야."

"이런 데서 여유 부리고 있어도 돼?"

에이지가 준코에게 말했다.

"여유 부리는 게 아니야. 이래 봬도 지금 감시하고 있거든."

"뭘⋯⋯?"

"저거."

준코는 도로 건너편 쪽을 가리켰다.

"'저거'라고 하면 어떻게 알아."

"저기 2층짜리 다세대 주택 보이지?"

"보여. 벽 페인트 칠이 벗겨진 데 말이지?"

"그래."

"저기에 나오키가 있다는 거야?"

준코는 말없이 고개를 크게 끄덕였다.

"왜 저 집인지 설명을 듣고 싶지?"

"듣고 싶어."

"우선, 저 집하고 놀이터 사이에는 집이 한 채밖에 없어. 그리고 맞은편 옆 동네에는 술집이 엄청 많아."

"하지만 쓰레기 처리장 건물은 여기서 안 보이잖아."

에이지는 창밖을 둘러보면서 말했다.

"그래. 그래서 우리도 저기가 아닌 줄 알았어. 하지만 우리 생각이 틀렸던 거야."

준코와 구미코가 마주 보고 웃었다.

"뜸 들이지 말고 말해 봐."

"저 다세대 주택은 2층 건물이잖아. 내가 저 철계단으로 2
층에 올라가 봤어. 그런데 건물 사이로 쓰레기 처리장 굴뚝이
똑똑히 보이는 거야. 진짜 얼마나 기뻤는지 몰라."

"다른 데는 그런 곳이 없어?"

"우리 스무 명이 이 근처는 샅샅이 살펴봤는데, 저기만큼
딱 들어맞는 데는 없었어. 하지만 혹시 몰라서 두 군데 정도
더 지키고 있기는 해."

"과연⋯⋯."

"저 다세대 주택은 밑에 여섯 집, 위에 여섯 집이 있어."

"어떤 사람들이 사는데?"

"회사원들이 사나 봐."

"밑에서는 쓰레기 처리장이 안 보이니까 위층이겠다."

"그래. 거기까지는 좋은데, 범인 같은 사람이 나왔다 해도
어느 집에서 나왔는지 모르잖아."

"밖에서는 안 보여?"

"2층에 올라가지 않으면 안 보여."

"그건 걱정하지 않아도 돼."

"왜?"

"그럴 줄 알고 다로를 데려왔지. 나오키의 신발 냄새를 미
리 익혀 나오키가 있는 집으로 데려다 줄 거야."

"아, 어떡하지! 나오키 신발, 깜빡했다."

"그래서 니시와키 선생님한테 부탁했어. 너희 엄마한테 미리 말해 놨거든."

"진짜? 미안해."

"그 덕분에 우리도 선생님 차로 여기까지 왔어."

"치사하다. 남자들만 니시와키 선생님이랑 친하게 지내고."

준코는 어리광 부리듯이 말했다.

"선생님은 놀이터에 계셔."

"꺄아!"

준코와 구미코가 서로 얼싸안고 좋아했다. 여자애들은 왜 이렇게 오버를 하는지 에이지는 알 수가 없었다.

"나오키를 구출하면 선생님이 그 맨홀까지 데려다 주기로 했어."

"그렇게 된 거구나……."

"범인은 본 거야?"

"아직 못 봤어."

"그럼 한 명인지 두 명인지 그것도 모르겠네?"

"응. 하지만 그렇게 많지는 않을 거 같아. 저 다세대 주택은 세 평 정도 되는데 부엌도 없고 화장실도 없거든."

"그럼 집에 전화도 없겠네."

"물론이지. 그러니까 11시가 되면 틀림없이 전화하러 나올 거야. 그때 나오는 사람이 범인인 게 확실해."

준코의 논리는 명쾌했다. 에이지는 감탄하고 말았다.

"이제 곧 11시니까 슬슬 놀이터로 가자. 데쓰로 동생이 다로하고 기다리고 있어."

만약 나오키가 저 다세대 주택에 갇혀 있지 않으면 어떻게 되는 거지?

에이지는 갑자기 걱정이 됐지만 두 사람을 믿고 그런 걱정은 하지 않기로 했다. 구미코가 계산서를 들고 일어났다.

"우리, 돈 없어."

"걱정 마."

구미코는 시원시원하게 말했다.

"히로시, 왜 그렇게 후줄근한 차림을 한 거야?"

"어린애로 보이지 않으려고."

"왜?"

"범인이 어린애는 얕볼 거 아니야."

"듣고 보니 그러네. 혼내 주려고?"

"당연하지."

"나도 하게 해 줘. 면도칼 정도는 가지고 있으니까."

"그럼 우리 둘이서 할까?"

"그래. 나 요즘 착한 척하고 살잖아. 그래서 욕구불만인 거 있지."

"나도 마찬가지야."

4

11시 3분 전.

"여보세요, 넘버 7이다. 넘버 1 나와라, 오버."

"여기는 넘버 1, 오버."

"지금 범인으로 보이는 남자가 다세대 주택에서 나왔다. 전화하러 가는 것 같다. 우리는 지금부터 구출 작전을 시작하겠다, 오버."

"알았다. 성공을 빈다."

에이지는 무전기를 준코에게 건네고 차 밖으로 나왔다. 남자의 모습은 이미 보이지 않았다.

도시로는 다로에게 끌려가다시피 하며 종종걸음으로 걸었다. 그 뒤를 히로시와 에이지가 따라갔다.

다로는 망설임 없이 다세대 주택으로 가더니 철계단을 올라갔다.

2층 복도에는 사람 그림자도 없이 조용했다. 다로는 곧장 쏜살같이 뛰어 맨 끝 집 앞에 멈추더니 앞발로 문을 긁었다.

"여기야. 틀림없어."

도시로가 말했다. 에이지는 나무 문을 노크했다. 대답이 없었다. 문손잡이를 돌려 봤지만 열리지 않았다.

"그냥 부숴 버려."

히로시가 말했다.

"옆집에 사람이 있는지 없는지 보고 와 봐."

에이지가 말하자 히로시는 옆집 문을 노크했다.

"아무도 없어."

에이지는 주머니에서 드라이버를 꺼내 문틈에 끼워 넣고 비틀었다. 문이 우지끈 부서지는 소리가 났다. 그러자 히로시가 문을 힘껏 잡아당겼다.

문이 열렸다. 다로가 맨 먼저 집 안으로 뛰어 들어갔다. 히로시와 에이지, 도시로도 신발을 신은 채 그대로 그 뒤를 따라 들어갔다. 살림살이라고는 아무것도 없었다. 다로가 벽장 앞에 서서 으르렁거렸다. 에이지는 벽장문을 열었다. 구석에서 손과 발이 묶인 채 입에 테이프를 붙인 나오키가 나뒹굴고 있었다. 끌어내 보니 나오키의 눈이 풀려 있었다.

"넌 밧줄을 잘라."

에이지는 히로시에게 이렇게 말하고 자신은 나오키 입에 붙어 있는 테이프를 뗐다.

"아얏!"

히로시가 노련하게 밧줄을 잘랐다. 나오키는 두 손과 발을 움직였다. 입은 벙긋벙긋 움직였지만 처음의 비명 소리 말고는 소리가 되어 나오지 않았다.

"너, 말하는 걸 잊어버린 거야?"

에이지가 물었다.

"아아니. 입이, 움직이지, 않아서, 그래."

나오키는 중풍 든 노인처럼 말했다. 모두들 저도 모르게 웃음이 터지고 말았다.

"일어서 봐. 걸을 수 있겠어?"

"괜찮아."

나오키는 처음엔 비틀거렸지만 곧 제대로 걷기 시작했다.

"역시 밖이 좋아."

복도로 나오자 나오키는 하늘을 우러러보며 감격했다.

"빨리 가자."

에이지가 재촉했다.

"내 암호를 풀었구나."

"그 정도는 식은 죽 먹기지. 하지만 여기를 찾느라 고생 좀 했어. 그렇다고 우리가 찾은 건 아니고. 우리 반 여자애들 모두가 찾아 줬어."

"정말이야?"

"저 차 안에서 준코랑 구미코가 기다리고 있어."

에이지는 놀이터 옆에 서 있는 빨간 차를 가리켰다.

"그렇구나……. 저거 누구 차야?"

"니시와키 선생님 차. 너는 저 차를 타고 해방구에 가는 거야. 괜찮지?"

"물론이지."

나오키는 마침내 씩씩한 목소리를 되찾았다.

"다들 네가 오길 기다리고 있어."

"고마워."

그러자 히로시가 화난 듯이 쏘아붙였다.

"그런 인사는 안 해도 돼. 우리가 남이냐, 친구잖아."

히로시가 나오키를 차에 밀어 넣자 준코와 구미코가 양쪽에서 매달렸다.

"나오키, 정말 다행이다."

"고마워. 다 너희들 덕분이야."

그러자 느닷없이 구미코와 준코가 불에 덴 듯이 울음을 터뜨렸다.

"여자들이란 이렇다니까."

히로시는 주머니에 두 손을 찔러 넣고 돌멩이를 걷어찼다. 그 몸짓이 에이지에게는 아주 어른스러워 보였다.

에이지는 준코가 들고 있던 무전기를 받아 들었다.

"여기는 넘버 7. 들리나? 오버."

"들린다, 오버."

"호랑이, 호랑이, 호랑이, 오버."

이건 작전이 성공했을 때의 암호였다.

"야호! 너희들 정말 대단하다!"

"그럼 우리는 다음 일을 시작하겠다. 넘버 6은 우리와 함께 돌아간다."

"알았다. 또 성공을 빈다."

에이지는 무전기를 껐다.

"구미코, 그만 좀 해라. 이제 다음 일을 시작할 거라고."

히로시가 차창에 얼굴을 대고 소리쳤다. 그러고 나서 손으로 창문을 두드리며 말했다.

"선생님, 저희는 잠깐 처리할 게 좀 있는데, 기다려 주실 수 있죠?"

니시와키가 고개를 끄덕였다.

"아, 아까 그 자식이 돌아왔어."

도시로가 말했다. 빛바랜 진남색 폴로셔츠 차림의 남자는 축 늘어진 채 걸어왔다. 나이는 에이지 아빠쯤 돼 보였다.

"저게 유괴범이야?"

히로시는 믿을 수 없다는 듯이 말했다.

"혼자네."

구미코도 왠지 김샌 목소리였다.

"가자."

히로시를 앞세우고 도시로와 다로, 에이지와 구미코가 뒤따랐다.

"저 사람이 집에 들어갈 때까지 다로가 덤비지 못하게 해."

에이지는 도시로에게 그렇게 말해 두었다. 남자가 뒤돌아보았다. 얼굴빛이 좋지 않았다. 야위고 등도 구부정했다.

"저 정도면 한 방에 케이오야."

히로시는 구미코의 얼굴을 보고 히죽 웃었다. 남자는 다세대 주택 계단을 오르기 시작했다. 남자가 다 올라간 것을 확인한 뒤에 넷이서 뛰어 올라갔다. 복도 끝에 남자의 모습이 보였다. 남자는 부서진 문을 보고 멍하니 멈춰 서 있었다. 에이지는 도시로를 향해 고개를 끄덕였다.

"다로, 고~!"

다로가 쏜살같이 달렸다. 그 뒤를 넷이서 쫓아갔다. 다로는 열린 문 안에 뛰어들어 남자를 덮쳐서 바닥에 넘어뜨렸다.

"살려 줘!"

남자가 비명을 질렀다. 유괴범이 살려 달라고 하는 것이 우스웠다. 에이지는 히로시와 얼굴을 마주 보고 엉겁결에 피식 웃고 말았다.

"내버려 둬도 돼? 죽을지도 모르는데."

도시로가 에이지를 쳐다봤다.

"이제 그만하게 해."

"다로, 스톱!"

도시로의 명령에 다로는 공격을 딱 멈췄다.

"너희들 대체 누구냐?"

남자는 다로를 곁눈질하며 물었다.

"당신을 찾아 여기까지 왔지. 우리가 얼마나 고생했는지 알아?"

구미코는 남자의 눈앞에 번쩍이는 면도날을 들이댔다.

"이제 우리가 왜 왔는지 알겠지?"

히로시가 주머니에서 장난감 권총을 꺼냈다.

"얘들아, 난폭한 짓은 그만둬."

남자의 눈이 공포로 굳어지는 것 같았다.

"웃기지 마. 난폭한 짓을 한 건 그쪽이잖아."

"당신 말이야, 내 친구를 엄청 귀여워해 줬지?"

구미코가 말하면서 면도날로 남자의 얼굴을 쓰다듬었다. 빨간 실 같은 선이 순식간에 굵어졌다. 남자는 손으로 얼굴을 만져 보고는 두 손을 모으고 빌었다.

"부탁이다. 죽이지만 말아다오."

"이봐 아저씨, 어린애를 유괴하다니 수법이 비열하잖아. 그 벌은 좀 받아 줘야겠어."

"나를 어떻게 하려고?"

이 남자, 유괴범치고는 겁쟁이다.

"구미코, 혼내 줘."

"난 좀 세걸랑. 아저씨, 일어나."

남자가 느릿느릿 일어난 순간, 구미코의 기다란 다리가 남자의 두 다리 사이로 날아들었다.

남자는 '으윽' 하는 신음 소리와 함께 사타구니를 잡고 그대로 스르르 주저앉아 버렸다.

"남자는 참 나약하네. 여자는 이 정도는 아닌데 말이야."

구미코는 경멸하듯이 남자를 내려다보았다.

"이번에는 내 차례야. 일어나."

"좀 봐줘."

남자가 다시 두 손을 모았다.

"에이지, 이 자식을 일으켜 세워."

에이지는 남자의 뒤로 가 옆구리 밑에 손을 넣고 남자를 일으켜 세웠다. 너무 가벼웠다. 히로시가 남자의 몸을 주먹으로 쳤다. 한 방, 두 방.

갑자기 남자의 몸이 묵직해졌다. 에이지가 손을 놓자 남자는 그대로 방바닥에 쓰러져 버렸다.

"자, 가자."

"어디로? 경찰서로?"

남자의 목소리가 떨렸다.

"짭새한테 넘기지는 않아."

"그럼 어디로 가는 거지?"

"지옥으로."

히로시는 음험한 목소리로 말했다.

"미안하다. 내가 잘못했다. 이렇게 부탁하마."

남자는 방바닥에 머리를 조아렸다.

"아무튼 따라와. 오기 싫다면 여기서 죽어 줘야겠어."

히로시가 권총을 남자의 코끝에 들이댔다. 남자는 배를 움켜쥐고 비틀비틀 일어났다. 에이지는 왠지 남자가 불쌍해 보였다.

'이런 나쁜 자식한테 왜?'

에이지 자신도 알 수 없었다.

5

유괴범의 전화는 11시 정각에 걸려왔다.

"정오에 N다리 근처에 있는 찻집 '솔레이유'로 1700만 엔을 갖고 와라. 엄마 아빠 가운데 한 사람이 나와라."

그 말만 남기고 전화를 끊었기 때문에 발신지 추적은 할 수 없었다. 찻집에서 기다리고 있으면 거기로 전화해서 또 다른 장소를 지시하려는 의도인 게 분명했다.

약속 장소를 N다리 근처로 한 것에서, 강을 이용하여 돈을 받으려는 속셈도 간파할 수 있었다.

나오키 엄마 나쓰코는 텔레비전에서 본 건지 실제 사건이었는지는 잊었지만 몸값을 고속 도로에서 그 아래 일반 도로로 던졌던 것을 떠올렸다.

그 이야기를 듣고 스기자키 경감이 말했다.

"N다리 근처라고 하면 쉽게 아라 강을 떠올리지만, 스미다 강의 O다리도 '솔레이유'에서 가면 고작 300미터 정도 거리입니다. N다리로 시선을 돌려 놓고 O다리를 이용할 수도 있습니다."

과연 프로다. 거기까지 생각하고 있다면 걱정 없다고 나쓰코는 안심했다.

"경찰이 깔려 있으면 범인이 안 나타날 수도 있잖습니까?"

나오키 아빠 야스키가 걱정했지만, 스기자키 경감은 절대로 범인이 알아차리지 못하게 할 테니 걱정하지 말라고 큰소리쳤다.

야스키는 11시 55분에 '솔레이유'에 도착했다. 거기서 30분이나 기다렸지만, 범인이 접촉해 오기는커녕 전화 한 통 걸려 오지 않았기 때문에 하는 수 없이 그냥 집으로 돌아왔다.

"범인은 경찰이 있다는 것을 눈치챈 게 분명해요. 이렇게 되면 나오키의 목숨은 어떻게 되는 겁니까?"

야스키의 얼굴이 굳어졌다. 그것을 보자 나쓰코가 반쯤 미쳐 날뛰었다.

"부탁입니다. 제발 경찰은 손을 떼 주세요."

"부인, 좀 냉정히……. 범인은 분명히 다시 전화할 겁니다."

경감은 연방 땀을 닦으면서 나쓰코를 안심시켰다.

"나오키에게 혹시 무슨 일이 생기면 경찰은 어떻게 책임질 거죠?"

나쓰코의 목소리가 굳어졌다.

"부인, 그건 당치 않은 말씀입니다."

"왜 당치 않죠? 경감님은 아까부터 경찰한테 맡기라고 했잖아요."

"물론 경찰은 최선의 노력을 합니다. 그러나 예측할 수 없는 사고란 것도 있기 때문에……."

"그럴 경우에는 책임질 수 없다는 거잖아요. 그래요, 당신들은 결국에는 늘 그렇게 도망가죠."

"역시 경찰한테 맡기는 게 아니었어."

야스키는 천장 한구석을 노려본 채 중얼거렸다.

"두 분 다, 좀 냉정해지세요. 이성을 잃는 건 바로 범인이 바라는 바입니다. 범인은 아직 몸값을 받지 못했습니다. 결코 포기하지 않을 겁니다. 반드시 다시 연락해 올 거예요. 그때를 기다려 보시죠."

스기자키 경감은 구겨진 손수건으로 이마의 땀을 닦았다.

남자는 해방구 광장 한복판에 무릎을 꿇고 앉아 있고, 그 둘레에는 아이들이 둥그렇게 서 있었다.

"얼굴을 들어."

히로시는 손에 든 대걸레 자루로 남자의 턱을 들어 올렸다. 남자는 얼굴을 들고 하늘을 보았다. 햇빛 때문에 눈이 부신지 눈을 감았다.

"이름을 말해 봐."

"다나카 야스히로라고 합니다."

남자는 기운 없이 중얼거렸다.

"왠지 총리대신 이름 같네(1982년부터 1987년까지 일본 국무총리였던 나카소네 야스히로를 두고 하는 말이다)."

누군가 말했다. 순간 에이지는 웃음을 터뜨릴 뻔했지만, 여기서 웃으면 분위기를 망칠 게 분명하기 때문에 숨을 멈추고 웃음을 참느라 안간힘을 썼다.

"죄송합니다."

"나이는 몇 살인가?"

"마흔두 살, 액년(재난을 만나게 될 거라는 나이)입니다."

"아내나 아이는 있나?"

히로시는 텔레비전에서 본 형사처럼 잔뜩 폼을 잡았다.

"있었는데 도망갔습니다."

"당신이 못살게 굴었지?"

"아닙니다. 제가 고리 대부업체에서 돈을 빌렸기 때문입니다."

고리 대부업체라는 말은 에이지도 텔레비전이나 신문에서 여러 번 보았다. 고리 대출로 일가족 동반 자살, 강도……

"얼마나 빌렸나."

"1500만 엔입니다."

"그 돈을 갚기 위해 나오키를 유괴했단 말이야?"

"네."

"왜 나오키를 노린 거지?"

"집에 들어가는 것을 봤습니다. 의사 아들이니 집에 돈이 있을 것 같아서 종업식 날을 노렸습니다."

"거기까지는 계획대로 척척 잘됐지?"

나오키가 끼어들었다.

"죄송합니다. 용서해 주세요."

남자는 콘크리트 바닥에 머리를 조아렸다.

"나쁜 짓을 해 놓고 죄송하다는 말로 끝난다면, 경찰이 무슨 필요가 있어.”

“그 말이 맞습니다. 각오는 되어 있습니다.”

“무슨 각오? 여기서 죽는 걸로 보여 주겠다는 거야?”

이런 데서 죽으면 뒤처리를 감당할 수 없다.

에이지는 얼굴에서 핏기가 가시는 것을 느꼈다.

“아닙니다. 경찰서로 보내 주세요.”

“얘들아, 너희들은 어떻게 하는 게 좋겠어?”

히로시는 모두의 얼굴을 둘러보았다.

“나오키 얘기를 들어 보자, 얼마나 심하게 당했는지. 결정
은 그다음에 하기로 하고.”

도루가 말하자 모두가 찬성했다.

“이 아저씨, 자기는 안 먹고 나한테만 빵이랑 우유를 줬어.”

“정말이냐?”

“네. 벌써 사흘이나 아무것도 못 먹었습니다.”

그렇구나……. 그래서 그렇게 힘이 없었던 것이다.

“누가 먹을 것 좀 가져다 줘.”

도루의 말이 채 끝나기도 전에 히데아키가 뛰어가는가 싶
더니, 어느새 캔 우유와 건빵, 그리고 치즈를 들고 와서 남자
앞에 놓았다.

“먹어요.”

에이지가 말하자 남자는 초조한 듯이 우유 캔을 따더니 벌
컥벌컥 소리를 내며 단번에 마셔 버렸다.

"그렇게 돈이 없나?"

"이것밖에 없습니다."

남자는 주머니에서 10엔짜리 동전 다섯 개를 꺼내 콘크리트 바닥에 놓았다.

"이건 전화비로 아껴 둔 것입니다."

"무슨 일로 고리 대부업체에서 그렇게 빌린 거지?"

"저는 회사원이었는데, 대부업체에서 돈을 빌리는 친구에게 보증을 섰습니다. 그런데 그 자식이 도망가 버리는 바람에 제가 갚아야 했어요."

남자는 치즈를 입에 넣었다.

"하지만 저도 박봉의 월급쟁이였습니다. 그 돈을 갚기 위해 다른 대부업체에서 돈을 빌렸습니다. 그게 어느새 눈덩이처럼 불어나 결국 1500만 엔이나 돼 버렸어요."

"친구 때문에 그렇게 됐단 말이지."

모두 조용해졌다. 그리고 서로의 얼굴을 마주 보았다.

"나오키, 이 아저씨 어떡할 거야? 짭새한테 넘기기엔 좀 불쌍하지 않아?"

도루가 나오키의 얼굴을 보며 물었다.

"놓아 줘도 돼. 사정을 듣고 보니까 불쌍하다."

"나도 그래."

히로시가 김샌 듯한 목소리로 말했다. 이어 모두들 놓아 주자고 한마디씩 했다.

"아저씨, 놓아 줄 테니까 어디든 가고 싶은 데로 가도 돼요. 짭새들한테는 아저씨 얘기 안 할 테니까 안심해요."

"고맙습니다. 하지만 저는 놓아 줘도 갈 곳이 없습니다. 그리고 또 고리 대부업체에 쫓길 거라면 감옥에 가는 편이 낫습니다. 제발 경찰에 넘겨 주세요. 만약 넘기지 않으면 자수하겠습니다."

생각지도 못한 말에 모두 어안이 벙벙하여 남자의 얼굴을 바라보았다.

"차라리 감옥이 낫다니, 당신도 고생깨나 했나 보군."

세가와가 딱하다는 듯이 말했다.

"네."

남자는 코를 훌쩍였다.

"모두들, 잠깐 내 얘기 좀 들어 줘."

갑자기 나오키가 말했다.

"아까 도루 말을 들으니까, 우리 아빠는 1700만 엔을 들고 '솔레이유'로 갔대."

"응. 하지만 범인한테서 연락이 안 오니까 그냥 집으로 돌아가서 또 연락이 오기를 기다리고 있나 봐."

"그래서 생각한 건데……."

나오키는 숨을 깊이 들이마셨다.

"우리 집은 아이를 지워서 돈을 벌고 있어."

"지운다고?"

에이지가 물었다.

"남자랑 여자랑 자면 아기가 생기잖아. 아기가 생기면 곤란하니까 없애는 거지."

"그런 거구나."

아이를 없애는 것은 살인 아닌가……. 에이지는 생각했다.

"그렇게 번 돈을 우리 아빠가 어떻게 쓰는 줄 알아?"

"어떻게 쓰는데?"

"여자한테 써. 애인이 있거든. 그 여자한테 아파트도 사 주고 돈을 펑펑 주고 있어."

"어른들은 다 그래."

히로시가 의기양양한 얼굴로 말했다.

"그러니까 우리 아빠가 나를 구하기 위해 1700만 엔쯤 쓰는 건 아무것도 아닌 거지."

"네가 하고 싶은 말이 뭔지 알겠어."

도루가 말했다.

"그 1700만 엔을 우리가 낚아채면 돼."

에이지는 저도 모르게 나오키의 얼굴을 넋 놓고 보았다.

"그 돈을 어떻게 하려고?"

"이 아저씨한테 주는 거지."

순간 침묵이 흘렀다. 이윽고 남자가 흐느껴 우는 소리가 들렸다.

"무슨 말을 하는 겁니까. 그 말은 마치 신의 말씀처럼 들리는군요. 말씀만으로도 충분합니다. 고맙습니다. 전 이제 가뿐한 마음으로 경찰에 자수할 수 있습니다."

남자는 마침내 소리 내어 울기 시작했다.

"난감하네."

나오키는 멋쩍은 듯이 머리를 긁적였다.

"아저씨, 오해하면 곤란해요. 나는 우리 아빠한테 복수해 주고 싶은 것뿐이라고요."

"좋아, 그렇게 하자. 몸값은 우리가 받아 낸다."

히로시는 벌써 1700만 엔을 손에 쥔 얼굴이었다.

"문제는 방법인데……. 아저씨는 돈을 어떻게 손에 넣을 생각이었어요?"

도루가 남자에게 물었다.

"저는 '솔레이유'에 전화해서 이렇게 말할 생각이었습니다. 밤이 되면 경찰한테는 돈이 들어 있는 가방이라고 거짓말을 하고 빈 가방을 아라 강 N다리에서 떨어뜨린다. 그렇게 해서 경찰의 눈을 속인 뒤에 왕진 간다고 둘러대고 우리 집으로 돈을 가지고 온다. 그럼 나는 입구에서 돈을 받고 나오키 군을 풀어 준다."

"짭새더러 날 잡아가 주세요, 하는 거나 마찬가지잖아요."

"그렇게 하면 안 되는 거였나요?"

"만약 그렇게 했다면 틀림없이 잡혔을걸요."

"하지만 빈 가방을 강으로 떨어뜨린다는 아이디어는 써먹을 수 있겠어."

가즈토가 말했다.

"여러분이 그런 일을 하면 죄를 짓는 겁니다. 제 일은 신경 쓰지 마세요. 제가 어떻게든 해 보겠습니다. 제발 그런 위험한 일은 그만두세요."

남자는 도루에게 애원하듯이 말했다.

"우리는 그런 멍청한 짓은 하지 않을 테니까 그냥 가만히 보고 있기나 해요."

"어떻게 하면 좋을까요?"

남자는 세가와에게 물었다.

"하고 싶은 대로 하게 둬. 모두들 즐거워 보이잖나."

세가와가 말했다. 그러고는 나직이 중얼거렸다.

"허 참, 어린애들이란 참 이상한 생물이란 말이지."

다섯째 날
전략가들

1

가키누마 야스키는 정력을 키우는 일에 이상하다 싶을 정도로 끊임없이 노력한다. 정력 증강을 위한 거라면 의사로서 생각할 수 있는 모든 방법을 실행에 옮기고 있다.

일찍 자고 일찍 일어나기와 아라 강 둔치 조깅도 그 노력의 하나다. 나오키가 유괴된 뒤로는 천하의 야스키도 수면제를 먹어야 잠을 이룰 수 있지만, 그래도 아침이면 일찌감치 잠이 깬다.

이날 아침에도 6시에 일어나서 우편함에 신문을 가지러 갔다. 신문을 빼 들고 돌아서려는데, 우편함 밑바닥에 누런 봉투가 있는 것이 눈에 들어왔다.

이렇게 이른 아침부터 편지가 올 리는 없었다.

야스키는 봉투를 꺼냈다. 우표는 붙어 있지 않고, 그저 '가키누마 야스키 님'이라고만 쓰여 있었다. 뒷면을 보니 '가키누마 나오키'라고 쓰여 있다. 틀림없는 나오키의 글씨였다.

야스키가 허겁지겁 봉투를 뜯자 안에서 카세트테이프가 나왔다. 그것 말고는 아무것도 없었다. 야스키는 테이프를 들고 고꾸라지듯이 침실로 돌아갔다.

"여보, 여보. 일어나!"

야스키는 아직 자고 있는 아내를 거칠게 흔들었다.

"나오키한테서 왔어."

나쓰코는 나오키라고 말하기가 무섭게 눈을 번쩍 뜨고 침대에서 일어났다.

야스키는 카세트를 가져와 테이프를 넣었다.

"아빠, 엄마, 저 나오키예요."

순식간에 나쓰코의 얼굴이 일그러졌다.

"나오키! 살아 있었구나, 살아 있었어."

"조용히 하고 들어 봐."

"저는 지금 무사해요. 하지만 이번에 몸값을 주지 않으면 저를 갈기갈기 찢어 아라 강에 버리겠다면서 아저씨가 불같이 화를 내고 있어요."

나쓰코는 두 손으로 얼굴을 감쌌다.

"어제 아저씨가 '솔레이유'에 연락하지 않은 이유는 주위에 경찰이 쫙 깔렸기 때문이에요. 정말 그렇게 하면 안 돼요. 왜 경찰을 부른 거예요? 지금부터 돈을 건넬 방법을 말할 테니 이번에는 실수하지 마세요. 11시가 되면 왕진하러 간다고 말하고 집을 나오세요. 그때 틀림없이 경찰이 미행을 할 거예요. 하지만 그건 상관 마세요.

우선 긴자에 있는 M백화점으로 가세요. 거기 1층에 가방 매장이 있으니까 M표 007가방을 사세요. 검정색이고 가격은 1만 엔이에요. 거기에 1700만 엔을 넣고, 그다음에는 쓰키지에 있는 T호텔로 가세요.

약속 시간은 1시예요. 로비에서 기다리고 있으면 구리하라라는 이름을 부를 테니 전화를 받으세요. 그다음부터는 전화로 알려 준대요. 돈이 아저씨 손에 들어가는 대로 저를 풀어줄 거래요. 절대로 죽이지는 않을 테니까 안심하세요.

하지만 돈을 제대로 건네주지 않으면 제 몸은 갈기갈기 찢길 거예요. 저는 죽기 싫어요. 제발 시키는 대로 잘하세요. 부탁이에요. 이 테이프는 경찰에는 비밀로 하세요."

테이프는 거기서 끝났다.

"나오 짱, 걱정 마라. 꼭 구해 줄 테니까."

나쓰코의 목소리에는 이미 울음이 섞여 있었다.

"나오키 녀석, 범인이 시키는 대로 말하고 있어. 가엾게도."

"경찰에 얘기할 거예요?"

"왜 해."

"그래요. 이번에도 실패하면 나오키의 목숨은 끝이에요."

"1700만 엔하고 나오키의 목숨을 바꿀 순 없지."

"경찰이 호텔까지 미행할까요?"

"물론이지."

"거절하면 안 돼요?"

"따라오지 말라고 하면 따라오지 않겠다고 하겠지. 하지만 몰래 따라올 거야."

"경찰에 얘기했던 게 정말 실수였어요. 애초부터 범인하고 직접 거래해야 했어요."

나쓰코는 분한 듯이 몸을 비틀었다.

"상대는 경찰이 미행할 것도 계산하고 있는 것 같으니까 어떻게든 잘 안내해 주겠지."

"범인이 잘 안내해 줄 거라니, 당신도 참 말이 이상하네요. 하지만 이 범인은 머리가 좋은 거 같군요."

"대학 나온 인텔리인가."

"1700만 엔으로 나오키 목숨만 구할 수 있다면, 그런 건 아무렴 어때요."

"으음. 하지만 이 액수에는 왠지 좀 의미가 있는 것 같거든."

야스키는 연방 고개를 갸웃거렸다.

"어쩌면 우리 병원에서 수술에 실패한 사람이 복수심에서 저지른 게 아닐까요?"

"그 생각도 해봤지만, 너무 많아서 짐작도 할 수 없어."

"아무튼 이 범인은 양심적이에요."

"양심적인 유괴범이 있을까."

야스키의 표정은 여전히 안개가 낀 것처럼 흐릿했다.

"여기는 넘버 33. 넘버 6은 건강해? 오버."

준코의 목소리였다. 도루는 무전기를 나오키에게 건넸다.

"여기는 넘버 6. 나 건강해. 어제는 고마웠어."

"천만의 말씀입니다."

준코가 어울리지 않는 말을 했다. 고맙다는 말을 듣고 머쓱했던 게 분명하다.

"테이프는 어떻게 됐어?"

"내가 가서 봤는데, 6시에 너희 아빠가 신문을 가지러 나와서 분명히 테이프를 가져갔어. 아마 벌써 들었을 거야."

"좋아, 계획대로 척척 되고 있어."

"진짜 돈을 빼앗을 생각이야?"

"응. 우리 아빠가 11시에 집에서 나오면 연락해 줘."

"뒤따라가지 않아도 돼?"

"어차피 짭새가 따라붙을 거니까 우린 가만히 있는 게 좋아."

"위험하잖아."

"일부러 짭새가 붙게 하는 거야."

"왜?"

"짭새가 보는 앞에서 1700만 엔을 받는 거지."

"그렇게 할 수 있어?"

"당연하지. 우리가 다 같이 머리를 짜냈거든."

"잘될까?"

"물론이지. 이건 그렇다 치고, 교장은 10시에 오는 거 맞지?"

"우리가 돌아왔으니까 사실은 거기에 갈 필요도 없지, 뭐. 근데 해방구 안이 궁금한 모양이야."

"우리도 교장이 꼭 왔으면 좋겠어. 지금 환영할 현수막을 만들고 있거든."

"미로는 완성했어?"

"했지. 교장이 들어오면 우리는 위에서 구경할 거야. 어떤 몰골로 나올까……. 진짜 기대된다."

"아, 궁금해. 우리한테도 보여 줘."

"그건 무리한 요구야. 그럼, 안녕."

도루는 냉정하게 뿌리치고 무전기를 껐다.

비상계단으로 나가 밖을 내다보았다. 아키모토가 광장 한복판에 텐트 조각을 펼쳐 놓고 원래 공장에서 쓰던 빨간 페인트로 "해방구에 오신 걸 환영합니다."라고 쓰고 있었다.

그래픽 디자이너를 꿈꾸는 아키모토는 공부는 꽝이지만 이런 커다란 글씨는 아주 멋지게 쓴다.

"우와, 잘 쓴다!"

에이지는 저도 모르게 감탄했다.

광장으로 내려가자 망루에 있던 아키라가 말했다.

"여자 셋이 이쪽으로 오고 있어. 짭새는 아니야. 엄마들이
야."

"누구 엄마야? 빨리 말해."

"뚱뚱한 사람은 히데아키 엄마야. 안경을 쓰고 있는 사람은
겐이치 엄마고. 또 한 사람은…… 아, 우리 엄마네."

모두가 웃음을 터뜨렸다.

"히데아키하고 겐이치는 망루로 올라가."

도루가 이렇게 말하면서 자신도 망루로 올라갔다.

"아들, 어디 아픈 데는 없는 거야?"

히데아키 엄마가 물었다.

"없어. 보면 몰라?"

"벌써 닷새째잖아. 집에 가고 싶지 않니?"

"가고 싶지 않아."

"거기서 뭐 먹고 지내니?"

"이것저것."

"이상한 거 먹고 있는 거지? 배탈은 안 났어?"

"안 났어."

히데아키는 몹시 귀찮은 듯이 대답했다.

"엄만 걱정이야. 아들이 없으니까 통 입맛도 없고."

"그런데 살은 하나도 안 빠졌네."

모두가 와르르 웃었다.

"어쩜 그렇게 심한 말을 하니. 우리를 안에 들여보내 주지 않을래? 너희들이 좋아하는 거 만들어 줄게."

좋아하는 것이란 말을 듣자마자 에이지는 저도 모르게 침을 꼴깍 삼키고 말았다.

'아, 스테이크도 먹고 싶고.'

"우리는 장난으로 이러고 있는 게 아니라고."

히데아키가 제법 멋들어지게 말했다.

"아키라, 공부는 하고 있는 거야?"

이번에는 아키라 엄마가 나섰다.

"공부를 어떻게 해. 참고서도 없는데."

"그럴 줄 알고 참고서 갖고 왔다. 자, 올려 줄 테니까 손 뻗어 봐."

아키라 엄마는 책 몇 권을 든 손을 높이 들어 올렸다.

"여기가 어딘 줄 알고나 있는 거야? 해방구라고."

"그래서 어쨌다는 거야?"

"해방구라는 건, 공부에서도 해방되는 곳이란 말이야."

"공부에서 해방되다니. 너는 중학생이야. 중학생한테 공부 빼면 뭐가 남는다고 그래?"

아키라 엄마의 목소리가 신경질적으로 떨렸다.

"뭐가 남기는, 이렇게 손도 발도 얼굴도 잘만 남아 있는데. 뭐가 달라진다는 거야? 말해 봐."

"알맹이지. 너는 이미 옛날의 아키라가 아니야."

"그야 물론이지. 나는 이제 좋은 점수 받고 칭찬 들으면서 좋아하는 사람이 아니니까."

"그게 무슨 뜻이야? 너, 이제 공부는 안 하겠다는 거야?"

"또 그렇게 금세 파르르 화내지. 나는 이제 엄마의 리모컨은 안 하겠다고 말하는 거야. 그럼 나는 이걸로 끝. 다음은 겐이치 차례."

"겐 짱, 아빠가 굉장히 곤란해 하고 계셔. 너도 알잖아."

겐이치 부모는 다 교사이다. 엄마의 말투에서 선생님 냄새가 풍기는 건 어쩔 수 없는 건지도 모른다.

"자기가 중학교 선생님이라서 그런 거 아냐?"

"그래."

"그래도 뭐, 학교도 다른데 상관없잖아."

"그렇지가 않아. 자기 자식이 이렇게 돼 버렸는데, 이제 남의 자식을 어떻게 가르치느냐고 괴로워하서."

"이렇게 돼 버렸다니……. 우리는 나쁜 짓 한 거 하나도 없다고. 나쁜 건 어른들이잖아."

"학생은 말이야……."

"설교는 지긋지긋해. 그보다 아빠는 괴로워한다면서 왜 여기에 안 왔어?"

"물론 여기에 못 오시지. 체면이란 것도 있고……."

"잘난 것도 없으면서 툭하면 똥폼이야. 난 아빠의 그런 점이 싫다고."

"겐이치, 너 지금까지 한 번도 그렇게 과격하게 말한 적 없잖아. 대체 어쩌겠다는 거야?"

"여기는 해방구니까 하고 싶은 말을 했을 뿐이야. 그리고 여기 안 들어왔으면 억지로 학원 지옥 훈련에 갔을 테지."

"네가 그렇게 싫다면 가지 않아도 돼."

"그건 당연한 거고."

"부탁이니까 그렇게 거칠게 말하지 마. 엄만 미칠 것 같다."

"벌써 미쳐 있잖아."

"너, 무슨 말을 하는 거야?"

"잘 들어. 나는 원래 가이세이 같은 수준 높은 중학교에 갈 수 있는 머리가 아니야. 그런데도 엄마 아빠 허영 때문에 어렸을 때부터 나를 몰아붙였잖아. 결국 내가 떨어지니까 '넌 안되겠구나.' 그러지 않았어?"

"미안하다. 그 일은 반성하고 있어."

"반성하고 있다면 먹을 거는 가져왔겠지?"

"먹을 걸 어떻게 가져와. 그랬다가는 경찰이 올 텐데."

"올 테면 오라지. 환영해 주지, 뭐."

"도무지 말이 안 통해."

겐이치 엄마가 하늘을 올려다보았다.

"이건, 어디 아픈 거예요. 맞아요, 틀림없이 그래요. 의사 선생님을 불러오는 게 좋지 않을까요?"

히데아키 엄마가 말했다.

"우리 힘으로는 도저히 안 돼요. 돌아갑시다."

아키라 엄마가 두 사람을 재촉해서 돌아갔다.

"다 썼어."

그때까지 혼자서 현수막에 글씨를 쓰던 아키모토가 일어났다.

"우와, 잘 썼다."

도루가 망루 위에서 감탄하며 말했다.

"해방구에 오신 걸 환영합니다."

에이지는 오른손을 앞으로 내밀고 절을 했다. 이런 포즈는 언젠가 연극에서 본 적이 있다.

그 순간 모두가 와, 하고 현수막으로 뛰어가 그것을 둘러메고는 "영차, 영차" 소리치며 돌기 시작했다. 오른쪽으로 돌았나 싶으면 왼쪽으로 돌고, 엄청 빨라졌다가 느려지고, 갑자기 뭔가에 홀린 듯이 아이들은 그 행위에 몰입했다.

한여름의 강렬한 햇살이, 난무하는 그림자를 땅바닥에 또렷하게 만들어 냈다. 웃음소리와 왁자지껄 떠드는 목소리가 광장에 가득 차더니 파랗고 높은 하늘로 빨려 올라갔다.

이 순간, 아이들은 모든 것에서 해방되어 있었다.

2

오전 9시.

교장의 집에 교감과 생활지도부장 노자와, 1학년 2반 담임 야시로, 그리고 체육 교사 사카이, 이렇게 네 명이 모였다.

"꼭 가셔야겠습니까?"

"가야지."

교장은 교감을 올려다보고 퉁명스럽게 대답했다. 교감과 이야기할 때는 언제나 무시당하는 듯한 느낌이다. 이것은 신체상의 문제이기 때문에 어쩔 수 없다고 생각하면서도, 신경이 곤두서 있을 때는 그것이 몹시 거슬렸다.

"혼자 그 녀석들 있는 곳으로 들어가시는 건 위험합니다."

"뭐 어때. 이렇게 순직하면 교사로서는 더없는 영광이지."

이기고 돌아오겠노라.

용감하게 맹세하고 나라를 떠났으니

공을 세우지 못하고 죽을 수 있나.

진군나팔 소리 들을 때마다

눈앞에 떠오르는 깃발의 물결.

교장은 이럴 때는 으레 어렸을 때 불렀던 군가를 부르고 싶어진다. 이 군가를 부르면 비장한 감정에 취하게 된다. 그러나 지금은 꾹 참고 마음속으로만 불렀다.

"저도 따라가겠습니다."

사카이가 나섰다.

"아니에요, 이번에는 제가 가겠습니다."

생활지도부장이 사카이를 가로막았다. 이어서 2반 담임도 말했다.

"저도……. 담임이니까요."

"사카이 선생은 이미 표적이 된 것 같으니까 노자와 선생과 야시로 선생이 같이 가도록 하지."

교장은 교감의 얼굴을 쳐다봤다. 교감이 고개를 끄덕이더니 이렇게 말했다.

"녀석들을 어린애로 생각해선 안 돼. 광기에 찬 과격파 집단이야. 두 선생이 반드시 교장 선생님을 잘 지키도록 하게."

"그런 일은 제가 더 적임자가 아닙니까?"

사카이가 따지듯이 말했다.

"그건 알아. 하지만 지금은 소동을 부추기고 싶지 않네."

"사카이 선생, 선생도 알고 있겠지만 우리 학교도 3년 전까지는 도내에서 유명한 문제 학교였지. 교내 폭력, 시너, 등교 거부, 불순한 이성 교제……. 나쁘다고 하는 것은 없는 게 없이 다 있었지."

교감이 흘끗 쳐다보자 교장은 고개를 끄덕여 보였다.

"제가 부임한 게 3년 전이었는데, 이게 학교인가 싶었어요."

사카이가 말했다.

"그렇게 엉망이었던 학교를 그럭저럭 도내 몇 안 되는 모범 학교로 만든 노하우가 뭐냐는 질문을 자주 받는데, 그때마다 나는 신념을 가지고 엄하게 교육시켜야 한다고 말하곤 했네."

교장의 말에 교감은 고개를 크게 끄덕였다.

"교육자라면 그걸 모르는 사람은 없을 테지만 실제로는 쉽지가 않거든. 왜 그렇다고 생각하나?"

교장은 생활지도부장의 얼굴을 봤다.

"잘 모르겠습니다."

"잘 안되는 이유는 아이들을 인격체로 대하기 때문이야. 우리가 보통 동물을 어떻게 길들이지? 개나 말을 조련하듯이 채찍으로 길들이면 반드시 잘되게 되어 있어. 이게 비법이야. 자네들도 머릿속에 잘 넣어 두게."

"교장 선생님은 부임하신 지 3년 만에 우리 학교를 도내 몇 안 되는 모범 학교로 바꿔 놓으셨습니다. 이건 기적이라고밖에 할 수 없습니다."

교감 이 작자, 말은 번지르르하게 잘하는군. 교장은 가볍게 고개를 끄덕이고 나서 말했다.

"그 대신 매스컴이나 좌파 교육학자들한테 반교육적이라는 비판도 받았지."

"이런 교육 방식이 뭐가 나쁘다는 겁니까? 쇠는 뜨거울 때 두드리는 법입니다."

사카이가 말했다.

"그런데 부모들도 제멋대로입니다. 도무지 가정 교육이란 게 되어 있지 않습니다. 꼭 늑대 소년 같은 코흘리개를 학교에 보내 놓고, 문제가 생기면 전부 교사 책임으로 돌리지 않습니까. 그런 주제에 엄하게 하면 반교육적이라고 비난하고. 대체 우리더러 어떻게 하라는 거냐고요."

생활지도부장이 탁자를 탕 쳤다. 하마터면 커피가 쏟아질 뻔했다.

"자네 말이 옳아. 그러니까 교사는 잡음에 현혹되지 않는 정열과 신념이 필요한 거라네. 하지만 신념을 가지고 행동하는 데에는 반드시 반작용이 따르게 마련이야. 이번 일도 그렇지 않은가 싶네."

"과연 대단한 통찰력이십니다. 잘 알았어요, 선생님들?"

교감은 세 사람의 얼굴을 둘러보았다.

"그러면 그럴수록 우리는 교장 선생님의 이 빛나는 경력에 먹칠을 해서는 안 돼. 어떻게 해서라도 그것만은 막아야 하지 않겠나?"

"그건 알고 있습니다. 그래서 제가 지난번에 그런 행동을 한 건데, 그게 도리어 엉뚱한 결과가 되어 매스컴의 웃음거리가 되고 말았습니다. 면목 없습니다."

사카이는 흥분하면 굵직한 팔을 마구 휘둘러 대기 때문에 옆에 있으면 겁이 난다.

"자네 마음은 잘 알아. 그건 불운한 사건이었네."

"불운한 일로 끝낼 일이 아닙니다. 저는 직성이 풀리도록, 반드시 녀석들한테 복수해 줄 생각입니다."

"사카이 선생, 교사는 폭력배가 아니야. 말조심하게."

교장은 말과는 달리 사카이를 총알받이 삼아 뭘 할 수 있을까 머리를 굴리고 있었다. 이 남자는 좋게 말하면 단호하고 나쁘게 말하면 단세포다. 잘한다 잘한다 추어올리면 돼지도 나무에 올라간다는데, 이 남자라면 틀림없이 물불 가리지 않고 뭐든 할 것이다.

"아이들이란 엄하게 관리해야 정상적으로 자란다고 생각합니다. 다만 이것은 교사와 학부모 양쪽이 서로 협력하지 않으면 안 됩니다. 최근 3년 동안은 협력이 잘됐습니다. 그래서 학생들도 정상이었던 것입니다."

노자와도 그간 생활지도부장으로서 아주 열심히 뛰었다.

"그런데 올 1학년은 학부모들이 아무래도 지금까지하고는 좀 다른 것 같습니다."

"그건 그렇습니다."

1학년 2반 담임 야시로가 생활지도부장의 말에 동조했다.

"그건 왜지?"

교장은 금시초문이었다.

"올해부터 전공투 세대의 자식들이 중학교에 들어오기 시작했습니다. 해방구 따위의 말은 부모의 영향 없이는 절대 못씁니다."

"실제로 저 학생들 부모 중에 있나?"

"있습니다. 아버지 쪽은 아직 한 명이지만, 어머니는 대학 졸업자가 열 명인데 전부 그쪽입니다."

생활지도부장이 대답했다.

"하지만 전공투 세대라고 해도 자기 자식한테 자신들과 똑같은 길을 걷게 하고 싶은 부모는 없을 거야. 더구나 어머니라면 엘리트의 길을 걷게 하는 게 상식 아니겠나."

교감이 말했다.

"대부분의 부모라면 교감 선생님 말씀대로 생각하는 게 보통이겠죠. 그러나 그중 한 명이라도 선동자가 있으면 아이들은 쉽게 따라갈 것입니다. 어쨌든 통제를 받다 보면 해방이란 달콤한 꿈 같은 것일 테니까요."

"노자와 선생의 의견은 재미있군. 만약 이번 일이 반란의 시작이라고 한다면, 이건 단순한 교육 문제라기보다는 중대한 사회 문제네."

"그렇습니다. 이번 일은 그렇게 받아들여야 한다고 생각합니다."

생활지도부장에 견줘 이론 구성을 못하는 사카이는 그 말에 동의한다는 듯이 몇 번이고 고개를 크게 끄덕였다.

"그럼 우리가 가야 할 길은?"

교장은 네 사람의 얼굴을 차례로 보았다.

"당연히 아무 흔적도 남지 않도록 철저히 말살해 버리는 것입니다. 이것은 암세포와 같습니다. 증식하면 손을 쓸 수 없게 돼서 결국 나라를 망하게 합니다. 다행히 지금 정도에서 도려내면 아직 늦지는 않습니다."

생활지도부장의 표현은 상당히 과장됐지만, 이것은 교육위원회에서 교장이 책임을 추궁 받을 때 쓰는 수법이라고 교장은 생각했다.

"아무튼 우리 셋은 해방구로 가서 아이들이 어떻게 나오는지 보겠네. 설마 옛날 전공투처럼 감금하는 일은 없겠지."

교장은 가슴 밑바닥에서 꿈틀거리는 자욱한 불안을 걷어내듯이 큰 소리로 말했다.

3

교장과 교감, 생활지도부장, 1학년 2반 담임 야시로, 사카이, 이렇게 다섯 명은 사카이가 운전하는 차를 타고 해방구로 향했다.

약속한 오전 10시 정각에 도착해 교장과 생활지도부장, 야시로가 차에서 내리자 정문 앞에 모여 있던 아이들이 일제히 박수를 쳤다.

"너희들은 이런 데서 뭐하고 있는 거냐?"

생활지도부장이 호리바 구미코를 쳐다보며 물었다.

"선생님들이 어떤 모습으로 나올지 기다리고 있어요."

구미코는 한 여학생과 얼굴을 마주 보며 히죽히죽 웃었다. 생활지도부장은 기분 나쁜 예감이 들었다.

그런데 갑자기 정문 위에서 현수막이 스르르 내려왔다.

'해방구에 오신 걸 환영합니다.'

아이들 사이에서 환호성이 일었다.

"그럼 들어갈 순번을 정하시지."

망루 위에서 소리가 났다. 교장한테 '정하시지'라니.

교장은 머리가 팽 돌았지만, 여기서 화를 내면 모든 것이 물거품이 되어 버린다고 생각하고 꾹 참았다.

"내가 가장 먼저 들어간다."

교장은 흥분된 감정을 억누르며 말했다.

"다음은 나다."

생활지도부장이 말했다.

"마지막은 나다."

담임 야시로가 말했다.

"그럼 1번이 들어온 뒤 2분 지나면 2번, 그리고 또 2분 지나면 3번, 이런 식으로 들어와요."

"알았다. 빨리 열어라."

교장의 말이 끝나기가 무섭게 정문이 천천히 안으로 열렸다. 내부에 거무스름한 벽이 보였지만 교장은 거침없이 안으로 들어갔다. 뒤에서 문이 닫히는 소리가 났다.

통로는 사람 하나가 겨우 지나다닐 수 있을 정도였고, 양쪽

• 해방구 미로

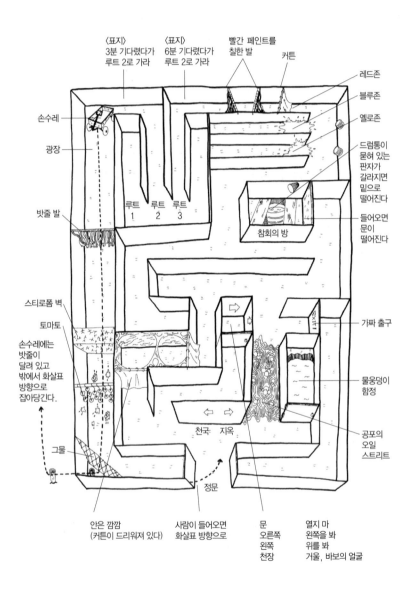

〈표지〉
3분 기다렸다가
루트 2로 가라

〈표지〉
6분 기다렸다가
루트 2로 가라

빨간 페인트를
칠한 발

커튼

레드존

블루존

옐로존

드럼통이
묻혀 있는
판자가
갈라지면
밑으로
떨어진다

손수레

광장

밧줄 발

루트 1   루트 2   루트 3

참회의 방

들어오면
문이
떨어진다

스티로폼 벽

토마토

손수레에는
밧줄이
달려 있고
밖에서 화살표
방향으로
잡아당긴다.

그물

천국   지옥

정문

가짜 출구

물웅덩이
함정

공포의
오일
스트리트

안은 깜깜
(커튼이 드리워져 있다)

사람이 들어오면
화살표 방향으로

문
오른쪽
왼쪽
천장

열지 마
왼쪽을 봐
위를 봐
거울, 바보의 얼굴

벽은 함석이었다. 훤히 트인 위로는 푸른 하늘이 보였다.

'미로군.'

딱 아이들이 생각할 수 있는 수준이었다. 막다른 벽에는 이 정표가 있었다.

오른쪽 지옥

왼쪽 천국

망설임 없이 오른쪽으로 갔다. 길은 막혀 있고, 왼쪽으로 돌아가는 길과 그 옆에 수상쩍은 문이 있었다. 문득 사람의 기척을 느끼고 위를 올려다보았다. 아래를 내려다보고 있는 아이들의 얼굴이 보였다. 이 문으로 가면 속임수가 있는 게 분명했다.

교장은 오른쪽으로 돌아가는 길을 선택했다. 벽에는 '공포의 오일 스트리트'라고 쓰여 있었다. 조금 나아가자 주먹만 한 돌들이 나뒹굴고 있었다. 더구나 돌은 기름투성이라 발을 내디딜 때마다 미끄러졌다.

몇 발짝 나아갔나 싶었는데, 미끄러져 털썩 엉덩방아를 찧고 말았다. 신음 소리가 절로 나왔다.

머리 위에서 아이들의 웃음소리가 들렸다.

"너희들은 나를 어떻게 할 셈이냐?"

"빨리 나오라고요. 우리가 기다리고 있잖아요."

교장은 돌 위를 기어가기로 했다. 이렇게 되면 바지가 더러워지는 것은 감수해야 한다.

돌길이 끝나자 오른쪽으로 돌아가는 길이 나왔다. 그 앞이 출구다. 이제 드디어 나갈 수 있다. 그런데 문을 밀자 맞은편 쪽은 통로였다. 머리 위에서 또 웃음소리가 났다.

여기서 화를 내서는 안 된다. 냉정해야 한다.

교장은 원래 왔던 쪽으로 되돌아갔다. 조금 가다가 오른쪽으로 돌자 생활지도부장이 보였다.

"자네는 어떻게 된 건가?"

"지금 막 들어왔습니다. 교장 선생님이야말로 어떻게 되신 겁니까?"

생활지도부장이 교장의 바지를 내려다보면서 물었다.

"당했네. 자네도 조심하게. 지옥이라고 쓰여 있는 쪽으로 가면 끝장이야."

두 사람은 왼쪽으로 갔다. 길은 두 갈래로 갈라졌다.

"나는 이쪽으로 가지."

교장은 오른쪽으로 꺾었다. 조금 가자 이번에는 왼쪽으로 돌아가도록 되어 있었다. 길을 따라가니 정면에 문이 있고, 거기에 '열지 마'라고 쓰여 있었다. 잠시 고민했지만 더는 갈 곳이 없었기 때문에 열지 않을 수 없었다. 쭈뼛쭈뼛 문을 열자 바로 앞에 '오른쪽을 봐'라고 쓰여 있었다. 오른쪽을 보자 '왼쪽을 봐'라고 쓰여 있었다. 교장은 쓰여 있는 대로 오른쪽에서 왼쪽으로 시선을 돌렸다. '위를 봐'라고 쓰여 있었다. 반사적으로 위를 보았다. 위에는 거울이 있었고, 교장의 얼굴이 비쳤다. 그리고 하얀 페인트로 '바보의 얼굴'이라고 쓰여 있었다.

교장은 혀를 차면서 왔던 길로 되돌아갔다. 이제 생활지도부장이 간 길을 따라갈 수밖에 없었다. 똑바로 가자 커튼이 있었다.

커튼을 걷어 보니 안은 깜깜했다. 교장은 안으로 들어가서 잠시 꼼짝 않고 서 있었다. 아무 일도 일어나지 않았다. 한 발짝씩 신중하게 앞으로 나아갔다. 갑자기 오른쪽 볼에 끈적끈적한 것이 달라붙었다.

'접착테이프다.'

교장은 테이프를 잡아 뗐다. 볼이 얼얼했다. 이번에는 머리에 달라붙었다. 그것은 접착테이프보다 더 강력한 것이었다. 억지로 떼어 버리면 몇 가닥 남지 않은 머리카락이 뽑혀 버릴 것 같았다.

머리에 붙은 접착테이프를 그대로 두고 손으로 더듬거리며 앞으로 나아갔다. 접착테이프가 발처럼 쳐져 있어서 걸을 때마다 얼굴 어깨 할 것 없이 찐득찐득 달라붙었다.

겨우 막다른 길에 드리워진 커튼 밖으로 나왔다. 갑자기 밝아져서 눈이 핑핑 도는 것 같았다. 앞을 보니 생활지도부장이 얼굴부터 팔까지 덕지덕지 달라붙은 테이프를 조심조심 떼고 있었다.

"교장 선생님."

생활지도부장이 입을 연 순간, 머리 위에서 아이들의 웃음
소리가 쏟아졌다.

"이 우라질 놈의 새끼들!"

생활지도부장은 웃음소리를 향해 고함쳤다.

교장과 생활지도부장은 그곳을 나와 오른쪽으로 나아갔다.
께름칙하게도 아무 일도 일어나지 않았다. 그런데 그렇게 생
각한 순간 머리부터 흠뻑 젖은 야시로와 마주쳤다.

"선생은 어떤 길로 온 거요?"

생활지도부장이 물었다.

"저는 지옥이라고 쓰여 있는 쪽으로 갔습니다. 그러자 막다
른 곳 왼쪽에 문이 있었어요. 그 문을 열고 들어갔는데 물웅
덩이 함정이었던 겁니다. 에잇, 정말 너무합니다."

늘 멋지게 차리고 다니는 야시로가 물을 뒤집어쓴 꼴은 차
마 봐줄 수가 없었다. 교장은 자신의 모습은 까맣게 잊은 채
와하하 웃고 말았다.

"아무튼 나가자고. 이만한 일로 주저앉으면 녀석들이 우릴
우습게 볼 거야."

교장이 앞장서더니 길이 두 갈래로 갈라지는 곳 앞에서 말
했다.

"나는 이쪽으로 가겠네."

그리고 안쪽으로 갔다. 길은 왼쪽으로 구부러져 있었다. 그 앞은 막혀 있었고 정면에 종이가 붙어 있었다. 뭐라고 쓰여 있는지 궁금해서 안으로 걸어가 봤다. 순간 뒤에서 커다란 소리가 났다. 돌아보니 판자가 떨어져 입구를 막아 버렸다. 교장은 거기에 갇히고 만 것이다. 되돌아가서 판자를 밀어 봤지만 꿈쩍도 하지 않았다. 교장은 하는 수 없이 종이에 쓰여 있는 글씨를 읽었다.

여기는 참회의 방입니다.
신의 목소리에 솔직하게 대답하고
잘못했다고 참회하면 나갈 수 있습니다.
만약 반성하지 않으면 영원히 여기서 나갈 수 없습니다.

'신의 목소리'는 또 무슨 소리야. 주위를 둘러보니 골판지로 만든 메가폰 같은 것이 벽 위쪽에 붙어 있었다.
"나는 신이다."
메가폰에서 윙윙 울리는 듯한 목소리가 났다.
"장난하지 마라. 그런 신이 어디 있다고."
교장의 웃음보와 울화통이 동시에 터지려는 순간이었다. 그때 느닷없이 머리 위에서 물이 쏴아 쏟아졌다.
"당신은 꼰대들을 교문에 줄 세워 놓고 학생들 복장 점검을 시켰다. 치마 길이를 자로 재고, 양말에 무늬가 있다고 때렸다. 2학기부터는 그런 짓을 하지 않겠다고 약속하겠나?"

"못 하겠다. 복장은 모든 것의 기본이야. 복장이 흐트러지면 바로 비행으로 치닫게 되는 법이지."

또 머리 위에서 물이 쏟아졌다.

"아침에 똥을 누고 오라는 규칙은 어떠냐? '똥이 안 나올 때도 있다고요.'라고 말하면 그 학생을 교장실로 끌고 가 때리지 않았는가."

"아침에 똥을 누라고 한 건, 그런 습관을 들이면 몸이 건강해지고 그러면 기분이 좋아지기 때문이다. 누구를 위해서도 아니다. 다 너희를 위해서야."

"우리는 꼰대들한테 똥 뒤치다꺼리까지 받고 싶지 않거든."

교장이 막 입을 열려는데 또 물이 쏟아졌다. 이미 속옷까지 흠뻑 젖었다.

"당신은 학교 복도에서는 오른쪽으로 조용히 걷고 모퉁이에서는 일시 정지하고 좌우를 보고 나서 직각으로 돌라고 했지. 우리가 어린애도 아니고, 그런 바보 같은 짓은 당장 그만하게 해. 복도는 우리의 해방구란 말이야."

"복도를 바르게 걷는 것과 도로를 바르게 걷는 건 같은 거야. 내가 너희를 위한다는 것을 좀 더 알아주기 바란다."

"모든 게 다 우리를 위해서란 말이지……. 그럼 당신은 그런 일에 대해 전혀 반성하지 않는단 말이지?"

"나는 신념을 가지고 하고 있다."

말을 마치기가 무섭게 올라가 있던 바닥이 두 쪽으로 갈라져 교장은 밑으로 떨어졌다. 교장이 서 있던 판자 양쪽에 끈이 달려 있고, 그것을 양쪽에서 잡아당긴 것이다. 떨어진 곳에는 드럼통이 묻혀 있었는데 위에서 쏟아진 물이 무릎까지 찼다.

"당신은 구제 불능이니까 거기에 콘크리트를 채워 아라 강에 버리겠다."

이죽이죽 웃으면서 내려다보고 있는 아이들의 얼굴을 올려다본 순간, 교장은 공포를 느꼈다. 이 녀석들이라면 그 정도 일은 아무렇지도 않게 할 수 있을 것 같았다.

"잠깐 기다려. 나한테는 아내도 있고 자식도 있다. 죽이는 건 너무하지 않나?"

"그럼, 참회합니다, 하고 말해야지."

이런 데서는 이치를 따져 가며 말할 필요가 없다. 어떻게든 적당히 속임수를 써서 여기에서 나가야 한다.

"내가 잘못했다. 앞으로 조심하겠다."

"누가 신께 그렇게 말하나. 좀 더 진심으로 말해 봐."

"제가 잘못했사옵니다. 앞으로 학생들 요구를 잘 들어줄 테니 부디 여기서 나가게 해 주십시오."

말을 마치자 입구의 판자가 스르르 위로 올라갔다. 역시 아이들은 단순하다. 교장은 드럼통에서 기어 올라와 통로로 나왔다. 똑바로 가다가 왼쪽으로 돌아가니 막다른 길이었다. 되돌아와서 이번에는 왼쪽으로 돌았다. 여기도 막다른 길이었다. 그 앞에서 왼쪽으로 돌아서 다시 오른쪽으로 돌아가자, 온몸이 노랗게 물든 담임과 파랗게 물든 생활지도부장이 서 있었다.

"길은 이 앞뿐입니다. 선생님을 기다리고 있었습니다."

"참담한 꼴을 당했다네."

자신이 참회한 것은 말하지 않았다.

"자네들, 그 꼴은 어떻게 된 건가?"

"블루존이라는 곳으로 갔더니 이 꼴이 되었습니다. 페인트를 뒤집어썼습니다. 너무합니다."

생활지도부장이 푸념했다.

"저는 옐로존으로 갔는데 전부 막혀 있었습니다. 남은 건 레드존뿐인데 여기는 빠져나갈 수 있을 겁니다."

야시로를 보자 마치 노란 인형이 말하고 있는 것 같아 섬뜩했다.

"좋아, 내가 앞장서지."

이렇게 되자 교장은 자포자기하는 심정이 되었다.

벽에 레드존이라고 쓰인 통로로 갔다. 조금 가자 하얀 커튼이 내려져 있었다. 그곳을 빠져나가자 앞쪽에 빨간 발 같은 것이 쳐져 있었다.

"가 보지, 뭐."

교장은 생활지도부장과 야시로 앞에서 주저하는 모습을 보이고 싶지 않아 그렇게 각오했다. 빨간 발을 두 손으로 헤치고 안으로 몸을 밀어 넣었다. 발은 빨간 페인트를 칠한 비닐 끈이었다. 얼굴이고 팔이고 할 것 없이 온몸이 순식간에 빨갛게 물들었다. 하지만 아랑곳하지 않고 나아갔다. 앞에 또 빨간 발이 있었다. 뛰듯이 그곳을 빠져나갔다.

이어서 생활지도부장과 담임이 나왔다. 부장은 파랑에 빨강, 담임은 노랑에 빨강. 마치 전위예술 조각 작품을 보는 듯했다.

왼쪽으로 돌아 직진하자 정면 벽에 1, 2, 3이라고 번호가 쓰여 있었다. 길이 세 갈래라는 의미일 것이다.

"노자와 선생은 1로 가게. 나는 2, 야시로 선생은 3으로 가지."

교장은 되는 대로 그렇게 말하고 2라고 쓰여 있는 길로 갔다. 왼쪽으로 돌아 조금 더 가자 막다른 길에 손수레 같은 것이 있고, '앉아'라고 쓰여 있었다.

여기까지 오자 될 대로 되라는 심정이었다. 교장은 손수레에 앉았다. 갑자기 손수레가 움직이기 시작했다.

속도가 점점 빨라졌다. 앞쪽에 굵직한 밧줄로 만든 발이 보였다. 그것에 정통으로 부딪쳤다. 밧줄이 사정없이 얼굴을 때렸다.

눈에서 불꽃이 튀었다. 손수레 앞 끝에 밧줄을 묶어 놓고, 그것을 통로 전방에서 잡아당기는 모양이었다. 속도는 점점 빨라졌다. 눈앞에 하얀 벽이 보였다.

'부딪치겠어!'

교장은 고개를 숙였다. 부딪쳤다. 의외로 충격이 약했다. 스티로폼이었다.

가슴을 쓸어내리고 얼굴을 든 순간, 빨간 구슬이 수없이 공격해 왔다. 피할 새도 없이 얼굴에 부딪쳤다. 턱, 둔탁한 소리가 났고 순간 눈이 보이지 않았다. 교장은 얼굴에 살짝 손을 대 보았다. 미지근한 감촉. 새빨간 색깔.

'피다! 당했군.'

큰일이다. 조치를 취해야 한다. 그런데 무슨 조치를……?

생각하려고 했지만 머리가 돌아가지 않았다. 다음 순간, 교장은 그물에 부딪쳐 그대로 튕겨 나가 통로에 나가떨어졌다. 그제야 트램펄린 그물이란 것을 깨달았다.

통로 맞은편으로 출구가 보였다. 마침내 나갈 수 있게 된 것이다. 교장은 비틀거리면서 출구로 향했다.

'나왔다.'

눈앞에 사람이 있었다.

"교장 선생님! 어떻게 된 겁니까?"

교감의 얼굴이 굳어졌다. 교장은 스스로 중상을 입었다고 생각했다. 그러자 갑자기 의식이 희미해졌다. 쓰러지는 교장을 사카이가 받아 안았다.

"정신 차리세요. 상처는 깊지 않습니다."

'나를 안심시키지 않아도 된다네.'

교장은 얼굴을 쓰다듬었다.

미지근한 것이 입안으로 들어왔다. 그 맛이 피랑은 좀 다른 것 같아서 다시 한 번 맛보았다.

틀림없는 토마토 맛이었다.

4

"저는 아무래도 왕진을 좀 다녀와야겠습니다. 만약 범인한 테서 전화가 오면 여기로 전화해 주시겠습니까?"

가키누마 야스키는 11시가 되기를 기다려 스기자키 경감에 게 그렇게 말하고는 전화번호를 적은 메모를 건넸다.

"이럴 때 왕진을 가십니까……?"

"오랜 친구인데, 부인 상태가 안 좋으니 꼭 와 달라고 해서 요. 차마 우리 애가 유괴 당했다는 말을 할 수가 있어야지요."

오랜 친구인 건 사실이지만 부인이 병이 났다는 건 되는대 로 둘러댄 것이다. 친구에게는 만약 경찰이 전화하면 적당히 대답해 달라고 미리 부탁해 두었다.

"좋습니다. 무슨 일이 있으면 연락하겠습니다. 되도록 빨리 다녀오시죠."

스기자키 경감은 야스키의 말을 전혀 의심하지 않는 것 같 았다.

야스키는 1700만 엔을 넣어 둔 왕진 가방을 들고 밖으로 나왔다.

4, 50미터 정도 걸으면 큰길이 나온다. 천천히 걸었다. 택시를 바로 잡아서 타자마자 "긴자"라고 말했다. 택시가 움직이기 시작하자 흘끗 뒤를 돌아보니 따라오는 차는 없는 듯했다.

이런 거짓말에 속다니 경찰도 어지간히 허술하다. 이러고도 큰소리는 뻥뻥 잘도 친다. 역시 결국에는 부모가 해결하지 않으면 안 된다. 나중에 범인과 멋대로 거래한 것을 알면 경찰은 체면이 구겨진 것 때문에 화를 낼 테지만, 그래도 자식의 목숨이 달려 있는 일이다. 당당한 건 아니지만…….

야스키는 그렇게 자신의 행동을 정당화했다.

긴자에서 택시를 내려 M백화점으로 들어갔다.

나오키가 보낸 테이프에는 1층에 가방 매장이 있다고 했다. 안내원에게 물어보니 가게 한구석을 알려 주었다. M사에서 나오는 1만 엔짜리 검은 007가방도 바로 찾았다.

야스키는 가방을 사고 화장실에 가서 1700만 엔을 왕진 가방에서 꺼내 007가방에 넣었다.

거기에서 쓰키지에 있는 T호텔까지는 500미터 정도 거리다. 약속된 1시까지는 아직 1시간 20분이나 남아 있었다. 야스키는 슬슬 걸어가서 점심은 호텔에서 먹기로 했다. 그런데 막상 식사를 하려니 통 입맛이 없었다. 식사 대신 커피로 때우고 약속 시간 10분 전에 로비로 내려가 소파에 앉아 있었다. 넌지시 주위를 둘러보았지만 수상쩍은 인물은 보이지 않았다. 시곗바늘은 몹시 느리게 움직였다.

1시.

야스키는 주위를 둘러보았다. 그러나 곧바로 그것이 헛된 행동이라는 것을 깨달았다. 이쪽은 범인의 얼굴을 모른다. 전화를 기다릴 수밖에 없는 것이다.

직원이, 구리하라 씨에게 전화왔습니다, 라고 말했다. 첫 번째는 놓쳤지만 곧바로 자신을 찾는다는 것을 알아차렸다. 야스키가 수화기를 귀에 댔다.

"가키누마 야스키입니다……."

"거기서 오른쪽을 봐라. 벽에 빨간 전화기가 나란히 있지? 그 전화로 ○○○에 ○○○○으로 전화해."

"알겠습니다. ○○○에 ○○○○이죠?"

야스키는 번호를 메모했다.

"그렇다. 신호음이 세 번 울리면 그대로 수화기를 귀에 대고 로비 쪽을 봐라. 그럼 어떤 남자가 손을 들 것이다."

"네. 수화기를 귀에 댄 채요?"

"그렇다. 그게 신호다. 그럼 바로 007가방을 들고 나와라."

"어디로 갑니까?"

"스미다 강 방향으로, 도로 오른쪽으로 걸어라. 700미터쯤 가면 가치도키 다리가 나온다."

"알고 있습니다."

"가치도키 다리 가운데까지 가서 007가방을 강에 던져라."

"강에 던지라고요? 돈이 젖을 텐데요."

"당신은 그런 걱정할 필요 없다. 던진 뒤에는 집으로 돌아가도 된다."

"나오키는, 나오키는 어떻게 됩니까?"

"집에 돌아가면 아들한테서 전화가 올 거다. 풀어 줄 테니 앞으로 아들하고 잘 살아라."

"틀림없는 거죠? 돈을 건네면 죽이지 않는 거죠?"

"참 끈질기군. 빨리 전화해라."

야스키는 황급히 수화기를 내려놓았다.

야스키를 미행한 건 도야마 형사와 마쓰모토 형사였다. 도야마는 경시청 수사 1과에서 나온 베테랑으로 나이는 마흔 살, 마쓰모토는 관할 경찰서의 신출내기로 스물다섯 살이다. 야스키는 왕진을 핑계로 여기에 왔다. 역시 스기자키 경감의 예감이 적중했다.

"이봐, 일어났어."

로비 한쪽에서 몰래 감시하고 있던 도야마는 야스키가 일어나는 것을 보고 마쓰모토에게 말했다. 마쓰모토는 슬그머니 야스키를 뒤따라갔다.

도야마가 있는 곳에서는 야스키가 전화하는 모습이 보였다. 구리하라라는 이름이 범인과 미리 약속한 이름이라는 것을 그제야 알아차렸다. 야스키는 2, 3분 만에 전화 통화를 마치고 어디론가 가고 있었다. 이제부터는 마쓰모토가 따라갈 것이다. 그렇게 생각했을 때, 야스키가 로비 쪽을 살피는 모습이 보였다. 혹시 범인이 미행 당하는 것을 눈치채고 야스키에게 주의하라고 한 건가……. 야스키는 곧바로 목을 움츠렸다. 마쓰모토가 빠른 걸음으로 되돌아왔다.

"나갑니다."

그렇게 속삭이고 마쓰모토는 한발 먼저 호텔을 나갔다. 뒤를 이어 야스키가 나갔다. 손에는 왕진 가방과 007가방을 들고 있었다. 집을 나왔을 때는 왕진 가방뿐이었지만 도중에 007가방을 샀다. 호텔 어디선가 007가방에 돈을 옮겨 담았다고 생각할 수밖에 없다.

도야마는 야스키가 호텔에서 나가기를 기다렸다가 밖으로 나갔다. 야스키는 하루미 방면으로 오른쪽 인도를 걷고 있다. 약 5미터쯤 뒤에서 마쓰모토가 미행하고 있다.

교차로에서 도야마는 도로 반대쪽으로 건넜다. 아마 범인도 야스키를 움직임을 지켜보고 있을 거다. 대체 어디서 돈을 받을 작정인가.

도로 너비는 넓었지만 야스키와 마쓰모토의 움직임은 한눈에 들어왔다. 200미터에서 300미터쯤 걸어갔을 때 도야마의 머릿속에 번쩍 떠오르는 것이 있었다. 다급히 전화박스에 뛰어들어 가 나오키 집에 있는 스기자키 경감에게 전화했다.

"지금 가키누마 선생은 하루미 거리를 걷고 있습니다. 아무래도 돈은 강에서 건넬 것 같습니다. 급히 수상경찰에 연락해서 가치도키 다리로 보트를 보내라고 해 주십시오."

"알겠네."

그리고 도야마는 미행 경과를 간단히 보고하고 전화를 끊었다.

두 사람은 이미 꽤 앞서 가고 있었다. 도야마는 종종걸음으로 뒤쫓아 갔다. 가치도키 다리는 벌써 코앞이었다. 만일 이 다리 위에서 돈을 떨어뜨릴 거라는 예상이 빗나간다면……. 그때는 그때 가서 생각할 일이다.

다리 앞까지 오자 야스키의 걸음이 느려졌다.

야스키는 다리 한가운데서 걸음을 멈췄다. 그리고 다리 밑을 내려다보았다.

'역시 내 예감이 적중했어.'

도야마도 반대편 난간에 기대어 밑을 내려다보았다. 수상쩍은 보트는 어디에도 없었다. 다시 야스키 쪽으로 시선을 돌렸을 때 도야마의 눈 끝을 스치고 뭔가가 떨어졌다. 도야마가 보니 지금까지는 알아차리지 못했던 부랑자 같은 남자가 사라지고 있었다. 아마 쓰레기라도 버렸겠지.

야스키가 007가방을 난간에 올려 놓고 주위를 흘끗 보더니, 가방을 강에 떨어뜨렸다. 도야마는 다시 한 번 강에 눈길을 돌렸다. 범인은 어디선가 반드시 나타날 텐데, 강에는 다가오는 보트도 없었다.

야스키는 뒤도 돌아보지 않고 방금 왔던 길을 되돌아갔다. 다리를 다 건너자 택시를 잡아탔다. 그 장면을 지켜보던 도야마는 다리 반대편으로 건너갔다. 마쓰모토가 다리 한가운데에 서서 강을 내려다보고 있었다.

"저겁니다."

강을 가리켰다. 틀림없다. 야스키가 들고 있던 007가방이다.

"범인은 어디서 나타납니까?"

마쓰모토가 초조한 듯이 물었다.

"모르지."

"그냥 두면 가라앉습니다."

"그 말은 범인한테나 해!"

도야마는 저도 모르게 고함치고는, 아마 도쿄 만으로 떠내려가면 모터보트든 뭐든 나타나서 007가방을 건져 도망칠 거라고 생각했다. 그런데 저 가방이 거기까지 가라앉지 않고 떠내려갈 수 있을까.

수상경찰 보트는 아직 보이지 않았다.

"어, 저거 좀 보세요."

귓가에 마쓰모토가 외치는 소리가 들렸다. 마쓰모토는 다리 바로 아래를 가리켰다.

"가키누마 선생이 던진 것과 똑같은 007가방입니다."

도야마의 눈은 다리 밑에서 갑자기 나타난 007가방에 못 박혔다.

"이게 어떻게 된 일입니까."

'그렇군.'

아까 도야마 옆에 있던 부랑자가 뭔가를 떨어뜨렸는데, 그 게 저것이었나. 도야마는 뒤돌아서 부랑자를 찾아봤지만 그 는 어디에도 없었다.

"나한테 꼬치꼬치 묻지 좀 마. 범인도 아닌데 내가 어떻게 알아."

'요즘 젊은 놈들은 주어진 문제밖에 풀지 않아. 이게 바로 생각 없이 공부만 판 인간의 문제점이지.'

멀리 수상경찰 보트가 보였다. 도야마는 수상경찰에 연락 하기 위해 무전기를 손에 들었다. 그때 갑자기 007가방 두 개 가 굉장한 폭음을 내며 폭발했다.

엄청난 물기둥이 치솟았고, 잠시 뒤 수면에는 자잘한 부유 물만 잔뜩 떠 있었다. 자갈을 실은 화물선이 천천히 강 위쪽 으로 올라와 그 부유물을 휘저어 놓았다. 배가 지나간 기다란 흔적이 마침내 사라지자 아무 일도 없었던 것처럼 검게 오염 된 수면으로 되돌아와 있었다.

"가방이 왜 두 개지?"

도야마는 다리 밑까지 온 수상경찰 보트에 연락하는 것도 잊고 중얼거렸다.

"돈이 왜 폭발해 버린 거죠?"

마쓰모토도 중얼거렸다.

"얘들아, 벤츠가 왔어. 나오키네 차 같은데?"

쓰카사가 망루에서 소리쳤다.

"그럴지도 모르지."

나오키는 천천히 망루로 올라가 머리를 내밀고 아래를 내려다보았다. 벤츠가 멈추고 아빠 야스키와 엄마 나쓰코가 내리고 있었다.

"나오 짱."

나쓰코는 나오키의 얼굴을 보자마자 목 안에서 쥐어짜는 듯한 목소리로 불렀다.

"나오키, 무사했구나."

야스키가 말했다. 벤츠에서 또 한 사람 무뚝뚝하게 생긴 남자가 내렸다. 나오키는 직감적으로 짭새라고 눈치챘다.

"응, 보다시피 이렇게 팔팔해."

나오키는 두 손을 흔들어 보였다.

"범인이 언제 풀어 주던가요? 나는 스기자키 경감이에요."

"1시에요."

"1시였어요? 정확하군요."

"정확해요. 난 시계를 차고 있어서 알아요."

"왜 곧장 집으로 오지 않았니?"

나쓰코는 원망스러운 듯이 말했다.

"집에 가면 여기에 못 오잖아. 친구들을 배신하고 싶지 않았단 말이야."

"넌 유괴 당했어. 특별한 경우잖아."

스기자키 경감은 "자, 자~." 하고 나쓰코의 말을 막았다.

"어디서 유괴 당했지?"

"둑 위요."

"그때 둑에 누가 있었니?"

"아무도 없었어요. 그냥 차 한 대가 와서 나를 안으로 끌고 들어갔어요."

"남자는 몇 명 있었지?"

"운전한 사람이랑, 또 한 사람이요."

"얼굴은 어떻게 생겼지?"

"차에 끌려 들어가자마자 머리에 자루를 씌워서 못 봤어요."

"감금당한 장소는?"

"차로 40분쯤 간 곳이요."

"거기서 범인의 얼굴을 봤겠지?"

"눈, 코, 입만 나오는 스키용 마스크를 쓰고 있어서 얼굴은 못 봤어요. 하지만 레슬링 선수처럼 덩치가 컸어요."

"둘 다?"

"아니요. 운전사는 땅딸보였어요. 집에는 덩치 큰 남자 혼자만 있었어요."

"어디서 풀어 줬지?"

"우리 학교 앞에서요. 차가 멈추자마자 갑자기 내동댕이쳐졌어요. 일어나서 눈가리개를 풀어 보니까 학교였어요."

"범인은 왜 풀어 주는지, 이유를 말해 줬니?"

"네. 산부인과 의사는 아기를 바퀴벌레 죽이듯이 죽이는 악마래요. 그래서 신을 대신해서 혼내 주는 거라고 했어요."

"우리 병원 환자였대?"

야스키가 물었다.

"아니, 우리랑은 전혀 관계없대. 산부인과 의사면 누구든 상관없었던 것 같던데."

야스키는 이를 앙다물고 신음했다.

"그럼 돈은?"

"돈이 필요해서 하는 게 아니기 때문에 네 아버지가 돈을 가져오면 전부 버리겠다, 라고 하던데요."

"그 자식, 머리가 좀 이상한 거 아니야?"

"그러고 보니까, 그럴지도 모르겠네요. 이런 말을 했어요."

"무슨 말을 했는데?"

스기자키 경감의 얼굴에 긴장하는 빛이 감돌았다.

"없어져야 한다고 생각하는 사람이 있으면 종이에 이름을 써서 N다리 난간에 붙여 두라고 했어요."

"그럼 어쩌겠다고 했니?"

"그 자식을 없애 주겠대요."

나오키는 신이 나서 미리 말을 맞추지 않은 것까지 떠들어 댔다.

"야, 위험해."

에이지가 나오키 귀에 속삭였지만 들리지 않는 듯했다.

"그놈은 정신이상자가 틀림없어."

야스키의 말에 스기자키 경감이 고개를 끄덕였다.

"너희들, 혹시라도 다리에 그런 종이를 붙이면 안 돼."

나쓰코의 목소리가 떨렸다.

"나는 안 붙일 거지만 혹시 붙이는 녀석이 있을지도 모르지."

"너, 그 얘기 다른 애들한테 한 거야?"

"물론 했지."

"이를 어째."

나쓰코는 야스키와 스기자키 경감의 얼굴을 보았다.

"감금당한 곳 말인데, 평범한 방이었니 아니면……."

"콘크리트 바닥이었는데 아주 넓었으니까, 아마 창고였는지도 몰라요."

"무슨 소리는 들리지 않았고?"

"전혀요."

"냄새는? 예를 들면, 기름이나 고무 냄새라든지 고기나 채소……."

"무슨 냄새가 나긴 했는데 기억이 잘 안 나요."

"좀 더 자세히 물어보고 싶은데, 거기서 나오면 안 되겠니?"

스기자키 경감은 짭새치고는 몹시 저자세였다.

"그건 안 되겠는데요. 난 이제 겨우 해방구에 들어왔단 말이에요."

"그래도 말이야, 그런 범인은 빨리 잡지 않으면 또 어떤 나쁜 짓을 할지 모르잖아."

나쓰코는 어떻게든 설득해 보려고 했다.

"그 사람이 그랬어. 나쁜 사람만 해친다고."

"그래도 너를 잡아 뒀잖아."

"그러니까 풀어 줄 때, 사실은 네 아버지를 잡아 두고 싶었다, 미안하다, 그렇게 사과했단 말이야."

"오늘은 이만 돌아갑시다. 나오키가 무사한 걸 봤으니 됐잖아."

야스키가 말하자 나쓰코는 고개를 끄덕였다.

"곤란합니다. 범인을 체포하는 데 좀 더 협력해 주시지 않으면……."

스기자키 경감은 불만인 것 같았지만 두 사람이 자동차에 타 버렸기 때문에 하는 수 없이 이렇게 말했다.

"얘야, 또 물어보러 올 테니까 그때 꼭 얘기해 줘야 한다."

"좋아요. 그럼, 안녕."

나오키가 스기자키 경감을 향해 손을 흔들었다.

차는 사라졌다.

"다들 갔어."

에이지와 나오키가 망루에서 내려왔다. 모두가 나오키에게 박수를 보냈다.

"나오키, 진짜 연기 끝내줬어. 그 정도면 누구나 범인은 레슬링 선수처럼 덩치가 크고 머리가 좀 이상한 남자라고 생각할걸."

히로시가 아주 감탄한 듯이 말했다.

"미리 생각한 건 아닌데 거짓말이 술술 나와 버리더라."

"그러니까 대단한 거지. 그러다 너 나중에 사기꾼 되겠다."

"하지만 말이야, 가방을 두 개나 강에 떨어뜨릴 필요가 있었을까?"

히데아키가 걱정스런 얼굴을 했다.

"괜찮아. 어른들은 그렇게 해야 머리가 혼란스러워지거든. 지금쯤 그 이유를 밝히려고 머리 터지게 생각할 거다. 하지만 이 문제는 답이 없으니까 시간 낭비만 하는 셈이지."

가즈토가 벙글거리며 말했다.

"문제는 푸는 것보다 내는 쪽이 더 재미있는데."

아키모토가 말했다. 아키모토의 성적은 미술만 수이고 나머지는 전부 양이다.

"가방을 폭발시킬 필요가 있었을까."

겐이치가 고개를 갸웃거렸다.

"폭발시키지 않으면 경찰이 건져 낼 게 분명하잖아. 그럼 돈이 없어진 걸 알아버릴 거 아냐. 돈이 사라졌다고 속이기 위해서는 폭발시키는 방법밖에 없었어."

가즈토의 논리는 명쾌했다.

"그보다 사토루는 진짜 대단해. 불꽃놀이하는 폭죽으로 시한폭탄을 만들었잖아. 그리고 제시간에 폭발했고. 만약 폭발하지 않았으면 어떻게 됐을까…… 생각만 해도 오싹해."

"경찰은 이렇게 생각하지 않을까? 나오키 아빠는 그저 가방 안에 돈을 넣었을 뿐이다. 그것을 강에 던진 뒤에 폭발했으니까, 어디선가 폭파 장치를 한 게 틀림없다고 말이야."

겐이치의 추리도 그런 대로 일리가 있었다.

"물론 그렇게 생각하겠지. 그 자식들도 프로니까 말이야. 그렇게 되면 가방을 손에서 놓은 건 호텔에서 전화했을 때밖에 없어……."

"잠깐."

세가와가 끼어들었다.

"그때 나오키 아버지가 가방을 놓고 로비 쪽을 봤던 시간은 겨우 3, 4초였다. 그사이에 나는 옆 전화기에서 전화하는 척하면서 똑같이 생긴 가방하고 바꿔치기한 거야. 설마 그때 바뀌었다고는 생각 못 할 거다."

이 아이디어를 짜내는 데는 시간이 꽤 많이 걸렸다. 그 일을 할 수 있는 사람은 세가와밖에 없었다. 처음에는 소매치기 흉내는 낼 수 없다며 완강하게 거절했지만, 모두가 부탁해서 겨우 승낙을 얻어 냈다.

"가방을 바꿔치기할 때 형사한테 들키지는 않았죠?"

에이지가 물었다.

"너, 나를 무시하면 못쓴다. 이래 봬도 나는 전쟁터에서 빗발치는 총알을 뚫고 살아 온 사람이야. 막상 닥치면 배짱이 생겨. 형사는 절대로 나를 못 봤다."

세가와는 자존심이 상했는지 조금 언짢아했다.

"나는 호텔 화장실에서 돈하고 폭탄을 바꿔 넣었다. 그러고 나서 부랑자한테 2천 엔을 주고 가방을 가치도키 다리에서 던지라고 부탁했지. 혹 경찰이 부랑자는 찾는다 해도 나는 못찾아."

"그리고 시간적으로도 1시라는 시간은 범인이 나오키와 함께 있었다는 계산이 나와. 그럼 호텔에 갈 수 없잖아."

가즈토의 말이 옳았다.

"좋아, 그럼 이제 걱정할 거 없어. 다 같이 건배하자."

도루가 말했다. 모두의 앞에 캔 주스가 놓였다. 모두들 서로 캔을 맞댔다.

"건배."

"여러분, 고맙습니다. 덕분에 빚을 전부 갚을 수 있게 됐습니다. 이 은혜는 죽을 때까지 잊지 않겠습니다……."

나오키를 유괴했던 남자는 목이 메는지 제대로 말을 잇지 못했다. 그리고 아이들 한 명 한 명에게 고개를 숙였다.

"아저씨, 그러지 마세요. 다들 안절부절못하고 있잖아요."

"그래요, 도루 말이 맞아요. 이제 아저씨 빚은 다 갚을 수 있어요. 대부업체에 쫓겨 다닐 걱정은 안 해도 돼요."

"정말이지 꿈만 같습니다."

"잠깐! 나도 아빠를 혼내 줘서 속이 후련해. 너희들도 탐정놀이 재미있었지?"

나오키가 환한 얼굴로 말했다.

"재밌었어. 아저씨, 혹시 내 주먹이 너무 셌나요?"

히로시가 미안한 듯한 얼굴을 했다.

"당치 않아요. 저는 더 많이 맞아야 속이 후련해질 거예요. 남의 집 귀한 도련님한테 접착테이프를 붙이고 밧줄로 묶었으니까요. 정말로 잘못했습니다."

"이제 괜찮다니까요. 아저씨, 이제부터 어떻게 할 거예요?"

"오사카에 가서 처음부터 다시 시작하고 싶습니다."

"그렇구나. 그럼 이제 이별이네."

나오키는 조금 서운한 듯한 얼굴이었다.

"부탁이 하나 있는데, 하룻밤만 더 여기서 지내면 안 돼요?"

"그야 괜찮죠. 근데 왜요?"

도루가 물었다.

"옥상에서 불꽃놀이 때 쓸 나무틀을 봤는데, 그렇게 해서는 글자가 제대로 안 나와요. 제가 손을 좀 보면 안 될까요?"

"아저씨, 폭죽에 대해서 알아요?"

쓰요시가 물었다.

"네. 시골에 있을 때 축제 때 불꽃놀이하는 걸 도와준 적이 있어서……."

"아, 다행이다. 솔직히 제대로 될지 자신이 없었는데."

쓰요시는 혀를 날름 내밀었다.

"이 자식……."

히로시가 쓰요시를 때리는 시늉을 했다.

"내일은 멋진 불꽃놀이를 보여 줄 수 있어. 방송국에도 알리는 게 좋지 않을까?"

쓰요시의 목소리가 들떠 있었다.

"그래, 그러자."

에이지는 도루의 얼굴을 보았다.

도루가 크게 고개를 끄덕였다.

여섯째 날
총공격

1

오전 6시.

텔레비전도 없고 공부도 하지 않는 밤이 5일째 이어졌다. 전기도 텔레비전도 없기 때문에 자연히 서로 이야기를 나누게 되었다. 특히 어둠 속에 있으니 무슨 말을 해도 부끄럽지 않아서 좋았다. "에이지는 하시구치 준코를 좋아해."라든지 "나는 나카야마 히토미가 좋아."라든지 모두들 무슨 말이든 스스럼없이 주고받았다.

에이지는 실은 니시와키를 좋아한다고 털어놓고 싶었지만 도저히 그 말을 할 수 없는 게 안타까웠다.

아침마다 니시와키가 먹을 것을 가져다주는 것이 에이지에게는 무엇보다 큰 즐거움이었다. 여름방학 내내 이렇게 지내면 얼마나 좋을까 생각했다. 먹는 거라고는 거의 통조림이었고 식사 당번은 순서를 정해서 했지만, 주방장 아키라는 이런저런 조언을 해 주었다. 물론 아키라는 그때 슬쩍 훔쳐 먹는 것도 잊지 않았다.

당연한 얘기지만 목욕탕이 없기 때문에 낮에 소화전 물을 분수처럼 만들어서 모두 발가벗고 그 물을 뒤집어쓴다. 빨래는 공장 구석에서 굴러다니는 드럼통을 가져다가 그 안에 물과 빨랫감과 세제를 함께 넣고 두 사람이 들어가 밟는다. 이렇게 하면 꽤 깨끗하게 빨린다.

딱딱한 바닥에서 자는 것도 익숙해지자 아무렇지도 않았다. 처음에는 밤이 되면 집에 가고 싶어 하던 히데아키도 엄마와 집 생각은 까맣게 잊어버린 것 같았다. 그리고 언제나 외톨이에 누구와도 말을 하지 않던 겐지가 활달해져서 친구들과 스스럼없이 이야기를 하며 지냈다. 신기하게도 그런 생활을 하는데도 감기에 걸리거나 배탈이 나는 사람이 한 명도 없었다.

놀이는 세가와가 가르쳐 준 전쟁놀이, 말뚝박기, 돌차기 등을 했다. 그중에서 특히 모두가 좋아했던 놀이는 '말놀이'였다. 말놀이는 가위바위보를 해서 진 사람이 몸통, 다음으로 진 사람이 머리가 된다. 나머지는 승객이다. 머리가 된 사람은 서고, 몸통은 머리의 허리를 잡는다. 머리는 양손으로 몸통의 눈을 가리고 어느 쪽으로 갈지 가르쳐준다. 몸통은 다가온 사람을 발로 걷어찬다. 걷어차인 사람은 몸통이 되고, 몸통은 머리가 된다. 머리는 승객이 될 수 있다. 승객은 몸통에게 차이지 않도록 뛰어 탄다. 몸통이 무너지면 그 팀 그대로 계속해야 한다. 그래서 머리도 몸통도 죽을힘을 다한다.

이런 놀이는 위험하다는 이유로 지금까지 해 본 적이 없다. 처음 해 보는 놀이여서 더욱 신선하고 재미있었다.

"니시와키 선생님 왔어."

망루 위에서 나카마루가 소리쳤다.

"야호!"

매일 아침 니시와키가 음식 배달을 올 때마다 모두들 들뜨고 활기가 넘치는 것이 참 신기하다. 에이지는 나오키를 밀어 올리듯 하면서 망루로 올라갔다.

"나오키, 건강해 보이는구나."

니시와키의 하얀 이가 예뻤다.

"네, 건강해요. 선생님, 와 주셔서 고맙습니다."

"오늘 아침 신문은 나오키 유괴 사건으로 도배를 했단다."

생각해 보니 어제 나오키 부모님이 집으로 돌아간 뒤에 방송국이나 신문사에서 몇 명이나 찾아왔었다. 그때마다 나오키는 망루에 서서 인터뷰에 응했다.

"범인에 대해서 뭐라고 썼어요?"

에이지는 그것이 가장 궁금했다.

"다부진 몸집에 정신이상자가 아닐까 하고……. 너희들, 참 잘도 지어냈더라."

"그렇구나. 그래도 선생님은 다 알고 있었잖아요."

"창고 안에 갇혀 있었다는 것까지는 몰랐지. 하지만 어른들은 그대로 다 믿고 있어."

"아이들은 거짓말을 하지 않으니까요."

"기가 막혀서. 가방에 폭탄 장치를 한 것도 너희들이지?"

"네, 맞아요."

"왜 그렇게 위험한 일을 한 거니?"

"돈을 가루로 만들고 싶어서요."

"이해가 안 된다, 정말."

니시와키는 고개를 갸웃거렸다.

"선생님께는 나중에 솔직히 말씀드릴게요."

"아무래도 상관없지만, 모두 너희들이 한 거지? 너희들, 정말 다시 봤다."

"우리가 했다고 밝힐 수 없어서 근질근질해 죽겠어요."

"왜 말을 못 해?"

"그것도 나중에요."

"기대되네. 밧줄을 내려보내."

"오케이. 오늘 아침 메뉴는 뭐예요?"

에이지가 밧줄을 내리면서 물었다.

"믹스 샌드위치와 오렌지 주스. 샌드위치 많이 만들어 왔으니까 이걸로 만족해라."

"얘들아, 믹스 샌드위치래."

에이지가 돌아보고 소리쳤다. 광장에 있던 아이들은 환호성을 지르고 담으로 뛰어가서 머리를 내밀었다.

"선생님, 안녕하세요."

"안녕! 너희들, 언제까지 계속할 거야? 이러다가는 내 보너스 전부 날아가 버릴 거야."

"죄송해요, 선생님. 정말 죄송해요. 그 대신 좋은 신랑감 소개해 드릴게요……."

"너희들, 대체 몇 살이라고 그런 소리를 하니?"

"열세 살, 열네 살이잖아요. 그래도 선생님, 나쁜 남자랑 결혼하면 죽을 때까지 불행하다고요."

니시와키가 웃음을 터뜨렸다.

"진지하게 들어주세요. 선생님을 위해서 하는 말이에요."

히로시가 부루퉁해서 투덜거렸다.

"고맙다."

니시와키가 다정한 목소리로 말했다. 히로시도 에이지와 같은 마음을 품고 있는 것일까. 그렇게 생각하자 에이지는 약간 질투가 났다.

"선생님, 오늘 밤 8시에 강 둔치에서 하는 불꽃놀이에 오세요."

히로시가 말했다.

"좋아. 그런데 왜?"

"선생님께 보여 드리고 싶은 게 있어요. 그때 이 옥상에서 절대로 눈을 떼면 안 돼요."

"대체 뭘 할 건데 그래?"

"불꽃을 쏘아 올릴 거예요."

"불꽃?"

"네. 저희들이 선생님께 보내는 메시지예요."

에이지가 대답했다.

"안 돼. 위험해."

"위험하지 않아요. 여기에 프로가 있거든요."

"너희들, 어른을 너무 우습게 보고 있어."

"우습게 보다니요. 그 사람들은 우리의 적인데요."

"불꽃을 쏘아 올리면 해방구를 무너뜨릴 빌미를 주는 게 아닐까?"

"그게 우리 작전이에요."

"정말 싸울 거야?"

"왜요, 안 돼요?"

"안 될 거 없지. 근데 다치면 어떡할 건데?"

"전쟁이니까 다쳐도 어쩔 수 없죠."

"안 돼. 부탁이야, 그만둬."

"선생님, 우리가 그렇게 걱정되세요?"

"걱정하지. 그걸 말이라고 하니?"

"선생님은 참 착하시다니까."

"바보같이……. 엉뚱한 짓 하면 안 돼."

니시와키는 차에 올라타고는 쌩하니 가 버렸다. 에이지는 진심으로 말했는데 니시와키는 농담이라고 생각한 모양이다. 그것이 조금 억울했다.

오전 7시.

"안녕하세요. 지금부터 해방구 방송을 시작하겠습니다. 모두 일어났겠죠? 우리는 전기가 없는 곳에서 지내기 때문에 매일 아침 해님과 함께 일어난답니다. 여름은 뭐니 뭐니 해도 아침이 최고죠. 아직도 늦잠 자고 있는 사람은 즉시 찬물로 세수하고 오라고요."

6일째가 되자 도루의 방송도 완전히 능수능란해졌다.

"자, 오늘은 여러분이 기뻐할 만한 일이 있습니다. 뭐, 머리 좋은 여러분은 무슨 소린지 척 알아듣겠죠? 그렇습니다, 나오키가 돌아왔습니다. 자세한 이야기는 조간신문을 읽어 보시고요. 그럼 나오키의 목소리를 들려 드리겠습니다."

"안녕하세요. 저는 나오키입니다. 여러분 모두에게 걱정을 끼쳐서 죄송해요. 하지만 팔팔하게 살아서 돌아왔어요. 여러분, 유괴범 본 적 있어요? 물론 없을 거예요. 하지만 난 두 눈으로 똑똑히 봤어요. 얼굴은 마스크를 써서 못 봤지만 무지하게 큰 남자였어요. 꼭 레슬링 선수 같았다니까요. 그래서 난

얌전히 있었어요. 싸워도 승산이 없으니까요. 그 사람이 나한테 잔인한 짓은 하지 않았지만 다시 인질이 되는 건 싫어요.

내가 왜 바보같이 유괴를 당했는지 그걸 묻고 싶겠죠? 다 안다고요. 솔직히 창피해서 말하고 싶지 않지만, 혹시 참고가 될까 싶어 이야기하는 거니까 잘 들어 두세요.

그날은 종업식 날이었어요. 성적표를 받았는데 성적이 너무 좋아서 하늘을 날 것 같은 기분으로 교문을 나왔어요. 뭐, 이런 말을 해도 믿을 사람은 아무도 없겠지만.

나는 아라 강에서 잠깐 시간을 죽이고 나서 둑으로 올라갔어요. 그런데 차가 스르륵 옆으로 다가와서 다짜고짜 나를 차 안으로 끌고 들어가는 거예요. 그리고 내 머리에 자루를 씌우는 거 있죠. 완전 눈 깜짝할 사이에 일어난 사건이었어요. 그 정도면 당하지 않을 사람이 없을걸요. 여러분도 이상한 차가 다가오면 조심하는 게 좋아요. 그럼, 안녕."

나오키가 범인 얼굴을 보지 못했다고 말한 건, 어제 스기자키 경감에게 말할 때 엉터리로 이야기를 꾸며 냈기 때문이다.

사실 나오키는 학교에서 돌아오는 길에 S역 부근 책방에 들러 선 채로 만화를 읽고 밖으로 나왔다. 그러자 한 남자가 다가오더니 다짜고짜 "너, 지금 책 훔쳤지?"라고 몰아붙였다. 아무리 그래도 도둑 누명을 씌우다니 너무 심하다고 생각했다. 그래서 발끈해서 대꾸했다.

"지금 장난하세요? 안 훔쳤어요."

그러자 남자가 "나는 형사다. 그런 변명은 경찰서에 가서 해라."라면서 억지로 차에 태운 것이 유괴 사건의 진상이다. 하지만 경찰이란 말 한마디에 그렇게 쉽게 속아 넘어간 것은 나오키에게는 씻을 수 없는 수치였다.

"그건 네가 경찰이나 선생님은 거짓말하지 않는 어른이라고 진짜로 믿었기 때문이야. 어른들이란 부모는 물론이고 총리대신도 믿으면 안 돼."

어제 나오키의 이야기를 들은 세가와는 나오키에게 그렇게 주의를 주었다.

나오키는 마이크를 도루에게 돌려주었다.

"여러분, 어른들은 무슨 짓을 할지 모르니까 조심하자고요. 그리고 한 가지 알려 드릴게요. 오늘 저녁 6시 반부터는 해방구 방송을 절대 놓치면 안 됩니다. 할아버지도 할머니도, 아버지도 어머니도, 여러분도 모두 들어 주세요. 생방송이니까 기대하셔도 좋습니다.

방송을 듣고 난 뒤에는 불꽃놀이를 보러 오세요. 오늘 밤 개최되는 불꽃놀이 대회에 우리도 참가하니까 꼭 해방구를 주목해 주시길 바랍니다. 그럼 오늘 아침 해방구 방송은 이걸로 마칩니다. 안녕."

도루는 스위치를 끄고 말했다.

"옥상에 갈까? 나오키도 올라가자."

나오키가 옥상에 올라가는 건 처음이었다. 나오키는 하늘을 올려다보고 힘껏 기지개를 켰다. 날마다 계속되는 쾌청한 날씨. 파란 하늘에 하얀 구름이 한 조각 두둥실 떠 있다.

"이게 바로 그 글자가 나오는 불꽃놀이 장치란 거야?"

나오키는 비닐로 푹 싸여 있는 나무틀을 보고 물었다.

"그래."

"꽤 큰데."

"오늘 밤에는 모두들 좀 놀랄걸."

"정말 글자가 나오겠지?"

"다나카 아저씨가 괜찮다고 했으니까 걱정 안 해도 돼."

"여기는 넘버 35, 들리나?"

도루의 무전기가 울렸다.

"넘버 1, 감도 양호. 말해라."

에이지는 강이 보이는 쪽으로 나오키를 끌고 갔다.

호리바 구미코의 모습이 작게 보였다. 나오키는 손으로 메가폰을 만들어 "야호!"라고 소리쳤다.

"넘버 6의 상태를 말해라."

도루가 나오키에게 무전기를 건넸다.

"네가 말해."

나오키는 왼손을 크게 흔들었다.

"오늘 아침 신문에 요란하게 나왔어. 범인은 레슬링 선수처럼 덩치 큰 남자라고. 진짜 웃기더라."

"수상하게 여기는 사람은 없어?"

"없어. 지금쯤 덩치 큰 남자를 열심히 찾고 있겠지."

"제대로 시간 낭비하겠는걸. 그건 그렇고, 오늘 밤 방송은 문제없지?"

도루가 물었다.

"완벽해. 걱정 마. 6시 반 실황 방송은 반드시 성공시킬 테 니까."

"그 말을 들으니까 안심이다."

"그건 문제없는데……."

구미코의 목소리가 흐려졌다.

"또 뭐?"

"어른들이 이를 바득바득 갈고 있어."

"미로 때문에?"

"그것 때문에 교장도 엄청 화났나 봐. 우리 아빠랑 통화하 는 걸 도청했는데, 단단히 각오했대."

"무슨 각오?"

"짭새한테 부탁한대."

"그럼 오늘 밤에 방송 나가면 내일 공격해 올지도 모르겠 네."

"공격할 거야. 틀림없어."

"오는 거 결정되면 연락해 줘. 여기서도 미리 대비할 일이 있으니까."

"알았어."

"그럼 부탁한다."

도루가 무전기를 껐다.

"오늘 밤이 마지막일지도 모르겠다."

"으응."

에이지는 도루와 눈길이 마주쳤다. 둘 다 더는 할 말이 없었다.

"뭐야, 벌써 그만두는 거야?"

나오키는 무척 아쉬운 모양이었다.

"난 이제 막 들어왔단 말이야."

"우리도 그만두고 싶지 않지. 하지만 짭새들하고 정면으로 싸우면 승산이 없어."

도루는 냉정했다.

"우리는 어린애야. 그런데 어른들이 어린애들을 공격해 오는 건 말도 안 되잖아."

"우리가 어린애니까 용서할 수 없는 거야. 그게 어른이야."

"난 잘 모르겠다."

나오키가 고개를 저었다.

"나 잘못했단 말, 하기 싫어."

"그런 말을 왜 해. 우리는 항복하지 않아."

"그럼 어떻게 할 건데?"

"그 자식들, 정신이 번쩍 나게 해 줄 거야."

"무기는 있고?"

"그런 건 필요 없어. 대신 텔레비전 방송국을 부를 거야. 그리고 정문 안에 바리케이드를 쌓을 거고."

"정문으로 들어오지 않을지도 몰라."

"어느 쪽에서 들어와도 상관없어. 바리케이드 정도는 쳐 놔야 성이 되지."

"내가 좀 생각해 봤는데……."

에이지가 비상계단을 내려가면서 도루에게 말했다.

"뭘?"

"담에 불꽃놀이 폭죽을 설치해 두면 어떨까? 많이 놀랄 거 같은데……."

"그 아이디어, 접수. 담벼락에서 불꽃이 타탁타탁 튀면 교장은 아마 심장마비를 일으킬 거다."

도루는 에이지의 등을 철썩 때렸다. 에이지는 순간 숨이 딱 멎는 듯했지만 입술은 절로 벌어졌다.

2

호리바 구미코는 도루에게 걱정 말라고, 나한테 맡기라고 큰 소리쳤지만 집에 돌아오자 갑자기 불안해졌다.

"너, 오늘 무슨 일 있었지? 무슨 일이 있었던 거야?"

엄마 무쓰코의 말에 구미코는 뜨끔했다.

"없어. 괜히 넘겨짚지 마. 나는 이번 여름방학부터 마음 고

처먹었단 말이야."

"흐응……. 며칠이나 갈까 몰라."

엄마가 콧방귀도 안 뀌는 것은 당연하다.

"아빠는 오늘 회사에 몇 시에 나가?"

"평소처럼 9시에 나가. 그걸 왜 물어?"

"그냥……."

"이제 알겠다. 아빠 나가면 어디 놀러 나가려고 그러지?"

엄마는 완전히 헛다리를 짚고 있다. 구미코는 하마터면 웃음을 터뜨릴 뻔했다.

"어때, 엄마 말이 맞지? 어디 가는지 솔직하게 자백해."

"그냥 좀……."

이렇게 말해 두면 엄마는 구미코의 본심을 눈치채지 못할 것이다.

"엄마도 나갈 거니까 중간까지 엄마 차로 데려다 줄게."

엄마는 자신이 놀러갈 때는 양심에 찔리는지 구미코가 달라는 대로 용돈을 주기도 한다.

이러니 존경심이 생길 리 만무하거니와 도무지 설교를 들을 마음이 내키지 않는 것이다. 그러나 엄마가 외출을 하다니, 바라지도 않았던 행운이었다.

"괜찮아. 나는 오후에 나갈 거니까."

"그래. 그럼 저녁은 밖에서 먹고 와라."

구미코는 말없이 손을 내밀었다.

"어제 줬잖아."

"어제랑 오늘은 다르지."

"할 수 없지."

구미코는 엄마의 지갑을 들여다보았다.

"잔돈이 없다."

"큰 것도 괜찮아."

"거스름돈 꼭 남겨 와."

엄마는 그렇게 말하고 5천 엔짜리를 척 꺼내 주었다.

"애걔, 겨우 이거야?"

"겨우 이거라니."

구미코는 더는 엄마와 입씨름하고 있을 수 없었다. 슬슬 본론으로 들어가기로 했다.

"엄마, 아빠는 여름인데도 밖에 나갈 때는 맨날 양복 입잖아, 왜 그러는 거야?"

"그야 신사니까 그렇지."

"보니까 날마다 다른 옷 입는 것 같던데."

"뭐, 멋쟁이니까."

엄마는 뭔가 다른 생각을 하고 있는 것 같았다. 대답이 건성이다.

"오늘은 어떤 재킷 입어?"

"너, 왜 그런 쓸데없는 것에 관심을 가지고 그래? 뭘 입든 네가 무슨 상관이야."

"엄마는 관심 없어?"

"그래. 아빠는 엄마가 골라 준 건 마음에 안 든대. 그래서 아빠가 입고 싶은 대로 입으라고 내버려 두는 거야."

"하지만 다른 집은 부인이 골라 주는 걸 입는 것 같던데."

"다른 집은 다른 집, 우리 집은 우리 집. 더 이상 네 수다에 맞장구쳐 줄 시간 없으니까 그만해."

엄마는 구미코에게 등을 돌리고 옷장 속을 휘젓기 시작했다. 오늘 어떤 옷을 입고 나갈까 고민하고 있는 게 틀림없다. 구미코는 뭘 입어도 똑같다고 말하고 싶은 걸 꾹 참았다.

구미코 아빠 센키치는 아침 8시 반에 일어났다.

"아빠, 일어났어?"

구미코는 아빠가 자리에 앉자 식탁에 토스트, 햄에그, 오렌지 주스를 내놓았다.

"그래, 잘 잤냐. 구미코는 이번 방학에 완전히 변했구나."

아빠는 기분이 좋아서 구미코를 올려다보았다.

'멍청하긴. 이제 곧 배신당할 줄도 모르고.'

"나 이제 날라리들하고는 안 놀아."

"그래? 참 잘했다. 너는 아빠를 닮아서 원래 머리가 좋으니까 언젠가는 깨달을 거라고 생각했는데, 과연."

"아빠 날마다 재킷 갈아입지? 멋쟁이네."

"멋쟁이라기보다 남들한테 구질구질하게 보이고 싶지 않은 거지."

"오늘은 내가 골라 줄까?"

아빠는 구미코를 흘끗 보았다. 들켰나 싶어 뜨끔했다.

"그래, 젊은 아가씨가 골라 주는 걸 입는 것도 나쁘지 않지."

"그럼 내가 골라 올게."

구미코는 부엌에서 뛰어나왔다. 그리고 엄마 아빠가 무슨 이야기를 하는지 엿들었다.

"구미코는 이제 완전히 착해졌어. 얼굴까지 달라진 것 같다니까."

구미코 아빠가 구미코 엄마에게 말하는 소리가 들렸다.

"도쿄 대학을 목표로 학원 다니면서 열공하고 있대."

"어이쿠, 듣던 중 반가운 소리구먼. 이제야 구미코가 내 뒤를 이을 수 있게 됐어."

어른들은 왜 그렇게 주제도 모르고 우쭐댈까. 자신들의 머리를 생각하면 알 만도 한데. 너무 바보 같아서 화도 나지 않았다.

구미코는 서둘러 옷장에서 흰색 마 재킷을 꺼내 안주머니에 사토루가 준 소형 도청기를 숨겼다.

그리고 부엌 앞까지 가서 계속 엿들었다.

"요즘 학교는 조금만 딴 데로 눈을 돌리면 당장 비행 딱지를 붙여 차별해 버리거든. 난 그거 참 잘못됐다고 봐."

"때가 되면 분명히 다시 일어설 텐데 말이야."

"아이가 다시 일어서고 못 일어서고는 부모가 어떻게 하느냐에 달렸어."

"우리는 구미코한테 훌륭한 부모라고 할 수 있을까?"

"그럼, 당연하지. 나는 학부모회 회장을 맡을 정도니까, 명사라고."

"그 딸이 여자 일진짱이라니."

"사실 그간 떳떳지 못했는데 앞으로는 교장한테도 큰소리 칠 수 있게 됐다고."

"교장을 왜 신경 써. 당신이 만날 뒤를 봐 주고 있는데."

"참, 그 사람도 지금까지는 별 탈 없이 왔는데 마지막에 와서 체면이 말이 아니게 됐지."

"이번 일 말이야?"

"내년에는 그만둬야 하거든. 재취업하는 데 큰 결함이지."

"그렇지만 어쩔 수 없는 거잖아."

"어쩔 수 없는 걸로 끝나지 않아, 교장이니까. 당연히 관리 능력을 추궁 받지."

"텔레비전에까지 나온 건 좋지 않았어."

"오늘 밤에 그 일로 오는 거야."

"어머, 오늘 밤 모임은 입찰 성공을 축하하는 자리 아니었어?"

"우리가 낙찰받은 건 강 건너 S시에 있는 양로원인데, 낙찰에 대한 담보로 이번 시장 선거 때 표를 긁어모아 주기로 했거든."

"그게 가능해?"

"하청업자들한테 시키는 거지. 오늘 '다마스다레'에 약 50여 개의 회사에서 오거든."

"왜 그런 데서 해?"

"S시는 보는 눈들이 있잖아."

"아, 그렇겠네."

"거기에 이와키리 시장이 와서 인사하기로 했어."

"무슨 인사?"

"뻔한 거지 뭐. 시장 선거 때 표를 모아 달라고 부탁하려는 거지."

"그런 일을 해도 돼?"

"해도 되는 게 어딨어. 하지만 내부 모임이라 다른 사람들은 몰라. 거기서 하청업자들한테 강제로 몇 표씩 할당을 주는 거지."

"꼭 연극표를 파는 것 같네."

"모두들 먹고사는 문제가 걸려 있는 거라 죽자 사자 하며 표를 긁어모을 거야."

"교장 선생님은 뭐하러 가?"

"학교 그만두면 양로원 원장 자리를 꿰차고 싶은 거지."

"빽으로?"

"그런 셈이지."

"오로지 학생들 생각뿐이라더니 그런 일을 해? 다른 사람들이 들으면 놀라 자빠지겠네."

"정직하게만 살면 먹고살기 힘들어. 세상이 다 그런 거야."

"하지만 뻔뻔하잖아. 당신이 힘써 준 거야?"

"무조건 힘쓰진 않아. 그만한 일을 해 주는 조건으로 하는 거지."

"어떤 일?"

"노인 표를 모아 달라고 했어."

"교장이 그런 일을 할 수 있어?"

"옛날에 S시에서 교사 생활을 오래 해서 얼굴도 많이 알려지고 연줄도 있나 보더라고."

"그래도 공무원이잖아. 그런 일을 하면 안 되는 거 아니야?"

"그렇게 배부른 소리 할 때가 아니라고. 얼마간 진흙탕 물을 뒤집어쓸 각오는 해야지……."

"남자들의 세계는 참 가혹하네. 난 여자로 태어나서 다행이야. 하지만 이와키리 시장은 부패한 정치인이라고 소문이 자자하던데."

"부패한 사람이니까 이용할 수 있는 거 아냐. 부패하지 않는 사람치고 바보 아닌 놈 없고, 그런 놈들은 아무 짝에도 쓸모가 없어."

"그러고 보면 당신도 꽤 부패한 사람이야. 항상 나를 속이고……."

"그 대신 하고 싶은 거 다 하게 해 주잖아. 솔직히 가난뱅이랑, 어느 쪽이 더 좋아?"

"가난뱅이는 싫어."

"그렇지? 오늘 모이는 사람들은 S시 시장에 건축과장, 교육감, 그리고 경찰서장이야."

"경찰서장까지……?"

"어때, 놀랍지?"

구미코는 그만 들어갈 때가 된 것 같아 부엌으로 들어갔다.

"옷 고르는 데 되게 고민되는 거 있지. 역시 이 흰색 마 재킷이 좋겠어."

"응, 이건 아빠가 좋아하는 옷이야."

아빠는 마냥 기뻐하며 재킷에 팔을 꿰었다.

"좋아, 당신한테 잘 어울려."

"그래, 이 정도면 젊은 애들한테 인기 좀 끌려나?"

엄마가 세게 꼬집었는지 아빠는 헉 하고 얼굴을 찡그렸다.

구미코는 간신히 웃음을 참으며 부엌에서 뛰어나왔다.

3

"여기는 넘버 14. 긴급 연락이다. 오버."

사토루의 목소리가 평소와 달리 긴장돼 있었다. 무슨 일이 있는 게 틀림없었다.

"여기는 넘버 7, 오버."

"에이지?"

"그래. 무슨 일 있어?"

"아까 니시와키 선생님한테서 내 개인 무선으로 SOS가 들어왔어."

니시와키와 '니시와키 선생님을 지키는 모임' 회원인 사토루 사이에는 핫라인이 깔려 있어서, 니시와키의 신변에 위험이 발생했을 때에는 SOS를 발신하게 되어 있다. SOS라는 말을 듣고 에이지는 가슴이 쿵쿵거려서 곧바로 대꾸할 수가 없었다.

"들리나? 오버."

"들린다, 오버."

"오늘 낮에 물개가 선생님 아파트에 불쑥 나타났대."

"물개가……?"

상황은 이랬다.

니시와키 유코는 점심때가 되자 어딘가로 식사하러 나가려고 했다. 그때 문을 노크하는 소리가 났다.

"누구세요?"

니시와키는 조심성 있는 성격이기 때문에 부주의하게 문을 벌컥 열지는 않는다.

"사카이입니다. 급하게 할 얘기가 있어서 왔습니다."

사카이라는 걸 알고는 문을 열고 싶지 않았지만 긴급한 용건이라는데 열어주지 않을 수가 없었다.

니시와키가 문을 열었다.

집이라고는 하지만 세 평 남짓한 코딱지만 한 공간이다. 조그만 식탁 의자에 사카이를 앉으라고 하고 찬 주스를 냈다.

"무슨 일이세요?"

사카이의 굳은 표정을 보자 니시와키도 자연히 굳어졌다. 평소에도 사카이가 말을 걸어오면 소름이 돋을 것 같았다.

"선생님, 아침마다 아이들한테 먹을 거 갖다 주시죠?"

느닷없는 사카이의 말에 니시와키는 순간 대답할 말을 못 찾고 망설였다. 그러나 숨길 필요도 없다고 생각해서 바른대로 말했다.

"네, 그래요."

"그러시면 곤란하죠."

"어머, 왜죠? 저는 학생들이 감기에 걸리거나 배탈이 나지는 않았는지 물어보러 가는 거예요. 양호 교사로서 당연하다고 생각하는데요."

"보통 때라면 그 말이 통하겠지만 지금은 곧이곧대로 받아들일 수가 없습니다."

"그럼 어떻게 받아들이시죠?"

"학생들을 선동하는 게 니시와키 선생님이 아닌가, 선생님은 숨겨진 과격파라고……."

니시와키는 한동안 웃음을 멈출 수가 없었다.

"그렇게 생각하고 싶은 사람은 그렇게 생각하면 되죠, 뭐."

"그럴 순 없죠. 그렇게 되면 선생님은 이겁니다."

사카이는 손으로 목을 자르는 시늉을 했다.

"그런 얼토당토않은 말씀에 진심으로 대답할 생각 없어요."

"선생님은 순진해서 세상의 이면을 너무 모릅니다. 세상에는 나쁜 사람이 많아요. 떨어지는 불똥은 스스로 털어 내지 않으면 화를 입게 된다니까요."

"그럼 어떻게 하라는 건가요?"

"저에게 불똥을 털어 내게 해 주십시오."

사카이가 얼굴을 바짝 들이댔다. 니시와키의 눈에 다발처럼 얽힌 코털이 들어왔다.

"그게 무슨 뜻이죠?"

"제 신부가 되어 주십시오. 그렇게 되면 누가 와도 손가락 하나 건드리지 못하게 하겠습니다."

"저는 아직 결혼 같은 건 생각하고 있지 않아요."

"그럼 약혼만이라도 좋습니다. 부탁합니다."

고개를 너무 깊숙이 숙이는 바람에 사카이는 식탁에 이마를 쾅 부딪쳤다.

"거절하겠습니다."

"선생님."

"볼일 끝났으면 이제 돌아가 주세요."

"선생님은 저를 적으로 만들 셈입니까?"

"적으로 만들겠다는 말은 한 적 없는데요."

"하지만 그 조무래기들은 내 적입니다. 선생님은 그 애들의 배후 인물이고요. 그러니까 내 적이 되는 게 아닙니까?"

"아무튼 그만 돌아가 주세요."

"좋습니다. 돌아가죠. 내일부터 선생님은 그 애들을 선동한 사람으로 낙인찍힐 거요."

"할 수 없죠."

"배짱 좋군. 나중에 울고불고하지나 마시지."

사카이는 이 말을 남기고는 거칠게 문을 열고 나가 버렸다.

"그렇게 된 거야."

사토루가 말했다.

에이지는 얼굴이 화끈화끈 달아올랐다.

"수법이 너무 비열하잖아."

"그냥 둘 수 없어."

"알았어. 다 같이 생각 좀 해 볼 테니까 30분 뒤에 다시 연락해 줘."

"오케이."

에이지는 비상계단을 뛰어 내려오면서 광장에서 미로를 부수어 바리케이드를 만들고 있는 모두에게 소리쳤다.

"애들아, 다들 모여! 니시와키 선생님이 위험해!"

히로시가 맨 먼저 뛰어왔다.

"무슨 일이야?"

에이지는 주위를 에워싼 아이들에게 사토루한테서 들은 대로 전했다.

"제길, 우리를 구실로 삼다니."

히로시는 동물처럼 으르렁거렸다.

"가만둘 수 없어."

도루가 말했다.

"물개는 자기 말을 들어주지 않으면 무슨 짓을 저지를지 몰라. 어쩌면 니시와키 선생님을 그만두게 할지도 몰라."

가즈토의 목소리는 냉정했다.

"그럴 수는 없지."

쓰카사의 얼굴이 일그러졌다. 빈혈이 잦은 쓰카사는 니시와키의 특별한 보살핌을 받아 왔다.

"잘못하면 선생님이 마녀사냥을 당할 수도 있어."

"선생님이 마녀라고?"

쓰카사는 눈을 돌려 가즈토를 노려보았다.

"나쁜 일은 모두 선생님에게 뒤집어씌우는 거지. 그런 것을 마녀사냥이라고 해."

에이지는 가즈토의 박식함에 감탄했다.

"우리가 선생님을 구하자."

"하지만 여기에 있는 우리가 뭘 할 수 있겠어?"

쓰카사는 에이지의 얼굴을 뚫어지게 바라보았다.

"나오키 때처럼 여자애들한테 부탁할 수 없을까."

"이렇게 된 이상, 물개를 해치우는 수밖에 없어."

"좋은 방법이 있는 거야?"

가즈토는 도루에게 다가가 고개를 끄덕였다.

"있지."

모두의 시선이 가즈토에게 집중되었다.

"물개한테 전화해서 '니시와키 선생님이 전해 달래요. 오늘 저녁 6시에 다마스다레에서 기다리겠대요.'라고 말하는 거야."

"누가 전화하지?"

"히토미가 좋겠다. 히토미는 아줌마 목소리도 낼 수 있잖아."

"그건 그렇지만, 다마스다레는 오늘 저녁에 교장이랑 시장이 모이는 곳인데."

"그건 6시 반부터잖아. 그러니까 6시로 한 거야. 물개는 그런 모임이 있는 걸 모를 테니까 니시와키 선생님이 전한 말이라고 하면 만사 제쳐 두고 갈 거야."

"그야 그렇지만……."

도루가 입안에서 웅얼거렸다.

"다마스다레는 히토미 집이니까 히토미한테 부탁하면 방하나 정도는 잡아 주지 않을까?"

"그러겠지."

"그럼 그 방에서 물개를 기다리게 하는 거지."

에이지는 가즈토가 무슨 생각을 하는 건지 여전히 알 수 없었다.

"물개는 니시와키 선생님이 언제 올까 초조하게 기다리겠지. 다른 큰 방에서는 시장을 위한 파티가 시작될 거고."

"그 파티 상황을 도청해서 해방구 방송을 통해 내보낼 거잖아. 도청기는 제대로 설치한 거야?"

아키라가 물었다.

"도청기는 구미코가 아빠 재킷에 넣어 두었어. 아까 테스트해 봤는데 문제없었어."

도루는 손가락으로 동그라미를 만들어 보였다.

"도청기 건전지가 밤까지 갈까?"

"당연하지."

"다마스다레에서 여기까지는 600에서 700미터나 되잖아. 혹시 전파가 안 닿으면 어떡해?"

나오키는 걱정스러운 모양이었다.

"우선 도청기에서 보낸 발신을 받는 건 나카야마 히토미야. 히토미는 받는 동시에 FM 발신기로 전파를 보내. 거기서 100미터 떨어진 곳에 이하라 유키코가 있어. 또 100미터 떨어진 곳에 시라이 나오코……. 그런 식으로 여기까지 전파 고리를 잇고 있는 거야. 그렇게 하면 저마다 반경 100미터 범위에서 도달하기 때문에 꽤 넓은 지역으로 퍼뜨릴 수가 있어. 물론, 같은 시간에."

"흐음. 그렇게 해방구 방송을 한 거야?"

나오키는 매우 감탄했다.

"그런 건 전부 사토루가 생각한 거야. 걔는 천재잖아."

"그건 알고 있었어. 그리고 그다음엔 어떻게 되는데?"

아키라는 가즈토의 얼굴을 보았다.

"파티 상황을 도청해서 방송하면, 방송을 들은 사람들 중에서 틀림없이 누군가 다마스다레에 전화를 하겠지?"

모두가 고개를 크게 끄덕였다.

"그럼 다마스다레에서는 다급히 도청기를 찾겠지만 구미코 아빠 주머니에 있는데 나올 턱이 없지."

"그게 물개랑 무슨 상관이야?"

에이지는 마침내 묻고 말았다.

"발칵 뒤집혀서 모두가 찾고 있을 때, 물개가 도청했다고 전화하는 거야."

"그래!"

도루가 크게 소리쳤다.

"그럼 물개는 몰매를 맞을 거야."

"야호!"

모두가 일제히 박수를 쳤다.

"설마 니시와키 선생님하고 약속했다는 말은 못 하겠지."

"우아, 재미있겠는데!"

쓰카사는 펄쩍펄쩍 뛰며 좋아했다.

"대체 네 머리는 어떻게 된 머리인 거냐."

히로시는 어이없다는 듯이 가즈토의 얼굴을 바라봤다.

"뭐, 그냥……."

가즈토의 표정은 평소와 다름없었다. 그것이 바로 가즈토의 대단한 점이다.

4

오후 6시.

사카이는 다마스다레의 대문 안으로 들어갔다. 거기서 현관까지 이어지는 징검돌에 물이 뿌려져 있었다.

지금까지 러브호텔에는 몇 번 가 봤지만 이런 곳은 처음이다. 값이 꽤 비쌀 것 같은데.

니시와키가 와 달라고 했으니까 돈은 그쪽에서 내겠지. 아니, 쩨쩨하게 굴면 싫어할 거야.

그런 생각을 하면서 현관에 들어서자 이미 예약이 되어 있는지 곧바로 별채로 안내해 주었다.

"일행분은 한 시간 정도 늦으신다고 하니까 목욕하시고 텔레비전이라도 보시면서 기다리시죠."

종업원은 그렇게 말하고 물러갔다.

한 시간이나 늦는 건 너무하잖아.

발끈하면서도 안쪽 방의 미닫이문을 열어 봤다. 그런데 방에 요염한 분위기가 감도는 이불이 두 채 깔려 있는 게 아닌가.

사카이는 피가 머리로 올라가고 볼 근육이 한없이 풀어졌다. 니시와키 유코가 이렇게 빨리 자기 것이 되리라고는 꿈도 꾸지 못했다. 역시 남자는 강하게 밀어붙여야 한다 싶었다.

사카이는 스모 선수처럼 상대편의 가슴을 힘껏 치는 시늉을 하면서 방 안을 걸어 다녔다.

"얏호! 난 세상에서 가장 행복한 사나이다!"

오후 6시 30분.

"안녕하세요, 여기는 해방구입니다. 여러분, 오늘도 온종일 더웠는데 어디 아픈 데는 없으신가요? 그럼 지금부터 대도시의 블랙홀, 우리 구의 모처에서 열리고 있는 비밀 파티를 실황 중계하겠습니다.

물론 이 중계에 대해서 그쪽은 전혀 모르고 있습니다. 만약 들키면 목이 날아가겠죠? 이건 우리나라에서 처음으로 공개하는 겁니다. 방송 사상 전무후무한 결사적 방송인 거죠.

오늘 중계 담당은 여러분도 잘 아시는 쓰카사 아나운서입니다."

해방구의 테마곡 〈불꽃의 파이터〉가 흘러나왔다.

"우선 등장인물을 소개하겠습니다. 시장, 교육감, 시 건축과장, 경찰서장, 교장, 토건회사 사장과 하청회사 사장 수십 명.

이 자들이 무엇 때문에 모였느냐고요? 그건 방송을 들으면 알 수 있습니다. 그럼 지금부터 우리의 상상을 초월하는 악과 모략의 원더랜드로 여러분을 안내하겠습니다!"

구미코의 아빠 호리바 센키치는 시장 이와키리 에이사쿠를 커다란 홀로 안내했다. 둘이 들어서자마자 일제히 박수 소리가 일었다.

"꽤 많이 모였군."

시장은 만족스러운 듯이 중얼거렸다.

"전 50명쯤 예상했는데 어림잡아 100명은 온 것 같습니다."

커다란 홀은 사람들의 열기로 에어컨도 효과가 없었다.

"여러분, 이 더위에 이렇게 많이 와 주시다니, 저는 진심으로 감격했습니다."

호리바 센키치는 흘끗 시장 쪽을 보았다. 시장은 고개를 크게 끄덕였다.

"여러분께 먼저 보고드리겠습니다. 조금 전에 선라이즈 호텔에서 회의한 결과, 내일 입찰에서 저희 회사가 낙찰받기로 결정됐습니다."

커다란 홀에 우레와 같은 박수 소리가 일었다.

"이것은 오로지 시장님을 비롯해서 시의원님, 건축과장님,

교육감님이 애써 주신 덕분입니다. 이 자리를 빌려 모두를 대신해서 다시 한 번 감사 인사를 올립니다."

센키치는 모두에게 일어서라고 했고, 그 사람들과 함께 시장을 향해 "고맙습니다."라며 고개를 숙였다.

"잠깐. 내가 힘썼다는 말을 하면 곤란하네. 어디까지나 호리바 건설의 실력이 이런 결과를 가져온 거니까."

"시장님, 여기 모인 사람들은 모두 한 가족이구먼요. 솔직히 말씀하셔도 됩니다. 자, 여러분, 지위나 신분 따지지 말고 다 같이 놀아보자고요."

규슈 출신 업자가 그렇게 말하자 여기저기서 "그래, 그러자고."라며 동조하는 목소리가 났다. 그러자 센키치가 조용히 하라고 손으로 제지하고 나서 말했다.

"그럼 오늘 밤은 위아래 따지지 말고 즐기십시오. 여러분이 취하기 전에 꼭 말씀드리고 싶은 것이 있습니다."

"말 안 해도 압니다."

"우리가 큰 은혜를 입었으니 시장님께 뭔가 보답해 드려야 하는데 리베이트(일단 지급받은 상품이나 용역의 대가 일부를 지급한 쪽에게 되돌려주는 행위 또는 금액)를 하면 준 쪽도 받은 쪽도, 이겁니다."

센키치는 경찰서장 구라이 쪽을 향해 좌우 주먹을 겹쳐 묶이는 시늉을 했다.

경찰서장은 그 모습을 보고 고개를 끄덕여 보였다.

"따라서 우리가 할 수 있는 일은 앞으로 있을 시장 선거를 돕는 것입니다. 어떻습니까, 여러분? 할 수 있겠습니까?"

센키치는 모인 사람들의 얼굴을 둘러보았다.

여기저기서 일제히 "알겠수다!", "걱정 붙들어 매슈!" 하는 소리가 일었다.

"여러분, 이번에도 꼭 저를 시장으로 내보내 주십시오."

얼굴이 시뻘게진 시장은 그렇게 말하고는 거푸 고개를 숙였다.

"그럼 단도직입적으로 묻죠. 몇 표나 책임질 수 있습니까?"

센키치는 사람들의 얼굴을 둘러보았다.

"나는 50표."

"두 자릿수는 안 됩니다. 세 자릿수로 하세요."

"그럼 100표."

"안 돼요. 200표 하세요."

"좋아요, 200표 책임지죠."

사람들은 술기운이 돈 탓인지 기세가 점점 등등해졌다.

"시장님, 선거는 저희한테 맡겨 주십시오."

누군가 소리쳤다.

"잠깐만 기다려 주세요."

교육감이면서 시장의 선거 참모인 나카가와가 끓는 물에 찬물을 붓듯이 차분하게 말했다.

"이번 선거는 지난번처럼 낙승하기는 어렵습니다."

"그렇지 않습니다."

누군가 말했다.

"마에다 가즈오 쪽의 세력이 급속하게 불어나고 있습니다."

"마에다라니, 그 빨갱이 말입니까……?"

"마에다 그 사람이야 별거 아닌데 그를 지지하는 시민 단체가 문제입니다."

"과격파입니까?"

센키치가 물었다.

"차라리 과격파 쪽이라면 다루기 쉬운데, 여자들이에요. 더구나 막무가내한 아줌마들이라 어떻게 해 볼 도리가 없습니다."

"유권자의 절반은 여자니까요."

시장은 숨을 크게 들이마셨다 내쉬었다.

"그 마에다란 작자가 또 여자들한테 인기가 많습니다. 우리 눈에는 느끼하고 밥맛없어 보이지만, 언행이 부드러워서 중년 아줌마들이 껌뻑 넘어갑니다."

센키치는 신음하면서 다시 시장의 얼굴을 보았다. 개기름이 흐르는 정력적인 바람둥이를 딱 그림으로 그려 놓은 듯한 얼굴이다. 그 얼굴은 아무리 뜯어 봐도 여자들이 좋아할 것 같지 않았다.

"그들이 만든 조직은 S시를 재벌한테서 지키는 연합회인데, 여자들을 상대로 일대일로 회원을 늘려 가는 풀뿌리 운동이라고 합니다."

"그럼 그 조직 사람들은 자기 돈을 써 가면서 마에다의 선거운동을 하고 있다는 겁니까?"

"그렇습니다. 그러니 우리도 마냥 들떠 있기만 해서는 안 됩니다."

시장은 동정을 끌기 위해서인지 어깨를 움츠렸다.

"시장님, 시장님 곁에는 저희가 있지 않습니까. 여자들 따위한테 질 리 없습니다. 돈만 있으면 표는 얼마든지 모을 수 있지 않습니까."

센키치가 큰소리를 쳤다.

"그래요, 그래요. 선거는 저희한테 맡기시고 마음 푹 놓고 계시라고요."

"시장님, 한잔 드시죠."

사람들에게 이끌려 억지로 원 안에 앉은 시장에게 여기저기서 술잔을 들이밀었다. 시장은 그 가운데 하나를 들어 단숨에 목에 털어 넣었다.

"좋습니다. 한 잔 더."

다른 손이 또 술이 찰랑찰랑한 유리잔을 내밀었다.

"이제 그만 좀 봐주시죠."

"아니, 시장님. 제 잔은 받을 수 없다는 겁니까?"

막무가내로 권하는 통에 시장은 또 한 잔을 비웠다. 원래 술을 싫어하지 않는 시장은 권하는 대로 술잔을 비우다 보니 점점 기분이 좋아졌다.

"이보게 나카가와, 노래, 노래!"

시장이 교육감에게 소리쳤다.

"오래 기다리셨습니다!"

일제히 박수 소리가 일었다. 시장은 불안한 걸음걸이로 앞으로 나갔다. 누군가 마이크를 쥐여 주었다.

"그럼 야시로 아키의 〈뱃노래〉 한 곡."

술은 따뜻한 청주가 좋아요.

그러자 누군가 복창했다.

돈은 많은 게 좋아요.

시장은 완전히 노래에 취해 있었다. 이따금 음정이 틀리는 것도 모르고 좀처럼 마이크를 놓으려 하지 않았다.

"교장 선생님."

교육감은 시장을 한심하다는 눈빛으로 바라보면서 교장에게 말을 걸었다.

"무슨 일이십니까."

교장은 자신과 어울리지 않는 이곳이 당혹스러웠던지 아까부터 딱딱하게 굳은 채 술도 입에 대지 않고 있다.

교육감이 술잔을 내밀었다. 교장은 그것을 단숨에 비우고 교육감에게 되돌려 주었다.

"내년인가요?"

"네. 그때는 잘 부탁드리겠습니다."

교장은 머리가 바닥에 닿도록 조아렸다.

"잘 부탁합니다."

옆에서 센키치가 거들었다.

"센키치 씨의 부탁이니 어떻게든 해 보겠지만 댁 학교 학생들의 해방구, 그건 안 됩니다."

"그 말씀을 들으니 쥐구멍이라도 있으면 들어가고 싶은 심정입니다."

교장은 손수건으로 이마의 땀을 닦았다.

"지금까지 잘 이끌어 왔는데, 어떻게 된 건가요?"

"네. 글쎄 제가 방심하고 있었던 모양입니다."

"이유가 뭐랍디까?"

"누가 선동하고 있는 것 같습니다."

"그 누구란 게 어른인가요?"

"네."

"그것 참 문제로군요. 언제까지 보고만 있을 겁니까?"

"경찰과 교육위원회, 학부모회하고도 의논해 봤는데, 내일쯤 해결될 것 같습니다."

"그게 좋겠군요. 단, 교장 선생님이 정면에 나서지는 마세요. 매스컴에서 비판이 너무 거세면 추천하기 곤란하거든요."

"거기에 대해선 저도 충분히 조심하고 있습니다. 마음 써 주셔서 고맙습니다."

그때 여주인이 와서 교육감에게 "전화 왔습니다."라고 말했다. 교육감은 나가자마자 금세 얼굴이 굳어져 돌아왔다.

"무슨 일이 있습니까?"

센키치가 물어도 무시하고 여전히 마이크를 잡고 있는 시장에게로 뛰어갔다.

"시장님, 노래를 멈추시죠."

교육감은 말하기가 무섭게 시장에게서 마이크를 빼앗았다.

"무슨 짓이야!"

덩치 큰 시장이 왜소한 교육감을 냅다 밀쳤다. 그 바람에 교육감은 그 자리에서 엉덩방아를 찧고 말았다.

"지금 노래 부르면 안 됩니다!"

교육감은 일어서자마자 시장의 입을 손으로 틀어막았다.

"자네 미치기라도 한 거야?"

시장은 점점 이성을 잃어가고 있었다.

"지금 도청당하고 있다고요!"

"뭐라고?"

"이 홀 어딘가에 도청 장치가 있어서, 여기서 하는 이야기가 낱낱이 각 가정에 라디오로 방송되고 있다 이 말입니다."

"어떻게 그런 말도 안 되는 일이 있을 수 있어!"

시장이 호통을 쳤다. 센키치도 같은 생각이었다.

"방금 부인께서 전화하셨는데, 시민들이며 매스컴에서 전화가 빗발친다고 합니다."

"우리 집에?"

"부인께서는 무슨 일인지도 모르는 채 충격받아서 심장이 멎을 것 같답니다."

"그럼 내 노래도 들었단 말인가?"

"물론입니다."

"그래? 내 노래가 처음 전파를 탔어……."

"무슨 말씀을 하시는 겁니까. 이제 곧 매스컴이 이리로 들이닥칠 겁니다."

"그럼 큰일이지. 당장 해산해야지……."

시장은 벌써 도망칠 태세였다.

"그 전에 도청기를 찾아야……."

센키치는 입술에 손가락을 갖다 댔다. 갑자기 방 안이 쥐 죽은 듯이 조용해졌다. 거기 모인 모든 사람들이 너른 홀에 흩어져 천장이며 벽이며 꽃병, 책상 밑을 샅샅이 찾아보았다. 그러나 도청기는 나오지 않았다.

"이건 음모야. 법률 위반이라고. 안 그렇습니까, 서장님?"

센키치의 말에 경찰서장은 고개를 끄덕이면서 말했다.

"나는 경찰서로 돌아가야 해서……."

그리고 도망치듯이 큰 홀을 빠져나갔다.

"시장님, 아무튼 시민들한테 뭐라고 한마디 하시죠. 이대로 가만히 있을 수는 없지 않습니까."

교육감이 매달리는 듯한 눈빛으로 시장을 쳐다보았다. 시장은 고개를 크게 끄덕이고는 마이크를 잡았다.

"방송을 듣고 계시는 시민 여러분, 저는 시장 이와키리 에이사쿠입니다. 오늘 이 자리는 동지들이 저를 격려하기 위해 마련한 내부 모임입니다. 절대로 양심에 거리낄 만한 자리는 아닙니다. 여러분도 집에 돌아가면 회사 상사나 사장 욕을 하기도 할 것입니다. 그것을 사장이 몰래 도청해 듣고 여러분한테 괘씸하니 어쩌니 할 수 있을까요…….

아무리 선거에서 이기고 싶다 해도 싸움에는 규칙이란 게 있는 법입니다. 이런 정당하지 못한 수단으로 제 이미지를 실추시키려는 인물을 저는 결코 용서할 수가 없습니다. 만약 이런 인물을 시장으로 뽑는다면 시민 여러분의 사생활도 어떻게 될지 모릅니다."

과연 산전수전 다 겪은 사람답게 능수능란했다. 보기 좋게 마이너스를 플러스로 역전시켜 버렸다. 그때 하청업자 몇몇이 한 남자를 홀 안으로 끌고 들어왔다.

"무슨 일이야?"

"방금 별채에서 어떤 남자가 도청하고 있다는 전화 제보가 있었습니다. 그래서 가 보니 이 자식이 있었습니다. 얼마나 고집이 센지 좋은 말로 해도 입을 열지 않아서 혼 좀 내줬습니다."

남자는 퉁퉁 부어오른 얼굴을 하고 바닥에 길게 뻗어 있었다. 교장이 다가가 남자의 얼굴을 들여다보았다.

"자네는······."

교장은 말문이 턱 막혔다.

"교장 선생님, 아는 사람입니까?"

"네. 사카이라는 우리 학교 체육 교사입니다."

"뭐라고······?"

교육감이 눈을 돌렸다.

"사카이 선생, 자네만은 믿었는데 대체 왜 도청을 한 건가?"

"저는 도무지 어떻게 된 영문인지 모르겠습니다."

사카이는 얼굴을 찡그리며 대답했다.

"그렇다면 한 가지 묻겠네. 자네는 별채에서 대체 뭘 하고 있었나?"

"그건······."

사카이는 숨을 삼키고 나서 말을 이었다.

"어떤 사람을 기다리고 있었습니다."

"어떤 사람이란 게, 여자인가?"

"네."

사카이는 고개를 수그렸다.

"여자는 없었습니다."

사카이를 끌고 온 남자가 말했다.

"아직 오지 않았습니다."

"몇 시 약속이었나?"

"6시입니다."

"벌써 7시가 지났네."

"이 자식이 하는 말은 앞뒤가 맞지 않습니다. 더 혼내서 실토하게 합시다."

누군가 사카이의 옆구리를 발로 걷어찼다. 사카이는 "으윽!" 하고 신음 소리를 내며 몸을 구부렸다.

"시장님, 텔레비전 방송국에서 왔습니다. 신문 기자도요."

교육감은 말하기가 무섭게 살금살금 복도로 줄행랑을 쳤고, 교장도 그 뒤를 따랐다.

"어쩌지?"

시장은 도움을 청하듯이 센키치의 얼굴을 쳐다보았다. 센키치는 술잔에 술을 찰랑찰랑하게 따라 시장에게 건넸다. 시장은 그것을 단숨에 비우고 방을 나갔다.

현관 옆 응접실은 텔레비전 방송국 조명으로 대낮처럼 환했다. 이윽고 시장의 목소리가 들려왔다.

"여러분, 이것은 폭력이오. 당신들 매스컴은 도청이라는 비열한 수단을 써서 정적을 넘어뜨리려는 이런 행위를 규탄해야 마땅하지 않소? 나는 분노하오. 분노하고 있소. 분노하고 있다고!"

마지막은 비명으로 바뀌었다.

"여기는 해방구입니다. 여러분은 지금까지 온갖 악귀들이 설치는 소리를 생방송으로 생생하게 들으셨습니다. 재미있었나요? 지금부터는 강가에서 열리고 있는 불꽃놀이 대회에 가주시기 바랍니다. 거기에는 해방구에서 보내는 메시지가 기다리고 있으니까요. 자, 서두르시길……."

5

오후 7시 40분.

아파트 문을 노크하는 소리가 났다. 니시와키 유코는 순간 숨이 멎는 듯했다. 또 사카이가 찾아왔으면 어떡하나 싶어 덜컥 겁이 났다.

"누구세요?"

목소리가 갈라졌다.

"저희들이에요."

여학생들의 목소리였다. 순간 어깨가 가벼워졌다. 문을 열자 하시구치 준코, 호리바 구미코, 나카야마 히토미가 서 있었다.

"너희들이었구나. 자, 들어와."

"지금 가야 하는데요……."

준코가 말했다.

"아 참, 그랬지."

니시와키는 세 아이를 따라 아파트를 나왔다.

"사카이 선생님 말인데요……."

앞서 걷던 히토미가 뒤돌아보고 말했다.

"사토루한테 말했더니 걱정 말라고 하고는 감감무소식이잖
아. 너희들이 노크했을 때 사카이 선생님이면 어쩌나 싶어서
철렁했지 뭐니."

"이제 괜찮아요. 앞으론 선생님께 치근대지 않을 거예요."

"어떻게 했는데?"

"혼내 줬죠."

"혼내 주다니, 어떻게?"

"꼼짝 못하게 묵사발을 만들어 놨어요."

구미코가 말하자 어쩐지 무시무시했다.

"너희가?"

"우리가 어떻게 해요. 힘 좀 쓰는 우리 집 졸개들이 했죠."

"얘들아, 폭력은 안 돼."

"딱히 우리가 부탁한 건 아닌데 자연스럽게 그렇게 되어 버
린 거예요."

세 아이가 얼굴을 마주 보고 까르르 웃었다.

"어떻게 된 건지 말해 봐."

"제가 설명할게요."

히토미가 자초지종을 설명했다.

"흐음……. 그럼 너희가 한 게 탄로 날 텐데."

"탄로 나도 괜찮아요."

"도청기는 어떻게 했니?"

"아직 아빠 주머니에 있어요. 모두들 죽어라 찾고 있겠죠."

구미코가 쌤통이라는 듯이 말했다.

니시와키는 저도 모르게 웃음이 터져 나왔다.

"너희들이었다면……."

뒷말은 잇지 못했다.

"그런데 만약 도청한 게 네 아빠란 게 밝혀지면 가장 곤란한 건 아빠잖아."

"아빠를 골탕 먹이려고 한 건데요, 뭐."

구미코는 증오에 찬 눈으로 밤하늘을 보았다.

"너, 아빠가 그렇게 미워?"

"미워요. 그 사람이 꼰대보다 더 미워요. 이번 일로 회사가 폭삭 망해 버리면 좋겠어요."

"그래……."

"자기가 도청한 범인이란 걸 알면 아빠는 어떤 얼굴을 할까? 아, 우리 아빠가 도청했다고 까발리고 싶어요."

구미코는 메마른 소리로 웃었다.

배 속을 뒤흔드는 듯한 소리가 잇따라 울려 퍼졌다. 다음 순간, 바로 머리 위에서 화려한 꽃이 피어올랐다.

"시작했어요, 선생님."

구미코가 흥분한 목소리로 말했다. 좀 전의 어둡던 표정은 거짓말처럼 사라졌다.

네 사람의 발걸음이 자연스레 빨라졌다.

둑으로 나가자 둔치의 풍경이 한눈에 내려다보였다. 자세히 보니 좋은 자리는 이미 사람들이 차지하고 있었다. 한낮 더위와는 사뭇 다른 시원한 바람이 볼을 쓰다듬었다.

언제 사왔는지 구미코가 소프트아이스크림을 니시와키에게 건넸다. 네 사람은 뛰어 내려가듯이 둔치로 내려갔다.

"선생님, 좀 더 저쪽으로 가요."

니시와키는 구미코에게 이끌리다시피 하여 풀 위를 걸었다. 불꽃은 크고 작은 것이 뒤섞여 계속 피어올랐다.

"여기 어디에 앉을래?"

니시와키가 말하자 준코가 비닐 돗자리를 깔아 주었다.

"여기 앉으세요."

니시와키가 돗자리에 앉자 여자아이들도 따라 앉았다.

"선생님, 저기 보세요."

구미코가 둑 한쪽 모퉁이를 가리켰다. 시커멓게 이어진 담과 건물이 보였다.

"저기가 해방구예요."

"저게 해방구……."

언제나 정문 쪽에서만 봤기 때문에 말해 주지 않았으면 몰랐을 것이다.

니시와키는 그 검은 실루엣을 뚫어지게 바라보았다. 그 안에 스물한 명의 학생들이 있다.

"여보세요, 여기는 넘버 35, 오버."

"여기는 넘버 1, 오버."

바로 옆에서 소리가 났다. 돌아보니 구미코가 무전기로 이야기하고 있었다.

"누구랑 이야기해?"

"해방구에 있는 도루요."

구미코는 다시 무전기로 이야기를 주고받았다.

"계획은 호랑이, 호랑이, 호랑이. 케이오 당한 채 아직도 히토미 집에 뻗어 있어."

"그럼 니시와키 선생님은 이제 걱정 안 해도 돼?"

"선생님 여기 계시니까 바꿔 줄게."

니시와키가 무전기를 받아들었다.

"정말 고맙다. 덕분에 살았어."

"천만에요. 저희들의 조그만 보답이에요."

니시와키는 가슴이 먹먹해서 다음 말을 잇지 못했다.

"선생님, 5분 뒤에 시작해요. 옥상에서 눈 떼면 안 돼요."

"알았어."

"그럼 이만 끊어요."

니시와키는 무전기를 구미코에게 돌려주었다.

수많은 별들이 흩어지듯이 연속적으로 불꽃이 터졌다. 고막을 찢는 듯한 소리가 쉴 새 없이 울려 퍼지고, 하늘도 강가도 환하게 빛났다. 곱디고운 빛의 홍수였다.

니시와키는 모든 것을 잊고 넋을 놓고 바라보았다.

불꽃의 생명은 순간에 가깝다. 불꽃이 격렬하게 타올랐다
가 사라지자 강가에 잠깐 동안의 정적과 어둠이 찾아왔다. 그
러자 그 정적을 기다렸다는 듯이 옥상 스피커에서 목소리가
흘러나왔다.

"여기는 해방구. 지금부터 메시지를 보내 드리겠습니다."

강가에 모인 사람들이 일제히 소리가 난 쪽을 쳐다봤다.

옥상에서 불과 연기가 피어올랐다. 무슨 글자 같은 것이 떠
오르기 시작했다. 그러더니 순식간에 새빨간 글자가 밤하늘
에 또렷이 새겨졌다.

해방구에서

사랑을 담아

니시와키는 얼마나 감동했던지 숨이 막힐 지경이었다. 이
것이 저 아이들이 나에게 보내는 메시지란 말인가…….

영원히 사라지지 말았으면.

그러나 글자는 순식간에 타 없어지고, 다시 원래의 깜깜한
밤하늘로 돌아왔다. 이렇게 강렬하고 이렇게 덧없는 것이 또
있을까.

"영원히 잊지 않을게."

니시와키는 소리 내어 말했지만 일제히 터져 나온 박수와 환호성이 그 소리를 지워 버렸다.

"야호! 야호!"

구미코와 준코, 히토미는 손을 잡고 미칠 듯이 기뻐하며 날뛰었다.

다시 불꽃이 피어올라 세 아이의 얼굴을 붉게 물들였다.

니시와키에게도 분명 이런 시절이 있었다. 그것이 언제였을까. 바로 엊그제 같은데 이미 손에 닿지 않는 곳으로 사라져 버렸다. 그리움으로 가슴이 죄어드는 것 같았다.

춤추는 아이들의 모습이 흐릿하게 번져 보이더니, 마침내 보이지 않았다.

등에 콘크리트의 따뜻함이 전해졌다. 에이지는 옆을 보았다. 도루가 있다. 그 너머에 히로시도 있다. 모두 나란히 누워 하늘을 올려다보고 있다.

"그렇게 고생해서 만들었는데 눈 깜짝할 사이에 사라져 버렸어."

아키라가 맥 빠진 목소리로 말했다.

"그게 바로 불꽃이야."

쓰요시가 차분한 목소리로 대꾸했다.

잇따라 불꽃이 올라가더니 머리 위에서 몇 송이 꽃을 피워 냈다.

"여러분, 그럼 저는 이만 가 보겠습니다. 여러 가지로 정말 고마웠습니다. 이 은혜는 죽을 때까지 잊지 않겠습니다."

어둠 속에서 남자의 목소리가 들렸다.

"아저씨, 건강하세요."

나오키가 말했다.

"여러분도……."

남자는 목이 메어 더는 말을 잇지 못했다. 모두 잠자코 불꽃을 바라보았다.

불꽃은 점점 뜸해지더니 마침내 딱 멈추어 버렸다.

"오늘이 마지막 밤이네."

도루가 불쑥 말했다.

"즐거웠어."

히로시의 목소리가 진지했다.

"나도……."

히데아키의 목소리는 더할 나위 없이 밝았다.

"나는 아직 거기까지는 아니라고."

나오키는 불만인 모양이었다. 그때까지 보이지 않았던 별이 갑자기 또렷하게 보였다.

"저 별이랑 비교해 보면 사람의 일생은 불꽃 같은 거야."

겐지는 죽은 아버지라도 떠올린 것일까. 에이지는 무슨 말을 하고 싶었지만 할 말을 찾지 못했다.

"아, 별똥별이다!"

에이지는 그만 크게 소리치고 말았다.

"어디?"

모두 떠들썩해졌을 땐 이미 별똥별은 사라지고 없었다.

일곱째 날
철수

1

오전 5시.

모두들 마지막 밤이라고 생각하자 잠을 이룰 수 없었는지, 어젯밤에는 깜깜한 어둠 속에서 그칠 줄 모르고 이야기가 이어졌다.

덕분에 오늘 아침에는 모두 부석부석하게 부은 눈으로 일어났다.

에이지는 아직도 반쯤 잠든 채 비틀거리며 옥상으로 올라갔다. 난간에 두 팔을 걸치고 강가를 내려다보았다. 바람이 시원했다. 달랑 티셔츠만 하나 입은 팔에 소름이 돋을 것 같았다.

있는 힘껏 숨을 들이마셨다. 아침 햇살이 수면에 비쳐 반짝
반짝 빛났다. 평소에는 교통량이 많은 N다리도 이른 아침인
탓인지 차량이 적었다. 어젯밤에 그 많은 사람으로 가득 메워
졌던 강가는 지금은 조용하다. 사람이라곤 개를 데리고 산책
하는 사람과 조깅하는 사람, 딱 둘뿐이다.

도루가 옆으로 왔다. 도루도 에이지와 나란히 서서 강가를
바라보았다.

"금방 지나가 버렸어."

"응."

도루는 먼 곳을 바라보며 고개를 끄덕였다.

"아직 뭔가 좀 부족한 것 같은데, 그래도 재미있었어."

"응."

다른 일에 마음을 빼앗긴 듯 도루는 건성으로 대답했다.

"너, 무슨 생각해? 공격해 올 짭새들 생각? 아니면 앞으로
의 일?"

"아니야."

"그럼 뭔데?"

"야스다 강당 최후의 날에 우리 아빠랑 엄마는 무슨 생각을
했을까, 그 생각했어."

"그런 생각을 했구나……."

에이지는 이번 일주일을 함께 지내면서 도루를 다시 보게
되었다.

도루는 공부벌레는 아니지만 머리도 좋고 행동력도 있다. 게다가 에이지보다 생각도 훨씬 깊다. 그렇기 때문에 도무지 같은 나이라고 생각되지 않았다.

"야스다 강당에서는 모두 항복했지만 우리는 그렇지 않아."

"짭새들이 공격해 들어와서 우리가 감쪽같이 사라진 걸 알면 놀라겠지?"

에이지와 도루는 마주 보고 누가 먼저랄 것도 없이 피식 웃었다.

"우리가 여기서 물러나는 건 게릴라식으로 말하면 전략이야."

이것은 세가와가 했던 말이다.

"아무리 생각해도 신기하다니까. 어떻게 모두가 함께할 마음이 되었을까."

"글쎄 말이야. 그리고 처음에는 좋아해도 이런 생활을 하다 보면 반드시 2, 3일 뒤에는 불평이 나오기 마련인데. 불평 한 마디 나오지 않아."

도루는 강가를 바라보면서 말했다.

"불평은커녕 지금은 모두 굳게 단결하고 있잖아."

"역시 하길 잘했어."

"그래."

멀리 사람의 그림자가 두 개 보였다. 그림자가 이쪽을 향해서 손을 흔들었다.

에이지가 거기에 답했다. 도루는 무전기를 켰다.

"여기는 도루와 에이지다, 오버."

"여기는 준코하고 구미코. 어제는 정말 멋졌어. 나는 흥분 돼서 밤에 잠을 못 잤어."

"우리도 그랬어. 니시와키 선생님은 기뻐하셨어?"

"기뻐하셨지. 감동해서 울었는걸."

순간 에이지는 가슴이 뭉클했다.

"그랬구나……. 구미코, 너희 아빠는 어땠어?"

"아빠가 그렇게 쪽도 못 쓰는 건 처음 봤어. 쌤통이더라."

"도청기는 들키지 않았고?"

"무사히 회수했지. 만약 자기가 도청한 범인이란 게 밝혀졌으면 그 자리에서 미쳐 버렸을걸. 에잇, 들켰어야 하는데."

"도청기가 발견되면 네가 했다는 게 금방 들통 나잖아."

"딸이 범인이었다니……."

"들켰으면 넌 반쯤 죽었을걸."

"그건 그렇고, 히토미가 의심받고 있어."

구미코가 목소리를 낮추었다.

"왜?"

"우리가 방송했잖아. 누군가 도청기를 설치했다는 것 정도는 천치라도 다 알 거야."

"그런가. 히토미는 '다마스다레' 딸이니까……. 이 일을 어쩌지."

도루가 에이지의 얼굴을 보았다.

"하지만 걱정할 거 없어. 어제 그만큼 찾았는데도 도청기는 못 찾았잖아. 그리고 지금은 도청기 걱정할 때가 아니야."

"어른들이 화내?"

"화내는 정도가 아니야. 9시에 꼰대들이랑 부모들이 거기로 갈 거야."

"뭐하러 와?"

"최후통첩을 하겠대."

"말을 안 들으면 공격하겠대?"

"그래."

구미코와 준코가 긴장한 목소리로 대답했다.

"시간은?"

"10시에 공격한대."

"올 게 왔구나. 텔레비전 방송국에 알려."

"알았어. 그런데 피를 볼 때까지 싸울 거니?"

"방송국에는 그렇게 말해 둬. 우리는 마지막 순간까지 해방구에서 싸우다 죽겠다고."

"진담 아니지?"

"당연히 농담이지. 누가 그런 멍청한 짓을 할까 봐. 10시 10분에 놀이터에서 기다려."

"아하, 그런 계획이었어? 좋아, 우리 반 여자애들하고 다 같이 기다릴게. 그다음엔 어떻게 할 건데?"

"강으로 가서 멀찍이 서서 구경하는 거지."

"되게 멋지다!"

"그때 먹을 것 좀 가져와 줘. 우리 제대로 된 거 못 먹었거든."

"알았어. 잔뜩 가져갈게."

"그럼, 해방구에서 사랑을 담아, 안녕."

"안녕."

구미코의 목소리가 들떠 있었다.

옥상에서 내려가자 모두 에이지와 도루 주위로 몰려들었다. 역시 최후의 순간이 다가오자 다들 긴장하는 얼굴이었다.

"우선, 9시에 꼰대들하고 부모들이 올 거야."

"뭐하러 온대?"

"항복하고 얌전히 나오라고 말하러 오는 거지."

"졌다, 졌어. 아직도 우리가 그런 말을 들을 줄 아나 보네."

히로시는 항복한다는 듯이 두 손을 들었다.

"거절하면 마침내 10시에 짭새가 공격해 올 거야."

히데아키가 눈을 휘둥그레 뜨고 침을 꼴깍 삼켰다.

"그다음은 예정대로 하면 돼."

"우리가 있는 줄 알고 들이닥쳤는데, 아무도 없다. 그럼 놀라 자빠지겠지. 쓰카사, 실황 방송은 완전 과격하게 해라."

아키라가 말했다.

"이런 이런, 아이들이 없습니다. 대체 어찌 된 일일까요? 아무리 찾아봐도 쥐새끼 한 마리 보이지 않습니다. 조금 전까지는 분명히 있었는데요. 주위는 경찰이 철통같이 포위하고 있어서 도망친다는 건 꿈도 꿀 수 없는데 말이죠.

하지만 아이들은 없습니다. 대도시의 블랙홀이 아이들을 삼켜 버렸을까요? 아니면 아인슈타인의 상대성 원리, 사차원 공간으로 공간 이동을 한 것일까요? 이렇게 이상한 일이 예전에 지구상에서 일어난 적이 있었던가요?

그야말로 전무후무한 사건이 벌어지고 말았습니다. 이 사건을 단순히 감쪽같이 사라졌다고 말하는 걸로 설명이 될까요. 저는 이 초자연적인 현상을 설명할 말을 찾지 못하겠군요. 그러나 이건 틀림없는 사실입니다. 아이들이 사라졌습니다. 아이들은 어디로 간 것일까요? 아이들아, 돌아와라."

한동안 박수 소리가 그치지 않았다.

"대본이 없어서 이 정도밖에 못하겠다."

쓰카사는 여전히 불만스러운 얼굴이었다.

그때 불쑥 세가와가 들어왔다.

"너희들하고도 오늘로 이별이구나."

"할아버지, 앞으로 어떻게 하실 거예요?"

세가와의 얼굴이 갑자기 늙어 버린 것 같았다.

에이지는 그게 마음에 걸렸다.

"글쎄, 어떻게 할지 아직 정하지 못했다."

"집으로 돌아가시는 게 어때요?"

세가와는 먼 곳을 바라본 채 대답이 없었다.

"할아버지, 꼭 사과하고 싶었어요. 용서해 주세요."

히로시가 멋쩍은 듯이 고개를 숙였다.

"무슨 일로?"

세가와가 온화한 얼굴로 히로시를 바라보았다.

"처음 만났을 때 제가 할아버지한테 못되게 굴었잖아요."

"아, 그 일 말이냐. 사람은 나이가 들면 누구나 더럽고 남한 테 방해거리가 되지. 그건 어쩔 수 없는 일이야. 그러니 나는 네 말을 마음에 두고 있지 않단다."

"그런 줄 알았는데 할아버지는 그렇지 않았어요."

"내가 조금은 도움이 된 거냐?"

"네. 할아버지한테 정말 도움 많이 받았어요."

"너는 좋은 녀석이야."

세가와는 히로시의 어깨에 손을 얹었다.

"저는 그런 말은 태어나서 처음 들었어요."

"난 거짓말 안 한다."

"할아버지 말은 믿어도 될 거야. 누가 뭐래도 전쟁에서 살 아남았으니까."

아키라가 말했다.

"무슨 일이 있어도 전쟁에는 나가지 마라."

"안 나가요. 죽고 싶지 않으니까요."

"내가 오래 살았다만, 너희들하고 함께 지낸 이 일주일만큼 즐거웠던 때는 없었다."

"정말요?"

"너희 같은 애들을 만나서 나는 참 행복했다. 이제 죽어도 여한이 없어."

"저희들도 그래요. 안 그래?"

에이지는 모두를 향해 물었다.

"그래."

히로시가 맨 먼저 대답했다.

"그 말을 들으니 기분 좋구나. 그런 말을 들은 게 언제였는지 생각도 안 난다."

"할아버지, 오래오래 사세요. 또 할아버지 도움이 필요할지도 몰라요."

"좋아, 좋아. 필요하면 언제든지 불러다오."

세가와는 눈을 가늘게 뜨고 모두의 얼굴을 찬찬히 둘러보았다.

2

오전 8시 50분.

"여보세요, 여기는 넘버 35, 오버."

"여기는 넘버 1, 오버."

"지금 꼰대들이랑 부모들이 그쪽으로 출발했어. 앞으로 10분 뒤에 도착할 거야. 오버."

"알았어, 알았어."

"건투를 빌게."

오전 9시.

"왔어."

망루에 있던 아키라가 소리쳤다. 그 소리에 열 명은 2층으로, 나머지 열 명은 정문 안쪽에 쌓아 둔 바리케이드로 올라갔다.

에이지는 비상계단으로 2층에 뛰어 올라가 창밖으로 얼굴을 내밀었다.

교감이 앞장서고 생활지도부장 노자와 담임 야시로의 모습이 보였지만 교장과 사카이는 없었다. 아마 어제 받은 충격으로 오지 못한 게 틀림없다.

그 뒤로 엄마들 수십 명이 금붕어 똥처럼 따라오고 있었다.

"아키라, 〈불꽃의 파이터〉를 내보내."

도루가 말했다. 아키라는 고개를 끄덕이고 카세트를 켰다. 정문 옆에 설치해 놓은 스피커에서 〈불꽃의 파이터〉가 흘러나왔다.

그러자 이상하게 그때까지 장례식 행렬처럼 기운 없이 걸어오던 집단이 별안간 레슬링 경기장에 입장하는 유신군단

(조슈 리키가 중심이 되어 결성된 일본 프로 레슬링 단체)으로 돌변했다.

과연 〈불꽃의 파이터〉다.

"이거 위험하다. 음악을 끄는 게 좋겠어."

도루 말이 떨어지자마자 음악 소리가 멈추었다.

어른들은 정문 앞에 굳은 모습으로 서 있었다.

"여러분!"

교감이 마이크로 말했다.

"교장은 왜 안 왔어요?"

히데아키가 말했다. 이번 일주일 동안 가장 많이 변한 건 아마 히데아키일 것이다. 예전의 나약함은 완전히 사라지고 몰라보게 의젓해졌다.

"교장 선생님은 사정이 있어서 오늘은 못 오셨다."

"거짓말하지 마세요. 어제 일 때문에 창피해서 얼굴을 내밀 수 없는 거잖아요."

아이들이 일제히 박수를 쳤다.

"너희는 그런 짓을 해도 된다고 생각하는 거냐?"

교감은 몹시 흥분한 상태였다.

"그럼 한 가지 물어볼게요. 시장이나 교장은 그런 모임에 나가도 되나요?"

마이크를 잡은 교감은 할 말을 잃었다.

"왜 대답을 못하죠? 얼른 대답하세요."

히데아키는 날카롭게 다그쳤다.

"그 문제와 이건 다르다. 너희는 아직 어린애란 말이다."

"어린애든 어른이든 나쁜 건 나쁜 거예요. 안 그래요?"

"그건 그렇지만……."

"왜 아이들만 진실하게 살아야 하죠? 이유를 말해 보시라고요, 이유를."

"굉장하다, 쟤."

도루가 에이지의 귀에 대고 말했다. 히데아키의 엄마 지카코가 차마 볼 수 없었는지 교감의 마이크를 낚아챘다.

"히데 짱, 너 교감 선생님께 무슨 말버릇이야. 넌 그런 애가 아니었어. 너 정말 어떻게 됐구나."

"나한테 악마가 씌었어. 당신을 잡아먹을지도 몰라."

지카코는 "아악!" 비명을 지르는가 싶더니 뒤로 넘어갔다. 넘어가는 지카코를 남편 히데스케가 받아 안았다.

"히데아키, 작작 좀 해라."

"농담도 못 알아듣는 사람으로 만든 건 남편 책임이에요."

"닥쳐! 부모한테 그게 무슨 말버릇이냐!"

"나한테 말버릇을 가르친 적이나 있어요? 만날 회사, 회사, 회사뿐이었죠! 나랑 진지하게 얘기한 적 없잖아요."

"아빠는 너를 행복하게 해주려고 일하고 있다. 그걸 모른단 말이냐?"

히데스케는 흥분한 탓인지 혀가 잘 돌아가지 않는 모양이었다.

"우리는 지금 전혀 행복하지 않아요."

"지금은 부모 말, 선생님 말 잘 듣고 열심히 공부만 해. 그럼 틀림없이 행복해질 수 있어."

"세상 모든 걸 다 아는 척 말하지 마요. 그런 말은 아무도 안 믿는다고요."

"세상에! 그렇지 않아."

히데스케는 절규했다.

"믿고 싶으면 아빠나 믿으면 되잖아요. 그 대신 나중에 이럴 리는 없다고 불평하지나 말고요."

"됐다. 너 같은 건 자식으로 생각하지 않으마."

"하지만 그렇게는 못할걸요. 당신, 아동 복지법이라는 걸 알고 있어요?"

"아빠한테 당신이 뭐냐!"

"화내는 것으로 얼버무리면 안 되죠. 아동 복지법 1조에 이렇게 나와 있어요. '모든 아동은 평등하게 그 생활을 보장받고 애호받아야 한다.' 어때요? 애호란 귀여워해 주고 감싸주고 보호하는 거잖아요."

"맞아, 맞아."

아이들이 일제히 환호성을 올렸다.

"말이 나온 김에 하나 더 하죠. 제2조에는 이렇게 나와 있어요. '국가 또는 지방 공공 단체는 아동의 보호자와 함께 아동을 심신이 건강하게 육성할 책임을 갖는다.' 이렇게 되면 당신은 나를 버릴 수 없어요. 어떡하죠, 안됐네요."

히데스케는 처치 곤란이라는 듯이 마이크를 생활지도부장에게 건넸다.

"너희는 거기에 들어가서 하고 싶은 대로 해 왔다. 우리가 여러 번 그만두라고 말했는데도 너희는 도무지 말을 듣지 않았다. 너희가 아직 어린애라는 이유로 지금까지 참아 왔지만, 참는 것도 한계에 달했다. 만약 너희가 지금 당장 거기서 나오지 않으면 한 시간 뒤에 강제로 해산하게 될 거다."

"어린애들 성에 어른이 침입하겠다는 건가요? 대단하시군요. 그럼 맞서 싸우는 수밖에 없죠."

히로시가 크게 소리쳤다.

"너희들이 어른을 이길 수는 없다. 그 정도 했으면 됐잖아. 얌전히 나와라. 지금 나오면 너희들의 죄는 가벼워진다."

"할 말은 다 했어요?"

"그렇다."

"그럼 돌아가 주세요."

도루가 말했을 때 길모퉁이를 돌아오는 방송 중계차가 보였다.

"텔레비전 방송국 차가 왔어."

에이지가 도루에게 귓속말을 했다.

중계차가 멈추자 아이처럼 생긴 야바 이사무가 마이크를

들고 차에서 내렸다. 아이들이 그 모습을 보고 박수를 쳤다.

"이야, 얘들아 안녕."

"안녕하세요."

모두 한목소리로 말하자 야바는 기분이 한껏 좋아졌다.

"모두들 기운찬걸."

"당연하죠. 그쪽에 기운 없는 얼굴들이 쭉 늘어서 있으니까 좀 찍어 주세요."

다시 히데아키가 말했다.

"아이들이 왜 저렇게 기세등등한 건가요?"

야바는 마이크를 교감에게 들이댔다.

"우리가 아무것도 못 할 줄 알고 우습게 보는 거죠."

교감은 크게 낙심했는지 허탈하게 대답했다.

"그럼 설득은 실패한 거로군요."

"도무지 말을 들을 생각을 안 합니다. 모두가 광기에 가득 찬 집단이 돼 버린 거죠."

"앞으로 어떻게 하실 작정인지요?"

"이대로 내버려 둘 수는 없겠죠."

교감의 목소리가 작아졌다.

"경찰을 부를 거죠?"

"그렇게 될 겁니다."

"학부모 쪽은 그 의견을 받아들였습니까?"

야바는 마이크를 히데아키의 아빠 히데스케에게 들이댔다.

"어쩔 수 없습니다."

히데스케는 하늘을 우러러보며 말했다.

야바는 다음으로 마이크를 에이지의 엄마 시노에게 들이댔다.

"경찰 진입은 절대 반대예요. 저 아이들은 겨우 중학교 1학년이에요. 옛날 야스다 강당하고는 사정이 다릅니다."

"그럼 놀이로 저러는 거란 말씀인가요?"

"그래요. 아이들이 대체 뭘 했다고 그러는 거죠?"

"뭘 했다는 건 아닙니다. 하지만 교장 선생님이 충격으로 혈압이 올라가 드러누우셨습니다."

얼굴이 시뻘게진 생활지도부장이 대답했다.

"그건 자업자득이 아닌가요? 요즘 매스컴에서는 아이들이 나쁘다 나쁘다 떠들어 대지만 비행 청소년은 전체의 10퍼센트도 안 돼요. 그런데 스님들은 어떤가요. 90퍼센트가 탈세한다잖아요. 10퍼센트 대 90퍼센트예요. 그런데 어린애들을 비난하기 전에 왜 스님들은 비난하지 않는 거죠?"

"옳은 말씀입니다. 아주 괘씸한 일이죠. 다음에는 꼭 스님도 비난해 보도록 하겠습니다."

야바는 시노의 말에 장단을 맞춰 주었다.

"좋아요, 좋아요."

해방구 안과 밖에서 아이들이 환호성을 올렸다.

"저 애들은 이미 평범한 아이들이 아닙니다. 정상적인 세포가 어느 날 갑자기 암세포로 바뀌듯이 변해 버린 거라고요. 당장 도려내지 않으면 늦습니다."

"아버지이신가요?"

"그렇습니다."

히데스케가 대답했다.

"직업은요?"

"회사원입니다."

"오늘은 회사를 쉬고 오신 건가요?"

"저는 지금까지 개인적인 일로 회사에 가지 않은 적이 단 한 번도 없습니다. 이번이 처음입니다."

"어째서 회사까지 쉬고 오셨습니까?"

"제 눈으로 직접 아이들의 실태를 확인한 뒤에 설득하려고요. 그런데 괜한 일이었습니다."

히데스케는 어깨를 툭 떨어뜨렸다.

"실례지만 아버님은 학생운동을 한 적이 있습니까?"

"있습니다."

"그때를 돌아보면 어떤 생각이 드십니까?"

"그건 한때의 환상이었습니다. 백일몽 같은 것이었어요."

"지금 아드님이 해방구를 만든 걸 어떻게 생각하십니까?"

"솔직히 충격이었습니다. 암 선고를 받은 것만큼이나요."

히데스케는 물을 뒤집어쓴 것처럼 땀투성이가 돼 있었다.

"암세포라니, 말이 너무 지나치군요."

시노가 싸늘하게 말했다.

"경찰 투입에 대해서는 이미 며칠 동안이나 학부모 쪽과 의논했습니다. 그 결과, 오늘 오전 9시를 기한으로 정했습니다."

야바는 마이크를 교감에게서 해방구로 돌렸다.

"너희들은 끝까지 거기서 나오지 않을 생각이니?"

아이들은 대답하지 않았다. 대신 2층 창문에서 스르르 현수막이 내려왔다.

우리는 죽음의 길을 선택한 것은 아니다.

우리 뒤에 반드시 우리보다 더 용기 있는 젊은이가 해방구에서, 전 일본 아니 전 세계에서 성난 파도처럼 진격을 개시할 것을 굳게 믿고 있기 때문에 이 길을 선택한 것이다.

야바는 현수막의 글씨를 소리 내어 읽었다.

"여러분, 이 말은 예전에 야스다 강당 벽에 쓰여 있던 낙서입니다. 그로부터 15년, 바로 지금 완전히 사그라졌던 학생운동이 되살아난 것입니다. 아무래도 저들은 여기 해방구를 사수할 작정인 모양입니다. 결과가 어떻게 될지 예측할 수 없지만, 차마 눈 뜨고 볼 수 없는 참상이 일어나지 않을까 싶습니다. 공격 개시 시각은 10시. 그때가 바짝바짝 다가오고 있습니다. 여러분, 부디 10시까지 텔레비전을 끄지 말고 기다려주십시오."

3

오전 9시 30분.

"모두 저기에 앉아서 들어 줘."

도루 주위에 둥그렇게 둘러서 있던 아이들이 광장에 앉았다. 아스팔트 바닥이 햇볕에 달궈져 엉덩이가 뜨끈뜨끈했다.

"앞으로 30분 뒤에 짭새들이 쳐들어올 거야."

햇빛을 정면으로 보고 있는 도루의 얼굴에 땀방울이 맺혔다. 에이지는 볼이 제멋대로 떨리기 시작했다.

"물론 우리는 짭새들이랑 맞붙어 싸울 정도로 멍청이는 아니야."

에이지는 고개를 끄덕였다.

"그래서 다섯 명만 여기 남고, 나머지는 지금부터 여기를 나가 줘."

"나도 남게 해 줘."

쓰카사가 말했다.

"남을 사람은 나, 에이지, 히로시, 쓰요시, 가즈토, 이렇게 다섯 명이다."

"왜 나는 빼는데?"

쓰카사가 부루퉁한 얼굴을 했다.

"너는 해방구 방송을 해야 하니까. 여기서 나가면 아키라하고 둘이서 곧장 옆 건물 옥상으로 가."

"뭐 그렇다면 할 수 없지. 방송은 과격하게 해도 되지?"

"물론이지. 마지막 해방구 방송이니까. 방송을 끝낼 시점은 무전기로 연락할게. 자, 빨리 가."

"좋아, 그럼 간다."

쓰카사와 아키라가 일어났다.

"이게 마지막이라고 생각하니까 모든 것들이 다 그립다."

쓰카사는 말하면서 둘레를 빙 둘러보았다. 그리고 천천히 맨홀 쪽으로 걸어갔다.

"자, 모두들 이제 슬슬 나가야 돼. 말해 두겠는데, 우리는 항복하고 도망치는 게 아니야. 할 만큼 했으니까 여기서 후퇴하는 거지."

"맞아. 우리는 항복하는 게 아니야."

히로시가 큰 소리로 말했다.

"알아."

쓰카사는 맨홀에서 고개를 내밀고 대답하고는 사라졌다.

"너하고 다로도 잘 싸워 줬어."

도루는 사타케 도시로와 맹견 다로의 머리를 쓰다듬었다.

"다음에 할 때 또 불러 줘."

도시로는 형인 데쓰로를 따라 맨홀로 향했다.

그때 히데아키가 다가와 도루와 히로시, 에이지의 손을 잡았다.

"고마워."

"우리도 고마워. 네가 가장 많이 변했어."

히로시가 말했다.

"그래……."

히데아키는 하얀 이를 드러내고 웃었다. 아주 기쁜 얼굴이었다.

"나 말이야, 다람쥐처럼 늘 발발 떨기만 했잖아. 나도 그게 싫었거든. 그런데 너희랑 함께하다 보니까 무서운 게 없어졌어. 그 이유는 모르겠지만."

"너는 이제 다람쥐가 아니라 코브라야."

"그래, 이제부터 히데아키를 코브라라고 부르자."

도루가 말했다.

"코브라는 음흉해 보여서 싫긴 한데, 뭐 어때. 그럼 강가에서 기다리고 있을게."

히데아키에 이어서 한 사람씩 맨홀로 들어갔다. 5분쯤 지나자 아이들 다섯 명과 세가와만 남았다.

"할아버지도 빨리 가세요."

에이지가 말했다.

"나는 너희들이 나간 뒤에 마지막으로 여기에서 후퇴하마."

"우물쭈물하다가 짭새들한테 붙잡히면 큰일 나요."

"잡히긴 누가 잡힌다고 그래. 나는 전쟁에서 살아남은 사람이야."

"할아버지, 만나고 싶으면 어떻게 하면 돼요?"

"나 같은 건 여기서 나가면 바로 잊어버릴걸."

"안 그래요. 틀림없이 또 보고 싶을 거예요."

에이지는 진심으로 그렇게 생각했다.

"그 말을 들으니 기분 좋은걸. 하지만 나는 내일 일은 모른 단다. 혹시 인연이 있다면 오다가다 길거리에서 만날 수도 있 겠지. 그땐 절대 내가 먼저 말 걸지 않을 테니 안심해도 된 다."

"왜요?"

"부랑자가 말을 걸면 귀찮을 거 아니냐. 다 알면서 뭘 그래."

"안 그래요."

"이제 그 얘기는 그만하고 담당 구역으로 가거라. 다섯 명 밖에 없다는 게 바깥에 알려지면 안 되잖아."

세가와가 뿌리치듯이 말했다.

"내가 망루로 올라갈게."

에이지는 망루를 향해 뛰기 시작했다.

"히로시도 올라가. 나하고 가즈토는 옥상에 스피커를 설치 할게."

"나는?"

쓰요시가 도루에게 물었다.

"폭죽 상태를 봐 줘."

"알았어."

쓰요시도 뛰었다.

망루에 올라간 에이지는 뒤돌아서서 광장을 보았다.

거기는 늘 몇몇이 작업을 하거나, 놀거나, 물을 끼얹거나 하던 곳이다.

그런데 지금은 여름 햇살을 받아 하얗게 빛나는 조용한 공간이 되어 있다.

"왠지 쓸쓸해졌네."

히로시는 감상에 젖은 듯했다.

"응."

에이지는 히로시가 자신과 똑같은 생각을 한 것에 친근함을 느꼈다.

그때 어깨에 작은 돌멩이가 떨어졌다. 위를 보니 옆 건물 옥상에 아키라와 쓰카사가 있었다.

"저기 봐."

에이지가 말하자 히로시도 그쪽으로 얼굴을 돌렸다. 두 사람은 손가락으로 동그라미를 만들어 보였다. 준비 오케이, 라는 신호다. 그쪽에서도 알았다는 듯이 작게 손을 흔들었다.

에이지는 손목시계를 보았다. 10시까지 앞으로 10분 남았다. 갑자기 4층 스피커에서 〈불꽃의 파이터〉가 흘러나왔다. 마지막 방송은 스피커에서도 흘러나오도록 되어 있었다.

"지금부터 해방구 방송을 시작하겠습니다. 산과 바다로 놀러 가지 않은 분들은 지금 듣고 계시겠죠? 어제 생중계는 재미있었나요? 이제 10분 뒤면 더 재미있는 실황을 보내 드릴 테니 기대하시라~. 실황 중계 담당은 제가 아닙니다. 그 과격하기로 이름난 아나운서 쓰카사입니다!"

가즈토는 옆 건물 옥상을 향해 큐 사인을 했다.

"네. 오래 기다리셨습니다. 제가 바로 과격한 아나운서 후루타치 이치로, 가 아니라 쓰카사입니다. 나이는 열네 살, 아직 그렇게 경험이 많지는 않습니다. 지금 저는 죽음을 각오하고 마이크를 잡고 있습니다.

왜냐고요? 다들 알잖아요. 이제 곧 피도 눈물도 없는 프로 테러리스트 집단이 여기에 공격해 올 것입니다. 그 사람들의 목적은 우리의 목을 베는 것입니다. 다시 말해 '헤드 헌터'인 거죠. 공포와 전율의 대살육이 시작될 겁니다.

저는 그 아비규환의 현장을 마지막 순간까지 낱낱이 방송할 것입니다. 제 목이 붙어 있는 동안에는. 어, 말하는 사이에 순찰차가 나타났습니다. 드디어 여기 아라 강과 스미다 강 사이에 있는 대도시의 에어포켓에서 어른들과 아이들의 처절한 사투가 벌어지려 하고 있습니다."

에이지는 머리를 내밀어 도로를 내려다보았다. 순찰차와 수송차가 꽤 거리를 두고 멈춰 서더니 수송차에서 경찰이 우르르 내렸다.

"뭐야, 기동대잖아."

히로시는 자존심이 상했는지 발끈한 표정이었다.

옥상의 스피커가 울리기 시작했다.

"어어, 경찰이 내리고 있습니다. 하나, 둘, 셋, 넷⋯⋯. 계속 나옵니다. 이제 정렬했습니다. 해방구를 향해 오고 있군요. 보르네오 섬 오지에 있을지도 모를 머리 사냥꾼, 헤드 헌터 족의 행진입니다. 그 눈은 번쩍번쩍 빛나고, 입은 피를 찾아 입맛을 다시고 있군요. 그야말로 저승사자의 모습입니다. 이제 정문까지 10미터도 남지 않았습니다. 오오, 한 소대는 정문에, 나머지는 해방구 주위를 에워쌌습니다. 쥐새끼 한 마리도 놓치지 않을 각오인 모양입니다. 피로 피를 씻을 대낮의 참극이 바로 지금 시작되려 하고 있습니다."

경찰이 정문 앞에 한 줄로 정렬했다. 대장인 듯한 남자가 마이크를 들었다.

"학생들, 지금 당장 문을 열고 나와라. 우리는 너희를 체포하러 온 게 아니다. 그러니 당장 나와라. 지금부터 열을 세겠다. 그래도 나오지 않으면 곧바로 밀고 들어가겠다."

도루와 가즈토가 망루 밑으로 와서 손으로 내려오라고 신호했다. 에이지와 히로시가 아래로 내려가자 쓰요시도 왔다.

"하나, 둘, 셋⋯⋯."

밖에서 수를 세는 소리가 들려왔다.

"모두 맨홀로 들어가."

세가와가 와서 말했다.

"불꽃은 내가 점화하마."

"열을 세면 곧바로 해야 돼요."

"알고 있다."

"점화하자마자 바로 맨홀로 오세요."

세가와는 고개를 끄덕이고는 천천히 정문으로 다가갔다. 점화에 쓸 불은 그 밑에 있었다.

"일곱, 여덟, 아홉⋯⋯."

수를 세는 속도가 더욱 느려졌다. 옥상 스피커로 쓰카사가 방송을 계속하고 있었다. 방송은 맞은편 건물에서 하고 있지만 전파를 쏘아 보내기 때문에 옥상에서 하는 것처럼 들린다.

"카운트다운이 시작됐습니다. 해방구 안에서는 찍소리도 나지 않습니다. 싸울 것인가 항복할 것인가, 의논이라도 하고 있는 걸까요. 그러나 이제 시간이 없습니다. 이미 카운트다운에 들어갔으니까요. 아직도 문은 열리지 않고 있습니다. 그들은 싸우기로 결의한 걸까요⋯⋯.

아, 텐! 마침내 열까지 다 셌습니다. 아, 저런! 정문에 불이 붙었습니다. 불길은 제트기보다도 빨리 담벼락 위를 달리고 있습니다. 이 기습은 이노키의 점핑 하이킥만큼이나 효과가 있는 것 같군요. 경찰은 한 발 두 발 물러나고 있습니다. 얼굴이 새파래졌군요. 모두들 바들바들 떨고 있습니다. 대장은 노발대발하고 있습니다."

에이지를 포함한 다섯 명은 담장 위를 달리는 불꽃을 확인하기가 무섭게 곧장 맨홀로 들어갔다. 그리고 세가와가 달려

왔다. 다 같이 세가와를 맨홀로 끌어당기고 뚜껑을 닫았다.

안은 깜깜했다. 세가와의 거친 숨소리가 귓전을 울렸다. 누가 켰는지 둥근 손전등 불빛이 발밑을 비추었다.

"아이들은 경찰의 호소를 완전히 무시하고 오히려 폭죽에 불을 붙여 도발했습니다. 앗, 불도저가 왔습니다. 저걸로 정문을 부술 작정인가 보군요. 여러분 들리십니까? 대장은 아이들을 향해 다시 나오라고 말하고 있지만 아무 대답이 없습니다. 불도저가 나아가기 시작했습니다. 드디어 옛날 야스다 성채의 공방전이 재현되려나 봅니다. 아이들은 대체 어떤 무기로 싸우려는 걸까요?

불도저가 문으로 돌진합니다. 한 번, 두 번, 문은 맥없이 부서졌습니다. 안에는 책상이며 캐비닛, 쇠파이프, 함석판 같은 잡동사니가 산더미같이 쌓여 있습니다. 이것을 바리케이드라고 쌓은 걸까요. 드디어 해방구 내부가 보이기 시작했습니다. 그러나 아이들의 모습은 어디에도 없습니다."

야바는 여기까지 말하고 잠깐 쉬었다. 옥상에 달린 스피커에서는 여전히 과격한 방송이 계속되고 있었다. 빨리 그 소리를 없애지 않으면 이쪽이 완전히 먹혀 버릴 판이었다.

요즘 어린애들은 애송이답지 않게 능숙하다. 빈틈이라고는 찾아볼 수 없다.

"대체 아이들은 어디로 간 걸까요. 혹시 어딘가에서 집단

자살이라도 한 건 아닐까요. 수색하는 경찰의 표정에도 마침내 초조와 불안의 빛이 보이기 시작했습니다.

어머니들이 경찰의 제지를 뿌리치고 안으로 들어가고 있습니다. 모두들 자기 아이의 이름을 애타게 부르고 있지만 그 모습은 어디에도 보이지 않습니다. 들리는 것은 옥상에서 흘러나오는 해방구 방송뿐입니다. 남은 곳은 옥상뿐입니다. 경찰이 비상계단을 뛰어 올라가기 시작했습니다."

"여러분, 짭새들이 올라오는 발소리가 다가왔습니다. 이제 시간이 얼마 남지 않았군요. 서둘러야겠습니다. 1969년 1월, 짭새들의 공격으로 야스다 강당이 함락됐을 때 도쿄대 전공투는 마지막 방송을 이렇게 끝맺었습니다.

'우리의 싸움은 승리였습니다. 전국의 학생, 시민, 노동자 여러분, 우리의 싸움은 결코 끝나지 않았습니다. 우리를 대신해서 싸울 동지들이 다시 해방강당에서 시계탑 방송을 재개하는 날까지 일시적으로 이 방송을 중지합니다.'

우리 부모들도 지금은 타락했지만 젊었을 때는 꽤 멋진 일을 했군요. 어어어, 벌써 짭새들의 모습이 보이기 시작했습니다. 그럼 해방구 방송은 이것으로 마치고 저도 사라지겠습니다. 여러분, 안녕."

"텔레비전을 시청하시는 시청자 여러분. 마침내 해방구 방송이 끝난 모양입니다. 마지막으로 도쿄대 전공투 얘기를 꺼내다니, 이 아이들은 보통내기들이 아니군요.

그런데 해방구에 들어간 경찰은 아직 아이들을 찾지 못한 것 같습니다. 아, 리포터가 돌아왔으니 상황을 들어 보겠습니다. 이노우에 리포터, 어떻게 됐습니까?"

야바는 리포터에게 마이크를 들이댔다.

"없습니다."

"없다니요, 바로 지금까지 방송을 하지 않았습니까?"

"네. 하지만 옥상에 올라가 보니 스피커뿐이었습니다."

"어딘가로 탈출했겠죠?"

"아니요, 이 건물은 탈출할 수 없는 구조였습니다."

"그런 말도 안 되는……."

"야바 씨, 저는 지금 어떤 생각이 문득 떠올랐습니다."

"어떤 생각이요?"

"'하멜른의 피리 부는 사나이' 이야기입니다."

"피리 부는 사나이가 마을 아이들을 데리고 어디론가 사라져 버리는 이야기 말인가요?"

"그렇습니다. 그건 중세 독일에서 실제로 일어난 이야기라는 것 같던데, 지금 우리는 20세기의 도쿄에서 똑같은 상황이 벌어지고 있습니다."

"아이들은 어디에 갔을까요?"

"사차원 세계로 가지 않았나 싶습니다."

"사차원이요?"

"우리는 아이들을 두 번 다시 볼 수 없을지도 몰라요."

"만약 그렇다면 큰일 아닙니까?"

"그렇죠, 큰일이죠. 아이들이 감쪽같이 사라졌으니까요. 이런 일은 앞으로도 이 세상 어디선가 또 일어나지 않을까요?"

"아이들이 계속 없어지면 세상은 대체 어떻게 될까요?"

"어른들만의 세상…… 생각만 해도 오싹합니다."

"그럼 우리는 어떡하면 좋을까요?"

"야바 씨, 자녀가 있습니까?"

"있죠. 초등학교 5학년생 딸 하나."

"저도 초등학교 2학년생 아들이 하나 있습니다. 혹시 따님이 없어질 거라고 생각해 본 적 있습니까?"

"상상도 안 해 봤죠. 생각만 해도 머리가 어떻게 될 것 같습니다."

야바는 고개를 세차게 흔들었다.

"그렇죠? 부모치고 아이들의 행복을 바라지 않는 사람은 없을 겁니다. 그러나 사실 우리는 아이들을 행복하게 해 준답시고 불행하게 만드는 크나큰 잘못을 저지르고 있는 건 아닐까요?"

"그게 무슨 말입니까?"

"우리는 아이들을 '착한 아이'로 만들려고 합니다. 우리가 말하는 '착한 아이'란 대체 어떤 아이일까요? 그것은 어른의 꼭두각시죠. 다시 말해, 어른이 되었을 때 사회에 순응하는 구성원이 되도록 훈련시키는 게 교육이죠."

"그건 바람직한 인간상인 것 같은데요."

"이건 어른들이 생각해 낸 발상입니다. 너무 이기적이라고 생각하지 않습니까? 우리가 단 한 번이라도 아이의 눈으로 세상을 본 적이 있습니까? 아이는 어른의 노예가 아닙니다."

"하고자 하는 말씀은 알겠습니다. 그러나……."

"그래서 신은 우리에게서 아이를 빼앗아 간 것입니다. 나중에야 뉘우치고 신에게 기도할 수밖에 없겠죠."

엄마들이 울부짖는 소리가 해방구에 넘쳐흘렀다.

"여러분, 이것은 바로 묵시록의 세계입니다. 모두 기도합시다. 신께……."

야바는 마이크를 꽉 쥐고 목청껏 소리쳤다.

에이지는 준코가 준 소프트아이스크림을 먹으면서 멍하니 강 건너 건물을 바라보았다.

마흔 명의 아이들이 강가의 풀 위에 앉아서 저마다 먹고 떠들며 왁자그르르 웃고 있다. 도루가 에이지 옆에 앉았다.

"여기서 보니까 저기가 해방구였다는 게 꿈만 같다."

"지금쯤 우리를 찾고 있을까?"

"찾고 있겠지."

도루의 눈에는 장난기가 가득했다.

"초조할 거야. 전부 사라졌으니까……."

준코가 말했다. 에이지는 갑자기 웃음이 피식피식 삐져나왔다. 그러더니 결국 웃음보가 터져 멈추지 않았다. 도루도 웃음을 터뜨렸다. 준코도 웃었다.

순식간에 모두가 전염된 듯이 웃기 시작했다. 풀 위를 데굴데굴 구르는 아이도 있었다. 일어나서 춤추는 아이도 있었다. 웃음소리는 천천히 수면 위를 떠다녔다. 이윽고 그것은 태평양으로 떠내려가서 하늘과 하나가 될 것이다.

자전거를 탄 니시와키가 둑에 모습을 드러냈다.

"모두 무사하니?"

"그럼요."

에이지는 브이를 만들어 보였다.

니시와키는 자전거를 쓰러뜨려놓고 고꾸라질 듯하면서 둑을 뛰어 내려왔다.

"다행이다. 지금 해방구는 난리야."

"정말요?"

모두의 시선이 니시와키에게 쏠렸다.

"정말이야. 블랙홀이 아이들을 삼켜 버렸다고."

"야호!"

아이들은 불붙은 듯이 와르르 웃음을 터뜨렸다.

"모두 슬퍼하면서 울고 있어."

니시와키가 말하는 순간, 웃음소리는 커다란 소용돌이가

되었다.

에이지는 이유도 없이 그냥 뛰고 싶어졌다. 강가까지 뛰어가서 해방구를 향해 손을 흔들었다.

"야아, 해방구~. 안녕!"

에이지는 더는 크게 소리칠 수 없을 정도로 크게 소리쳤다.